〔日〕樱木紫乃 著
谭晶华 译

大爱无言

人民文学出版社

著作权合同登记：图字 01-2016-9841 号

Original Japanese title：LOVELESS by Shino Sakuragi
Copyright © Shino Sakuragi 2011
Original Japanese edition published by Shinchosha Publishing Co., Ltd.
This Simplified Chinese edition published by arranged with Shinchosha Publishing Co., Ltd.
through The English Agency (Japan) Ltd.

图书在版编目(CIP)数据

大爱无言/(日)樱木紫乃著；谭晶华译. —北京：
人民文学出版社,2017
ISBN 978-7-02-012524-1

Ⅰ.①大… Ⅱ.①樱… ②谭… Ⅲ.①长篇小说-日本-现代 Ⅳ.①I313.45

中国版本图书馆 CIP 数据核字(2017)第 041878 号

责任编辑　卜艳冰　王皝娇
装帧设计　汪佳诗

出版发行　人民文学出版社
社　　址　北京市朝内大街 166 号
邮政编码　100705
网　　址　http://www.rw-cn.com

印　　制　山东临沂新华印刷物流集团
经　　销　全国新华书店等

字　　数　140 千字
开　　本　890×1240 毫米　1/32
印　　张　9.75
版　　次　2017 年 7 月北京第 1 版
印　　次　2017 年 7 月第 1 次印刷

书　　号　978-7-02-012524-1
定　　价　49.00 元

如有印装质量问题，请与本社图书销售中心调换。电话：010-65233595

序　章

清水小夜子看了看腕上的手表。

距离电话接线室业务交接时间还有四十分钟，食堂里人都挤爆了。归还了份饭儿的餐盘，从随身的小袋子里取出手机，看到了表妹理惠发来的短信。

"休息时请来个电话。"

倚靠在通往地下仓库的门内，小夜子按下手机拨号键。

"小夜子，我妈妈联系不上，你能否去看看情况？"

"联系不上是什么意思？"

"她不接我电话。我最先问的是里实姨妈，我与她一直有各种联络。"

帮大姨妈杉山百合江办理申请生活保障手续的是小夜子的母亲里实，让刚到札幌的理惠回钏路去的也是里实。

"帮我好好看看我妈到底怎么样了！"

理惠目睹了百合江生活的困窘，但是对她申请低保，还是面露难色。

"既然她有可以照料自己生活的女儿，那又何必对此担心呢。"

里实的怒喝声使她们之间本来就不自然的关系变得更加别扭了。

由于女儿理惠不具备抚养母亲的经济能力,最终里实的申请得以通过。理惠在与新闻记者结婚的很早之前,曾经用"羽木叶子"的笔名写过小说。

"大姨妈碰巧不在的时候,你打去电话,才会觉得找不到她吧?"

"从昨天起,我就一直在打。早晨、白天、傍晚和夜间,今天一早又打,她还是没有接听。"

理惠长长的叹息声传入耳朵,小夜子问,待下班后再去看看情况,不碍事吧?

"谢谢,你帮了大忙。"

近几年,理惠和母亲百合江处于音讯不通的局面,至少连自己结婚的消息也没告诉她。小夜子没有打听理惠突然要联络母亲的缘由,她俩是同岁的表姐妹关系,在同一所学校读到初中。因为自幼一起长大,小夜子比她的胞妹绢子更了解理惠的心气。在长久的接触之中,她们之间达成了一种默契:对于麻烦之事既不打听,也不传播。

打完电话,小夜子把手机放入衣袋,从仓库门内来到走廊上。

理惠和小夜子在二十岁后都期望结婚和生活稳定,在恋爱的进退之中左冲右突,每天都生活在焦虑、愚蠢和嫉妒之中。直到三十五岁以后,两人之间才渐渐恢复了交往。

理惠在四十二岁时结婚,没有人见过她的丈夫。半信半疑的小夜子曾半开玩笑地说:"要是你真结婚了,把对方的照片寄来看看。"理惠这才用电邮发来了两人新婚旅行时的照片。

电邮主题写的是"总之我结婚了,in 西班牙",还附了一张在樱花盛开处拍的亲密照片。据说她丈夫是理惠在接受商业出版社主持颁发的新人奖之时认识的报社文化部记者。

"我不想让任何人知道我在创作小说的事实。"

于是记者追问如是说并拒绝公布自己照片及真名的理惠:"既然如此,您为什么应征这个新人奖呢?"

最后谈妥的是,理惠拒绝公布照片和出生地,只公布真名和年龄。

"我知道,只要不露脸,就不会有人去确认我的真名,"理惠笑道,"结果没有电话来骚扰影响我的生活。"

在这次对话之后过了一年,传来了她结婚的消息。

获得新人奖两年之后,理惠出了她第一个单行本,初版发行五千册,并未引起多大的重视,没有再版。最近每隔一两个月小说月刊上就会出现她的名字,听说她的第二部小说即将问世。

收到理惠的第一部作品,小夜子送了鲜花表示祝贺。她在理惠打来的电话中直言相告"其实书还没有阅读",理惠笑着说:"这才是小夜子。"

老实说,不管谁写的,小夜子对小说根本不感兴趣,她更喜欢看电影。台词多的电影也不喜欢,一天工作之余,她热衷看的是台词很少的欧洲老片子。

从照片上看,理惠的丈夫是个横竖均显硕大的魁梧男子,据说比理惠大八岁。在没有孩子的夫妇日常生活中,理惠还担当了孩子的角色,以求家庭生活的平衡。

抬头朝楼梯的平台处望去,鹤田的背影进入眼帘,小夜子与他的交往始于鹤田任总务科长助理的时候。十年之前鹤田有妻子,因小夜子的缘故离了婚。虽然她与鹤田一度也中断了关系,可是五年前,随着市长的更换,鹤田被调到市史编纂室,从那时起,他俩又有了接触。这五年间,鹤田总是一脸的苦相,他的驼背变得更弯圆,透出里面穿着的背心。小夜子目送着他毫无戒备的背影,意识到自己乐于看到他心灵的疲惫还是最近一两年的事。

四十五岁时,小夜子怀孕了。

三天之前因更年期的咨询到妇产科去接受检查,医生说的那句"恭喜您",她怎么也无法接受,所以还没有告诉鹤田。其实自己早就做好了处置的决定,但不知什么缘故,手术的日程却迟迟没能定下。

小夜子尽可能冷静地思考目前的状况。虽然对方是自己十年的老相好，却还不愿意与之组建家庭。之所以没有厌倦，是因为两人恰到好处地约定一周到十天左右才见一面。一想到倘若生下这孩子，到他上小学时，小夜子已过五旬，鹤田也即将退休，光凭这一点，她也不认为两人有做家长的资格。

对下午的工作稍做统计，依然是平时常见的数据。生活保障方面的咨询电话十五个，进哪所市立保育院的协商八个，有个醉汉打来的抱怨电话——整整花去了四十分钟，还有就是要求部、署签名的转接电话五十多个。

其实，市政府里还会接到各种电话，都是商谈人生、扬言自杀、抱怨或叱责行政、乱发牢骚之类的内容。

一开始的几年，小夜子对春季骤增的"我想马上去死"的电话有点手足无措，不知该接转哪个部门。到过了四分之一世纪的今天，她已学会冷静地反问对方"想死的原因"，听着对方的诉说，便能找出理由。

自来水被停、老婆去世、与父母断绝关系、没有吃的，什么样的人都有。人不想活下去的理由还真是数不胜数。仔细倾听，发现自杀理由一般都是因贫困和欠债而焦虑。然而，令人不可思议的是，打来电话者绝不会使用这样的词汇。小夜子听出自杀理由后，会将电话转接到最合适的部门，让最合适的人员接待。各部门里肯定配有专门进行洽谈的职员。

小夜子拆开电话听筒，用消毒纸一通狠擦。同事说她如此用力会"擦坏了机子"，可是她内心却希望所有员工都能像自己一样进行清洁消毒。

在小夜子起身的同时，等待交接班的接线员拿起她放在桌上的听筒，五位接线员中常有三人交替工作，剩下两位要么分拣总务科的文件，要么设法确认厅内的各项活动。本来需要六个人分担的业务因为只有五人，时间的调配上十分困难。

理惠说百合江住在钏路町街道住宅的底楼。小夜子在下班途中给妈妈里实打了个电话，让她告诉自己百合江的地址。

"听说百合江姨妈联系不上，我现在想去看看。只知道她住在街道的住宅，从网上查，同样的住宅有好多幢，不知道她住在哪一幢。你能告诉我她的大概位置吗？"

接受生活保障的帮助后，百合江搬过两次家。往年年底一直由小夜子负责给她送东西，可是，百合江搬到现住址后，她已经五年没有造访了。

"理惠？"妈妈里实听说后，语尾的音调就上扬，一副只要听到这个名字就不舒服的样子。

"行啦，反正我得去一趟。"说着，小夜子正挂机。"我有不祥的预感。"里实提出自己也一起去。实际上，知道百合江住处的只有母亲。听说她们姐妹俩下面还有三个弟弟，其中两个五十过后已经去世，剩下的一个大弟弟也下落不明了。

"我有一阵子没见到她了，也没有联系。正好，让我搭你的便车去吧。"

车到娘家，里实已经特意换好了夏季服装正在等候，她还重新化了妆，怎么也看不出她是在担心自己的姐姐而要出门的样子。小夜子看到若无其事地钻进小车坐在副驾驶座上的妈妈，十分后悔自己给她打电话的草率。

小夜子和理惠一样，都是在高中毕业后就参加了工作。就职一年后，两人都因与各自的长辈经常拌嘴而离家出走。小夜子最充足的理由是声称妹妹绢子不考高中，可以继承家里理发店的家业。

父母都是靠自己熬出来的理发师，小夜子过去曾经觉得她也可以成为理发师继承家业，可是临到初中毕业时，她对将来仍然拿不定主意。

幸运的是，比小夜子小三岁的绢子并不喜欢学校和学习，她很爽快地接受了父母"只要有技术就有饭吃"的劝说。所以对提出"高中毕业后才考虑继承家业的问题"条件的小夜子，父母就不再抱有什么指望了。

母亲里实搞过几次土地的投机买卖均告失败，最后，在郊外的商业区开了一家店。底层做自营业的理发店，二楼是女儿夫妇和自己两家人的住房。与兴隆风光的时代不同，现在的生意处在勉强维持的状况。虚假繁荣的欠账还清后，经济状况才刚显得相对稳定，理发美容院又刮起打折风，这给每一家个体经营的理发店带来巨大的打击。

绢子二十岁时与同岁的理发师结了婚，他们已生有一对儿女，已经成人的女儿和在高中读书的儿子宣布，谁都不愿意再干理发这个行当。

"杉山百合江"

房门边插有一块用粗水笔写下的名牌。这是一幢街道所属的长条形陈旧的住宅，或许也就是大姨妈最终的栖身之处。她年轻时是俱乐部的歌手，在孩子们的眼中是那么美丽、光鲜。百合江和里实如今都已年过七十，这对亲姐妹之间长久以来横亘着一道鸿沟。

"这么一把年纪了，还独自一人住在这种地方，可悲呀！"

里实的口气仿佛全然忘记了帮姐姐办妥所有生活保障手续的人就是她自己。百合江在事业失败后由于应激性反应导致的晕眩而病倒，之后谁来照顾她，曾引起了一阵小小的骚动。那一天由于联系不上在北海道的理惠，也是小夜子出来救场的。

"妈妈的意思是说不愿让她住在这儿？"

"没这么说呀，"里实说，"你老是这种德行！"随后就扭过脸去不再搭理。母亲年过古稀，态度依然不见缓和，对小夜子不爱听自己的抱怨表现出强烈的不满。明明是担忧百合江，一出口就像在嘲弄姐姐似的，在母亲看来，这一点儿也不矛盾。

"理惠那孩子到这会儿才开始担心老娘了，她是不是别有企图啊。啊，我有不祥的预感。"

按下门铃对讲机数秒后，屋里有了动静，小夜子看到母亲表情紧张地抬起了头。

"哪一位啊？"

并不是百合江的声音。门外的小夜子和妈妈对视了一下。

"我叫清水，是她的亲戚，百合江大姨妈在家吗？"

房门打开了，是一位满头漂亮银发的老人。虽说是一位上了年纪的老人，可百合江的房间里居然有个男人！里实用鼻子哼了一声。小夜子告诉老人说，是百合江的女儿托她们来看看姨妈情况的。老人满脸的皱纹舒展了，笑脸并不粗俗，他在由衷地为见到百合江的亲人感到高兴。老人说自己是同一町内居委会的人，小夜子向他致以一礼，里实却瞅都不瞅他一眼。

"请进屋吧。"

一步跨进玄关，就知道房间里躺着的是病人，室内弥漫着一股朝不保夕者的馊味儿，小夜子不顾往后退却的里实，走进连脱下的皮鞋也无处放置的屋内。

这是一个房间连餐厅，厨房和盥洗处相连的独居者的住宅。小小的液晶电视机旁有一台便携式CD播放机，周边堆着几张有名女流行歌手的唱片。打开的电视月刊上用红笔画满了圆圈，那是上个月出的期刊。

小夜子小心翼翼地朝屋内张望。

只见打开的纸槅门里面,百合江躺在被窝里。或许是壁橱里放不下了,在她棉被的脚跟处叠放着两只塑料储衣箱。

"大姨妈,我是小夜子。"

百合江纹丝不动,胸口盖着的毛巾有规律地上下浮动,小夜子又叫了一声。餐厅里照射过来的荧光灯光,在房间里勾出小夜子的人影,纸槅门的下侧一片黑暗。小夜子走近靠门槛对面的百合江的枕边。

"百合江姨妈。"

后面的话语卡住了。她看到百合江的左手紧攥着一块小小的黑色油漆灵牌。里实推开小夜子,跪在百合江的床头,默默注视着那块灵牌,突然高声叫嚷起来。

"姐姐!"

小夜子一下子缓过神来,从提包里取出手机,呼叫救护车,报告了百合江的情况和详细住址,对方回答说十分钟后赶到。

回头看看昏暗的寝室,里实正扳开百合江的手指,试图取下那块灵牌。小夜子抓住母亲的双肩。

"就让她攥着吧。"

母亲还想抬起姨妈的手,小夜子将母亲的手拨开。姨妈紧握着灵牌的左手落在胸口。里实一屁股跌坐在地上,双手撑着榻榻米,对小夜子怒目而视。

1

沿途到处插满了太阳旗。

在严寒即将来临之前，市区洋溢着节庆日热闹的气氛。

昭和二十五年（1950年）十一月一日，标茶村升格为标茶镇，新建筑增加了不少，杉山百合江上小学时没有的文具店也开张了。

从早晨到中午，全体初中学生在纪念庆典上当着镇长和官员们的面唱歌、吹笛子，分到的红白馒头正放在各自的帆布书包里，他们打算回到家里就分给父母和弟弟们吃。

天空不时会飘下雪花，开拓村也在做过冬的准备。从现在起将近半年的严冬会将道东的开拓区封闭起来，随着雪花的飞扬，人们的表情开始变得严峻起来，常常有人会冻死。百合江来到标茶已有十一年了。

检票口上方的大钟已指向下午三点。

百合江在中学上完课，总是在车站等待父亲，他总觉得让女儿步行回到十二公里外的中茶安别的开拓小屋实在有点可怜，所以来学校接她。可是，今天情况不同，四点到达的火车上，坐着来自夕张的妹妹里实。

里实是父亲还在夕张煤矿当矿工时出生的,百合江当时已经四岁,她清楚地记得,听到婴儿第一声啼哭时,自己并不觉得有庆贺的喜悦。父亲卯一一声叹息:"怎么搞的,又是个女孩!"他在正探头瞅着妹妹的百合江头顶上说,"在这种地方小丫头怎么养啊?"父亲的话音和模样异常清晰地留在百合江的脑海深处。煤矿住宅的生活不至于挨饿,但是,百合江记得那时的母亲总在哭泣。

原因在于卯一的醉酒。矿井下不时发生塌方事故,卯一不止一次因睡懒觉而幸免于难。附近的邻居同伴按时下井,好几人遇难的那天,只有卯一再次捡回性命,从而理所当然地引起周边人们的不满。

极少数庇护母亲的煤矿宿舍区的妈妈们虽然嘴巴刻薄,心地却很善良,为妹妹里实接生的就是这些妈妈中的一个。

1939年的夏天,卯一决定参加道东开拓团,迁到标茶村去垦荒。"可以免费获得土地,还会派劳工来帮忙,简直是做梦一样的好事。在路边,同伴们不屑一顾地说,怎么能去那种遭人唾弃的地方干活。可我却想到那边去扯起一杆大旗,当个拥有很多土地的大地主。阿百啊,那样你就成了大地主的女儿啦!"

父亲抚摸着百合江的脑袋,于是她也觉得标茶一定是一块充满梦想的土地。

抬头看看车站内的时钟，已经过了三点十分。候车室中央的一只柴火炉子里炉火正旺。外面的天色已暗，每当柴火爆燃时，百合江都要注视一下自己的短靴尖。

听说四月初出生的妹妹，并没有马上去上户口。到了月底，听到妈妈"这孩子都快要死了"的抱怨，父亲才老大不情愿地去村公所报了户口。

百合江所听到的都是大人们喝酒闲聊时的零零碎碎的情况，实际上并不像她想象的那么悲惨。就是决定迁往标茶的时候，百合江记得卯一指着里实说："把这种先天不足的孩子带过去，还不是死路一条！"父亲在夕张有个经营旅馆的妹妹，他就把里实寄养在她家。

来到标茶以后，妈妈阿萩又生下三个男孩，照看淘气包弟弟的总是百合江。小她四岁的里实是自己唯一的妹妹，姐妹俩分居的时间很久了，百合江觉得妹妹一定长成了一个可爱的姑娘。

她觉得里实若能作为家庭的成员回家，应该是件很幸福的事。就像村子变为镇子那样，全家都会对家庭成员的团圆感到满足。

这几年，这里新建了镇公所、中学、诊疗所和高中，里实应该会对这个城镇感到满意的吧。

"哗啦"一声车站门被拉开了，回头一看，见一身包裹着防寒服的卯一站在那儿，他叫了一声"阿百"便走向柴火炉边，朝站务员轻轻点了点头，抚摸着百合江的娃娃头。父亲来后不久，夜色就笼罩了整个儿车站。

"爸爸，里实妹妹现在长成啥样了？"

"也和你一样漂亮。夕张的日照叔叔一个劲地夸她。老是得不到他的回信，但这次总算答应把里实带回来。不管怎么说，我家的闺女总是不会变的。"

卯一很久没有不喝酒就发表谈话了，他只要一开始喝，家里人谁也不愿靠近他，然而，不管他喝不喝、醉不醉，对百合江都很慈祥。哪怕对妈妈挥动酒瓶子撒野的时候，只要百合江出面制止他就会停手，在爸爸心情有所好转时，百合江的一首歌曲，卯一的表情顿时会变得温柔可亲。

"阿百呀，你的声音很好听。这么会唱歌，可以当宝冢歌舞团的公主或歌手哇，还可以给我们带来无穷的快乐！"

一家所住的简陋的开拓小屋只有两间隔板房间，由于不通电，傍晚天黑之后只能靠油灯照明。隐隐约约地记得夕张镇要比标茶光亮许多，百合江由衷祈愿从那个光明的地方回家的妹妹不要感到寂寞。

"爸爸，里实妹妹是个怎样的人？"

"同样的话，你问了多少遍了，别多问了！"

比预定到达的时间晚点十分钟，来自钏路的列车驶进月台。百合江一直在辨认拥进车站的人群。突然，乘客中一个从未谋面的文雅少女出现了,她身穿红色的外套,肤色白皙如雪,短发上戴着和外衣同样颜色的头籁,被一个身穿咖啡色毛料西服、戴着鸭舌帽的男子牵着手,瞪大兔子般迷茫的眼睛,仿佛来到了一个完全不同的世界。

法国人偶——

妹妹和自己到镇上同学家去时所见到的法国人偶一模一样,圆圆的脸,雪白的肌肤,完全不像爸爸妈妈和弟弟,更不像自己,但是,百合江确信她就是妹妹里实。

"日照,你好!"卯一举起手迎上去,少女马上躲到了那个叫日照的男人身后。"果然没认错。"百合江站在正在打招呼的爸爸身旁,冲着在日照身后朝这边张望的少女微笑。

"你就是里实妹妹吗?欢迎你来自远方。"

头顶上,爸爸对日照叔叔反反复复地重复着他的问候。

"坐火车倒没什么,可要在钏路住一宿真够呛。这一路可真够远的,一开始,她一定要妈妈陪着来,她妈没有答应,这么一来阿里又说要回夕张,那怎么行呢,好说歹说,说是陪她住上一晚,这才把她给带来了。"

"我妹子身体还好么?"

"好是好,不过旅馆里一直有住客入住,她没工夫休息。"

姑妈对于里实的养育一定很周到,这从里实的衣装和光润、白皙的脸颊上就能看出。只是百合江从未听卯一好好说起过在夕张经营旅馆的妹妹，虽然见过姑妈一两次，但也只记得她身穿和服、往上扎起头发，这是个不会经常出现在家人话题中的关系亲密的亲戚。这些就是百合江心目中最原始的姑妈形象。

可是，姑妈是在里实尚在襁褓中时就收养她，靠着一个女人之力养育她十年，不知日照是怎么说服她的，可以想象她和里实的分别场面应该十分悲伤。

卯一手抓缰绳驱动一辆带篷的马车，摇摇晃晃地走在黢黑的车道上。车篷里用木箱取代椅子面对面地置放，一边坐着百合江，一边坐着日照和里实。

在回十二公里外的开拓小屋的路上，她们几乎是触膝而坐的近距离，可是里实却不愿朝百合江看一眼，那个叫日照的男人看来是姑妈旅馆的掌柜的，他不时瞅着里实想跟她搭话。

"阿里呀，这一位是你姐姐百合江，问候她一下，别一直这么一声不吭的。到家里，你还有三个弟弟呢。阿里，你得好好听爸爸的话，照看好弟弟们，疼他们。姑妈总是姑妈，还是血浓于水啊。对你来说，还是得和爸爸妈妈、姐姐弟弟一起生活才行哪。"

里实瞥了日照一眼，没有正面回答。日照频频留意着百合江。

"对不起，她并不会老是这样板着面孔的。"

"突然把她远途带来，有点儿紧张。有担忧，有为难之处随时可以对姐姐说。"

百合江温柔地说,里实却一下子睁大眼尖叫道:"那就快一点让我回夕张,让我回妈妈那儿!"

日照咋了咋舌,说声好啦好啦,他摘下鸭舌帽,挠了挠头。接下来,百合江只能沉默,她无法想象与养育自己亲人的离别是多么凄寂,所以也不可能说出足以打动里实的话。

百合江祈祷她们在马车篷里的对话没有传进卯一的耳朵。里实若坚持这般顽固的态度,再怎么说是亲身女儿,或许卯一也会给她一巴掌的。一想到妹妹像法国人偶般白净的脸蛋会留下伤痕,她就感到不寒而栗。那时,自己一定会设法阻止的。

"里实妹妹今天累了,独自睡觉太孤单,就和姐姐一起睡吧。"

永远追随着她们姐妹的月亮,照亮了里实因不满而撅起的嘴唇。

当天晚上,家里所有的油灯都点亮了,抚慰着日照和里实漫长的旅行。母亲阿萩当着客人的面,堂而皇之将平时悄悄舔饮的酒水注入自己的茶碗。

看到身穿碎白点花纹布劳动裤和罩衫的母亲,里实的不安显而易见,妈妈完全不是自己想象之中的女人,其沮丧的表情明明白白地告知了家人。

阿萩自从生下里实后,也有十年没见她了,怎么与这个女儿交谈呢？她有点儿困惑。"首先要请大家多多关照。"她简短地说着，眼睛却看向别处。

妈妈介绍弟弟们的时候，里实的眼神好像在打量什么不该看到的东西。

"从大到小，这是五岁的阿治、四岁的阿正、三岁的阿和，用的是年号的后一个字，马上就能记住。"

"这是里实。"

在马车里始终板着脸的里实，一走进开拓小屋的板壁房就沮丧得有点可怜了。原本以为可以美餐一顿的晚饭供应量不足，看到小米加碎赤豆的米饭，里实觉得心中空落落的，完全没有回到亲生父母身边的喜悦。将饭碗送回玄关处的时候，面对她憔悴的面容，百合江真不知该如何与她搭话。

看到衣着时新的里实，一开始不敢靠近她的三个弟弟，想在临睡前好好问问夕张的情况。面对沉默寡言、表情冷淡的里实，弟弟们最终也没敢靠近。

"好，我们睡觉吧。"

百合江铺了三床硬如榻榻米的棉被，平时弟弟们用两床，百合江用一床，今晚让弟弟们往对面捅一捅，一床被直着盖宽度不够，于是横着盖，让他们穿上刚织好的毛线袜子，以保护伸露出的脚部。

"脚冷就睡不好，穿上这个就行。"

"谢谢。"

里实等到弟弟们睡着后开始小声问百合江。

"我说,他们身上怎么这么臭啊?"

百合江告诉妹妹,天一冷,弟弟们平均每一周或十天才洗一次澡,澡盆是一只空油桶,冻得让人受不了。

"身上搞脏的地方,烧点儿开水,用手巾擦一擦就算了,反正冬天也不出汗。"

百合江尽量设法轻描淡写地开脱,里实还是毫不掩饰地露出厌恶的表情。

"妈妈说,女孩子必须每天洗澡,一周洗一次,会挨骂的。"

"里实妹妹,这儿有这儿的生活方式,不能按在夕张时那么办。"

"你们都很臭,百合江和那些孩子们,爸爸妈妈都很臭,这被子也臭,家里也臭,待在这种地方,鼻子也会臭歪的。"

说完,里实把被子拉到头上,开始哭泣。百合江因自己和父母都被妹妹说臭而受伤,这种局面与自己想象的一家团圆相距甚远。里实肩膀颤抖,蜷缩着哭泣,姐姐温柔地抚摸她的脊背。

孩子们上床后,饮宴还在持续。百合江对母亲舔着碗边小口抿着喝酒的样子不以为然,日照也以和母亲同样的方式喝酒。

"好酒就该一小口一小口地慢慢品味才行。"

瞧着他俩的模样,百合江觉得还是爸爸卯一豪爽地大口饮酒要来得好些。下酒菜是大马哈鱼干，母亲请客人品尝，说这是半风干的，用盐搓过，吃了没问题。

"嗨，夕张的老板娘实在是不舍得呀，抱怨说，现在才要回里实到底是何用意。自从来了电报以后，每天都冲着我唠叨。我解释说，春天里阿百要外出做佣工，三个弟弟需要她照看。花了老大劲才说服了她。卯一啊，为了你们夫妇，我是饱受责难才把里实带出来的哦。"

"她算什么呀，一个艺妓出身的女人，被男人骗得买来卖去的，好歹赎出身来刚混上个旅馆老板娘，立刻就变得了不起啦。"

这是百合江第一次听到姑妈以往的经历，随着酒水下肚，日照邀功的口气越来越明显。或许卯一觉得他明天就会回去，说了也没用，他没像平时那样总拿阿荻撒气，只是默默自顾自地喝酒。

明年春天自己初中毕业后，不是要进标茶的高中继续读书的吗？高中毕业后，决定去当个旅游车导游，百合江对父母说过这个打算，两人都"好的好的"地点头称是，此刻，她对日照的话里提到自己的名字颇感奇怪，"春天里阿百要外出打工"，这说的是怎么回事呀？

日照叔准是搞错了，自己心中的美梦被大人们的交谈蒙上了阴云，百合江一心想要摆脱它。

隔壁房间里大人们还在继续喝酒，通过日照之口，"姑妈"

的交友及里实的成长情况被披露出来。姑妈早年守寡，看来她打算将来让里实继承旅馆的经营，除了读书写字打算盘之外，她还热心地培训里实学习茶道、花道和礼仪，压根儿没有想到一直视如己出的女儿如今会被夺走。

"老板娘已经决定让那孩子做继承人，我们这些受雇的下人可不好干哪。每天都是里实长里实短的，而那鬼丫头也摆出一副好管闲事的大人模样，把我们全当成她的仆人。现在这么一来，老板娘会蔫上一阵子的。我觉得，实际上，我倒是要对卯一表示感谢的。"

他们交谈中还夹杂着妈妈咯咯的笑声，发出这种笑声说明她已经喝了不少的酒。卯一哪怕自己喝得酩酊大醉，却容不得老婆喝醉，只要她稍显醉意，立刻出脚踢她，会把阿萩踹飞到墙边。那种时候，父亲抚摸自己的脑袋，百合江会感受到如同异物哽喉一般的痛苦。

百合江在被窝里不时窥视着大人们的情况。

喝别人馈赠的老酒时，阿萩会斟满一杯酒，可是今晚，母亲已连续喝下了两三杯。卯一静静地倾听着日照的讲述，好像没在喝酒，这使百合江感到害怕。因为这是父亲脑子活跃思考问题的时候，连醉意都赶不上他。

远处传来两次野狗的叫声，油灯一盏又一盏地吹灭了，只剩下最后一盏时，日照钻进了铺在柴火暖炉边的被窝，很快就传出很大的鼾声。

卯一开始虐待阿萩。

可以听到两次沉闷的声响，阿萩好像在呕吐吃进胃里的东西，或许因为酒醉不觉疼痛，她居然还不停地笑出声来。百合江不明白妈妈究竟有啥事好笑，而卯一又为什么要踢打这样的妻子。

即使蒙上被子、堵上耳朵，还是可以听到父亲默默地踢踹母亲的声音。停止哭泣的里实在被窝里颤抖，百合江用双手紧紧抱住妹妹的身子。

第二天早晨，让日照、里实和百合江坐上带篷马车，卯一扬鞭驱车前行，老马缓缓迈出脚步。里实身穿与昨天相同的红色外套，里面穿着藏青色的水兵条纹连衣裙，一坐上父亲的马车，她立刻就问：

"咱们这是上哪儿呀？"

"送日照叔到火车站，再到小学部办转学手续。"

"我为什么不回夕张？"

里实身上的红外套和头箍，与拉在路上的马粪相比黯然失色，她细小的法国人偶般的手脚，眼下也起不了任何作用。日照说把里实带回家是为了让她帮忙照看弟弟们，其实是因为家里要让百合江外出当佣工。百合江觉得必须搞清真相，完全不跟自己商量就决定让自己去当"佣工"，真是岂有此理，我可不干！

坐在有篷子的车厢里随着马车一路摇晃，身旁的里实在喃喃自语。

"这种地方怎么能住得下去啊？"

早晨，里实一听到厕所在十米开外的马厩旁就哭了起来，阿萩说，小便在房子四周哪儿都能就地解决，大便就去厕所。妈妈的眼旁留有一块很大的紫斑。

日照叔在站前下了马车，他带着宿醉，脸色惨白，冲着里实挥了挥手。里实只是狠狠瞪着这个狡猾的男人，还是卯一朝他点头致礼。

百合江对昨夜大人们的交谈难以释怀，"佣工"二字占据了脑海的大部分。她抬头看看马上就要下雪的低沉的天空，充满很不甘心的疑惑：不至于，不至于那样吧。

里实抬头看着百合江，她的眼光不同于昨天，有点儿寻求庇护的意味。百合江看着妹妹严峻的表情渐渐变得柔和，便冲着她露出微笑。家里事情的发展决非她们姐妹俩的能力所能企及的。

里实带刺的话语和对抗的态度使百合江的内心深处充满了不祥的预感。

里实来到标茶已有一周，对学校的情况绝口不提。

回家时，她那藏青色条纹连衣裙和黑色的紧身裤上满是泥污，书包里的教科书上被粉笔涂满。看来就像百合江所担心的，她受到了同学们的排斥，今天那只红色的头箍也丢失了。

"阿里呀，你不是很喜欢那只头箍吗？是不是在学校碰到了不愉快的事？"

"没有啊，和平时一样。同学们身上都臭烘烘的。"

弟弟的同学美江和里实同班，她暗中忠告百合江。

"阿百呀，你家的妹妹是不是该收敛一点啊，老是怒气冲冲的。自称被人揪扯头发也不会哭，性格倔强，别的同学一靠近她，就捏住鼻子，也太过分了。她这样下去，连你也会被大家厌恶的。想办法劝劝她吧。"

傍晚，百合江和里实搭乘爸爸的马车回家。父亲总是浑身酒气，家里的牛马猪鸡的饲养基本上都交由母亲打点。

初中毕业后等待自己的是什么？把自己送出去当佣工，那是真的吗？百合江始终没有确认的机会，年关将近，家里忙忙碌碌的，父母都没有提起百合江毕业后的安排。

放学后，百合江坐在摇摇晃晃的马车里注视着里实的脸，再过一阵子第二学期就要结束了。月光和星光淡淡地照射在堆满积雪的山冈上，明月挂在山岭的棱线附近，异常皎洁，与天顶当空时的皓月相比，看上去要大很多。在不通电的地区，只能依靠月光。百合江觉得里实的心情有所回暖，就唱起歌来。《星影的小径》是她最拿手的歌曲，在学校唱的时候得到过老师的表扬，她喜欢"我爱你，我爱你——"那朴实幽雅的旋律。百合江演唱的时候，里实也默默地仰望着月亮。

夜晚，油灯熄灭之前，百合江在房间的角落里一块搁在苹果箱上的木板做成的桌子上学习。

"阿百。"是里实很难得地先打招呼。

一开始她叫"百合江姐姐"，经姐姐提议后改称"阿百"，百合江也把"里实妹妹"改成了"阿里"，自己若能取代夕张的姑妈，哪怕是一丁点儿，或许也会减少妹妹的孤独感吧。

"阿百呀。"里实板着面孔。

"怎么啦，有事吗？"百合江尽量和蔼微笑着问。

"妈妈，是不是不识字啊？"

听到此言，百合江不由一声叹息，她的视线落在里实的膝盖处，那条黑色的紧身裤的膝盖处已有一个圆圆的破洞。

"阿百啊，妈识字吗？"

就在百合江思索如何作答时，妹妹的视线变得严峻起来，眼光犀利。

"不识字不行吗？"

百合江的话也伤害了自己。她自幼就知道阿萩是文盲，却从未在家庭成员中提过这件事。需要读写的时候由卯一出面对付，自己上学之后也在努力读书识字，学校发的信件由自己读给妈妈听，这样就足够了。

里实的话毫不留情:"岂止不行,我简直无法相信她可以做我的母亲,不可原谅!"

"需要的时候由我传达。妈妈并不是不明事理的人,过去她只是没有读书写字的机会,如此而已。"

"你的意思是说她没上过学?"

"听说妈妈生于秋田,与爸爸经过轰轰烈烈的恋爱,才来到北海道的。"

百合江回避了大人们常说的"私奔"一词,虽说是场轰轰烈烈的恋爱,然而看看父母眼下的状况,她很难想象他们所选择的这条道路结果如何。

听了百合江的说明,里实哼哼着笑起来。"不识字的人,居然还有轰轰烈烈的恋爱,这不很滑稽嘛!还是姑妈说得对,你到标茶后净会碰到些扫兴的事。早知道这样,还不如让姑妈早早办妥养女手续的好。"

"妈妈虽然不识字,但并不傻!她是比阿里想象中慈祥得多的人。"

其实,百合江并不认为妈妈是什么特别慈祥的人,不过是在为她辩护的过程中才这么想到的,这使她感到不可思议。里实板着面孔,百合江虽然听说妹妹喜爱读书,但她并不认为她早熟到能理解所谓轰轰烈烈的恋爱的地步,同时,她也可以理解同学说班级里"只有里实是飘浮在空中"的话语。看着这个令人心疼的强势妹妹,百合江似乎看到了夕张的姑妈是怎样养育她的。姑妈大概不会想到,把里实当作旅馆的继承人来严格教养,会因为将其送回父母身边而使一切都变成了仇恨。

"明天起,让她穿我的旧衣服去上学。老是打扮得与众不同可不是什么好事。"

卯一过来吹灭靠近孩子一侧的油灯。他望着当书桌用的苹果盒说:"阿百,打刚才起,你都在干些啥呀?"

"我在复习迎考啊。"

卯一用鼻子哼了一声,丢下一句:"穷人家的闺女,还搞什么复习迎考呀。"

百合江一直在为不愿见爸爸的里实及与之有着隔阂的弟弟们担忧,但是,打今年春天起,自己不知会去哪儿生活的谜团,就像深不可测、无法捉摸的不安一样,笼罩着她的全身。

卯一的酒量在持续地增加,酗酒使他变成一个粗暴的人。以前,只要百合江唱一首歌,爸爸的心情就会好转,如今却是一发脾气就无法掌控。听到卯一的行状,连地区班长也常常难以劝服。在大雪封门的年末,百合江的不安最终成了现实。虽说已到大年夜,自己家却不像其他人家那样有庆祝新年的余裕。脱鞋处放着爸爸宰杀后拔光毛的一只老鸡,明天全家人将吃阿萩制作的过年鸡汤荞麦面。

斩下鸡头时,卯一把里实叫到鸡棚跟前。因为有不祥的预感,百合江牵着里实的手向前走去。被按倒的老鸡,仿佛预料到自己的临终而发出沙哑的啼鸣。卯一看着两个女儿笑道:"好好看着,在这里生活靠你们那点小聪明,总有一天,就会像它这样的下场!"

说着,卯一单手挥起劈柴刀,将搁在当柴火用的圆木上的鸡脑袋一刀剁飞。看到那只无头鸡朝家里奔去,里实一下子晕了过去,鸡脖子里喷出的鲜血,将雪地染成一条红线。百合江背起妹妹,顺着那条血线走去,身后传来卯一"净是些混蛋"的怒吼声。

苏醒过来的里实把被子蒙在头上开始哭泣,百合江也只能在薄薄的被子上抚摸妹妹的脊背。卯一用力把酒瓶子放在板壁间说:"阿百,毕业后给我去药店当佣工!从今年夏天起我一直在给老板打招呼。今后你就可以穿上好衣服站在店头,比起你过去照看牛马不是强多了!"

这时候,百合江和里实一齐用被子蒙头痛哭,原本认为不至于发生的事终究成为现实,她知道家里既缺钱又缺劳力,若想要有生以来第一次任性,那么只有现在。

"我想读高中,进不了全日制学校,读夜校也行!白天我在药店工作,晚上请让我去上夜校高中,求求你。"

"上夜校,你打算干啥?"

"爸爸,你不总是夸我歌唱得好吗?我想唱歌,一直想当个旅游巴士的导游。"

百合江恳求说，这是个明星的职业，标茶一共也没被录取几个人。上夜校的钱由我自己设法去挣，至少得让我参加入学考试。卯一手中的茶碗飞砸在墙壁上，碎片掉落在苹果盒上，教科书被撕破，书桌不费吹灰之力就被砸了个稀巴烂。

心中描绘的美好梦想像粉碎的茶碗碎片那样散落，百合江的内心骤然涌起深深的悲哀。

"不读高中，那求你让我去参加钏路巴士公司的考试。"

"混账！初中毕业的姑娘独自去闯钏路，能干点啥？"

"我会好好挣钱，寄给家里贴补生活。我一定认真干。"

"所以呀，你能得到认真干活又可不当妓女的机会还不好么。一个十五六岁的姑娘家，说要挣钱，别说大话了，做什么美梦！"

他将一升装酒瓶里的酒一饮而尽，再次怒吼道："净是些混蛋！"只要爸爸在家，三个弟弟一句话也不敢说。阿萩背朝着孩子们，默默地处理着那只被宰杀了的老鸡。

盖在里实身上的棉被还在颤抖。百合江十分绝望，轮流注视着在柴火炉边盘腿而坐的卯一和拒绝对他们父女对话发声的阿萩的后背。

次年四月，百合江住进站前的龙天堂药房开始工作，这是一对没有子女的四十多岁的夫妇经营的店铺。让百合江住的是玄关边一个三铺席的小房间，因为没有壁橱，叠起的被子就占据了半间屋子。虽然如此，对于从来没有自己房间的百合江而言，有一个属于自己的空间着实使她觉得相当奢侈。

老板娘比百合江高出一头，身上老是散发着化妆品的香气。仅此一点，就使百合江觉得她是与阿荻完全不同的女人，整条商业街上，她是最显赫的存在。

在帮忙做晚饭的时候，老板娘停下正制作酱汤的手问："知道你父亲借债的金额吗？"

"什么借债？"

"肯定是酒钱吧。我丈夫经常在酒馆遇到你爸，常借钱给他。从十圆到百圆，从百圆到千圆，现在已经借了五千圆了。我真不知道他为什么要借给你爸那些无法归还的钱，我家也并不富裕。接着嘛，他们之间就谈妥了让你来做佣工的事，当然是瞒着我的。"

漂亮的老板娘扬起一侧的眉毛，面相变得极没风度。百合江终于明白，自己之所以比同样来做佣工的同学工资低，是因为父亲欠债的缘故。

老板娘一边品尝酱汤的味道，一边说，你干一年就能扯平欠账。她告知的事实，夺走了之后百合江好几天的笑脸。

第二天起，为老板娘上卷发器也成了百合江的工作，除了在店里当班之外，还要打扫卫生、洗碗筷瓢盆、采购食材，每天都会增加一项工作。每当百合江被吩咐干活时,店主总是在老板娘看不见的地方靠近,然后跪下平视着她小声说,"阿百真能干啊。"大个子的店老板的视线从她的脸上转向胸部、手臂时,百合江就感到心里发毛,极不舒服。

一个月后,她就能独自接待顾客了。

唯一的安慰是里实放学后时常会到店里来转转。百合江初中毕业后,卯一的酒量越来越大,再也不用马车来接送孩子,里实说,她每天要步行近十二公里来上学。百合江担心入了秋以后的夜路,妹妹该怎么走。

"阿里,夏天结束前,我会给你买一支手电筒的。"

百合江的工资可以常常给妹妹买一点糖果,要买比糖果饼干更贵的东西尚需时日。离开家整理行装时,她发现了妹妹写的信,这件事她始终藏在心底。那是封里实写给夕张姑妈的信,藏在放小物件的半斗罐中,虽然觉得不好意思,可是她还是将它读完了。

里实在信中很夸张地描述了杉山家的事,不管是有的还是没有的。

用淡淡的铅笔写的信很优美,还用上了"不卫生""虱子"之类的字眼,她用漂亮的楷书连续不断地写道,"爸爸和妈妈都任意地驱使我,姐姐是个心眼坏透的女人",她一遍又一遍地写道,快点儿来接我回去,为了逃离眼下的现实,里实竭尽了全力。百合江不想指责妹妹的谎言，只是对里实心中完全不把这些看作谎言的想法感到可怕。在她替换的衣服里，有一只装有不少邮票的信封，那一定是姑妈希望里实多给她写信的证明。

　　百合江并不知道里实到底给夕张寄出过多少封信，不过就她所知，家里并没有收到过写给里实的回信。

　　一到五月中旬，马路边的行道树开始发芽，车站前停靠着载有导游的旅游巴士。白天，百合江在店门前打扫卫生时，看到身穿深蓝色制服、头戴制帽的导游吹着哨子引导旅游巴士的身影，她停下手上的活，出神地注视着导游们的动向。

　　七月初，夏季的庙会日将近。百合江意识到，这样下去，自己没有盛夏可穿的衣服。做完厨房间的事情，她花了三天时间拆开浴衣，缝了一条连衣裙。那件浴衣是在中学上课时缝制的，白底子上有金鱼的花纹，十分艳丽。布料是妈妈去夕张时获赠的临别纪念品。

　　百合江去斜对面西式用品商店买了拉链，做成一条后背可拉开的连衣裙。衣袖做成三角连肩的式样，剪断后就用绕缝的方法，袖子与前后身的缝合抬棍并未花多少功夫。连衣裙做成两天后，她感到气温攀升，于是穿上裙子到店里，老板娘说"哟，挺时髦哇！"而店主却什么也没说。

　　穿上连衣裙的第二天晚上，听说商店街妇女部有个聚会，老板娘不在家。早早从家务中解脱出来的百合江回到三铺席的房间,把娘家带来的存放零碎物品的半斗罐整理一下。里面有和同学一起做的香袋、裁缝工具、宝冢歌剧团的明星照片,还有手帕和手镜,赛璐珞的梳子。虽然没有一件是值钱的东西,可是只要打开这个罐的盖子,她就能切实感受到自己已在休憩了。

店主在房门外叫百合江的名字,房间间隔只是一道纸槅门,而且安装得相当马虎,上方有一厘米左右的间隙。

每次换衣服的早晨和夜晚,百合江养成了确认店主在不在附近的习惯。

"阿百啊,能打搅一下吗?"

"什么事呀?"

店主将纸槅门拉开一半,他那巨大的躯体挤进屋来。百合江捧着半斗罐站了起来。

"干嘛警惕性这么高呀。"

看来他在酒馆喝过一杯,满脸通红,瞪着一双顽强执着的眼睛说道:"没啥事儿,只是想跟你说说工资的事。"

"工资?"

她在嘀咕之时放松了戒备,就在这一当口,店主抱住了她。半斗罐从百合江的手上飞落,店主骑到奋力挣扎的百合江身上,使劲按住她的肩胛说:

"别乱动!一闹腾就会疼痛。放松,放松的话一会儿就完事儿。"

"这样，你爸爸的借款就不用还了。对谁也不许说！"

完事后，店主这样吩咐，然后急急忙忙地溜出房间。百合江收起散落在三铺席小房间里的衣服和内衣，不出声地饮泣。爸爸不可能答应这种事，在百合江揣测的思绪之中，只有欠债不必再归还的话音在反复震响。

采光的窗户对面，女人们发出高亢尖锐的话音从大门前通过。百合江拿起翻倒在房间角落里的闹钟，老板娘就快回来了，不过……她将灯光照亮的室内环视了一遍，有生以来还是头一回哭了将近一个钟头。她深深地吸了口气，下腹部的疼痛一度强烈地扩散到胸部，现在总算稍有缓解。

深吸一气后呼出，再次吸入呼出，随着疼痛的减轻，她想起了店主的手指抠入自己平坦胸部的情景，于是轻轻地抚摸了一下胸脯。每天让百合江吃的是牛奶煮的稀粥和豆瓣酱汤和酸梅子，这样的伙食虽然远远够不上营养的需求，然而，她那瘦骨嶙峋的身子确实有了女人的气息。

第三次深呼吸时，令其哭泣的悲伤业已淡然，这种事情只要独自深藏内心就行。

百合江说："什么呀，那玩意儿。"

哼，她学着里实的样，发出撒娇的声音，轻佻地嘀咕着，自然地转过脸去。

为了把店主留下的气味赶出屋去,她打开了窗,这是一扇把下半部推着向外滑出去的窗户,窗一打开,房间里就充斥着七月夜间的气息。

第二天起,店主开始对百合江避而不见,她与老板娘在化妆品柜台说话时,店主躲在暗处窥视,却不像以往那样靠近。相反在百合江吃饭和工作时主动去和老板娘搭话,如此一来,老板娘的心情也好了起来,有点儿事就"阿百""阿百"地叫个不停,亲近三天之后,店主明显有了变化。只要她俩待在一起,他就会大声呼喊妻子的名字。

"喂,你把那东西放到哪儿去了?"

"那东西是什么呀?"

"就是那个,你过来一下嘛。"

"近来,什么事没有他就大呼小叫的,请谅解。"

怎么叫老板娘都不动时,店主会跑到店堂和厨房来观望,他是害怕百合江会告诉他妻子。想到这儿,在走廊上遇到店主时,她稳稳站定,鼓足勇气说:"下次你再进我屋,我就把那件事告诉老板娘,哪怕你解雇我。"

当天晚上,一想起店主那副彻底萎靡的可怜相,百合江在被子里笑了。笑着笑着,又潸然泪下,怎么也止不住。

"阿百呀,这个送给你。"

庙会那天，老板娘把一支刚用的口红塞到百合江手里。今天商店打烊早，百合江与同学美江约定去看庙会。

老板娘给的是一支最新款式的棒状口红，外面是银色外套盒，旋转底部，口红就露出头来，这是进货后只卖出一支的高级商品。

"这口红我用了一下，对我来说，颜色太过年轻。你很可爱，送给你！今天要和同学去庙会吧，可以用上。"

百合江以在店里迎客的笑脸莞尔，深深地鞠了一躬。

她想起身穿藏青制服吹着哨子的旅游巴士的导游，要活泼、开朗、凛然有生气，她对自己如是说。

庙会的当晚药房提早一小时打烊，百合江与同学美江结伴，打算去看前宵祭和镇民会馆上演的歌剧。据说有来自东京的正宗歌手，整个镇子都轰动起来。百合江淡淡地抹上老板娘赠送的口红，用手镜照照自己的脸。嘴唇呈微微的桃红色，在窗户照进的夕阳的映衬下，脸颊和眼睛都熠熠生辉。她心情大好，觉得自己的模样丝毫不亚于化妆品海报上的女演员。

来到相约碰头的车站前，在米店做佣工的美江挥动双手走近，看到身穿金鱼花纹的连衫裙、涂抹着淡淡口红的百合江，她左右摇晃着娃娃头上的短发，惊叫："太棒了、太棒了！"

"棒什么呀？"

"阿百，判若两人啊，无可挑剔。这条连衫裙就是去年我们一起做的浴衣改制的吧。要说做裁缝，你真是比谁都强。"

因为父母的东北方言腔十分严重，美江稍不留神就会露出来。里实在小学里受到欺负也是美江告诉百合江的，被她说成像另一个人，百合江并不感到不快。她俩在动物糖人商店前站立了一阵，然后朝揽客招呼声异常响亮的镇民会馆走去。

"我说，那个叫三津桥道夫的人是个怎么样的好男人啊？前面的位子都坐满了，阿百，有地方的话得赶紧坐下！"

镇民会馆里挤得满满当当，数不清的观众使地板上的花草席垫都看不清楚，人们等待着舞台大幕的升起，乍一看就知道坐在那儿的已超过百人。美江穿过支起膝盖席地而坐的挤到门口的人群，百合江留意着连衫裙的裙摆紧跟着美江。

"美江，等等。"

百合江的脚下，一个身穿破如抹布般衬衫的少年，正在一一掐死帽子接缝中的虱子。她在迟疑是否还要往前走，少年抬起头望着百合江。他很像大弟弟阿治，她赶紧移开视线。

美江试图尽量往前钻，哪怕一排也行。百合江抓住美江的手腕，让她帮忙挪开墙壁边上的行李，在少许离开美江的地方坐下。场内的灯光暗了，圆柱形灯光照射在幕布的正中，伴奏乐响起，大幕向上开启，左高右低的，后台工作人员太过外行，不过，观众席上还是掌声雷动。

厌烦了镇长漫长致辞的人们叫唤起来，声嘶力竭的吼声，像是喝过酒的醉汉们的嚷嚷声。一想到父亲和店主或许也在场内,百合江就觉得无法安稳。

"快让三津桥道夫出来!"

随着吆喝声,倒彩声四起。美江也在叫喊,没人见过三津桥道夫,也没从收音机里听到过他的歌声,可是,大家都相信海报上印着的"银座诞生的绝代歌星"的文字,那种期待使得场内的观众人数大大膨胀。

镇长挠着头走下舞台,戴着红色蝴蝶领结的主持者立刻跑出来说:"标茶町的各位乡亲,让你们久等了。让我们用热烈的掌声欢迎东京银座诞生的稀世大歌星三津桥道夫先生!"

圆圆的照射灯移到舞台的一侧,伴随着身穿鲜亮的黄色服装的男子返回舞台的中央。会场里再次被掌声覆盖,伴奏音乐声响起。三津桥道夫的白色妆容中眼睛画得特别有神,他连唱了两首民歌。百合江也在拼命地鼓掌,直到拍热了巴掌,不知不觉之中,她也跟着一起唱了起来。

有生以来首次看到的舞蹈及歌剧彻底吸引了在贫穷和屈辱的漩涡中挣扎却万般无奈的百合江。其间夹杂着短剧,三津桥道夫唱了五首歌曲后,挺直身子消失在舞台一侧。在主要演员换服装的空当,客串的女歌手登场,百合江的心跳更加剧烈了。

女歌手的名字叫"一条鹤子",头戴金色的假发,身穿红色的礼服,镇民会馆的舞台上仿佛开出了红色的蔷薇花。

女歌手唱的是药店的收音机里每天播放的《田纳西圆舞曲》，百合江虽然听不懂英文的歌词，但一听到一条鹤子的歌声，她就情不自禁地流下泪来。收音机的音响与真声截然不同，这么多的人在专注地倾听自己唱歌，歌手的心情究竟如何？百合江被在大庭广众之前毫无顾忌的女歌唱演员所吸引，一旦回过神来，发现自己虽然一点也不冷，手脚却在不停地颤抖。

"哎呀，阿百哪，说到底道夫还是个好男儿吧。虽然妆化得像女人那般婀娜，可动作灵敏，外形极佳。毕竟是东京银座出来的绝代大歌星呀，就是不一样！"

被离开会馆的汹涌的人流挤推着，美江大声招呼百合江。大概因为美江坐在大喇叭边上，耳朵出了点状况。

人流在庙会和酒馆处散去，再往前走就松快了。不管对她说什么，百合江只是以"嗯"或"是"作答，美江不禁抱怨起来。

"阿百，打刚才起你就老不说话，特地来看了快乐的歌剧，老是板着那张脸，我会觉得没趣的。"

百合江这时才看了看美江的脸。

"美江，刚才的歌剧很有趣。"

"所以你要多讲，有趣就该用快乐的表情来表示。"

见百合江在笑，美江不可思议地瞅着她。人群开始分散，在十字路口，百合江说：

"我有东西忘在会馆了，对不起，今天你请先回。太高兴了，谢谢！"

她朝美江挥挥手，朝会馆走去。

"你是真心想当歌手吗？"

一条鹤子尚未卸妆，头上包着一条纯白纺绸巾，一边从窗口弹落烟灰一边问。百合江正想混进后台，在门口碰到商店街的员工应酬了几句，这时正巧一条鹤子从厕所里走出来。她身穿夏季单衣肩上披着一件红色的外褂，背后斜印着"一条鹤子"几个字。百合江深鞠一躬，拼命诉求。

"求求您，教我唱歌吧，我什么都可以干。"

"说是什么都干，你都记得住吗？"

"收下我当您的弟子吧，求您了。"

百合江抬起头，正视着鹤子的眼睛坚定地说。

在台下看，她就像一个年轻的姑娘，可眼前的鹤子眼角和嘴角布满皱纹，她的歌声和说话声大不相同，从她那发出高亢美声的嘴唇里竟然爆出类似喝倒彩的怪腔。她在窗轨上掐灭烟蒂，询问百合江的年龄。

"二十岁。"

"二十？别打马虎眼了，你最多十五六岁吧。父母呢？"

"没有了。"

"说没有父母就等于说死了也没人收尸。你呀，一定是搞错了。说是拿着一块三津桥道夫剧团的了不起的招牌，到地方上摆出一副大先生的派头，其实嘛，我们都是些远离大舞台，到处巡回演出的艺人而已。打出只出过一张唱片就销声匿迹的歌手的招牌，在全国各地的庙会上演唱，就是被喝倒彩，也得摆出一流歌手的面孔微笑。你知道银座在哪儿吗？扔上舞台的小费纸包有时竟是已经舔过的糖块，每天过这样的日子，一个乡下丫头能受得了吗？"

说到最后一句，鹤子的嘴唇往一侧一翘，她鬓发油的气味很难闻。为了成为这位用白粉覆盖了松弛肌肤的歌手一条鹤子的弟子，百合江的头垂到了最低处。

"请同意我学唱，我什么都肯干，请教我唱，求您了，收我做弟子。"

后台的门开了，只见一个脸色比鹤子更差的小个子男人走过来，他穿着单衣，身高如同一个孩子。

"鹤子，怎么啦？快去喝一杯吧。"

他就是卸了妆的三津桥道夫，站在舞台上时倒不觉得他这么矮小。看到惊讶的百合江，鹤子咯咯地笑了起来。

"道夫呀，这孩子想当歌手。"

三津桥道夫把百合江从头到脚地打量了一番，声音响亮有力地说：

"那不好吗，这张脸上得了台。鹤子你不是要个帮手么？别在这地方谈了,快去收拾行李来吧。"

道夫拍拍鹤子的肩胛,再次消失在后台中。鹤子长叹一口气,从外褂衣袖袋里取出短小的卷烟,叼上一支。她久久注视着窗外,扇风似的上下眨动着长长的眼睫毛。

"明天白天我们再演一场后离开。我们有两辆卡车,团里共九人。后天在钏路的庙会演出,接下去在雄别,再下面是留萌。不是煤矿就是渔港。我们住在庙会的窝棚里,没有窝棚的地方就睡在卡车上。冬季往南走,北方太冷。傍晚四点出发。今晚睡过一夜你仍然不改主意,就来上车。"

鹤子说完,向右转向后台走去。她圆溜的肩膀,有点走样的臀围看上去相当妖艳。百合江朝手搭上后台门把手的鹤子叫道:"我一定来,请多关照!"

她从会馆飞奔而出,谁说也不听,决定了,做一条鹤子的弟子!夜晚悄悄整好行李,用一块包袱巾包成一包就成。

翌日镇上的庙会依旧热闹。下午三点,百合江对刚来店里的店主和老板娘深鞠一躬。

"老板,太太,虽然时间很短,但十分感谢你们的多方照料。今天请允许我辞行。"

老板娘听了一时无语,百合江莞尔一笑,不断重复:"谢谢!"店主一声不吭,可老板娘麻利地发作起来。

"你呀,简直是岂有此理!我们那么疼你,你知道那支口红值多少钱么？你爸爸的欠债怎么算？不是说好用一年的时间来抵扣的吗？我们雇你连利息也没算呀，你这个不识别人好心的忘恩负义的东西！"

她这句忘恩负义的话刺痛了百合江的心，昨夜准备好的回话要说只有现在。她从口袋里掏出口红放在陈列橱窗柜上。老板娘再次重复说"你这忘恩负义的东西"，将口红扔在地上。

"爸爸的欠账已经和老板扯平了，就在上次太太去参加妇女会的时候。"

老板娘的眼睛倒立起来，从未见过，店主带着一副可悲可怜相，慢慢走出店堂。老板娘猛踩丢在地上的口红，双手拿起玻璃橱窗上装饰的化妆品样品抛向药品陈列柜。

百合江背上只装有北斗罐和极少几件替换衣服的包袱走出药店，西斜的太阳沐浴着她的脊背，百合江急急地赶往镇民会馆。唯一的遗憾是未及告知里实就离开这个城镇，不过，她的脚步却变得轻快起来。

＊　　＊　　＊

百合江被送到高台地上的市民医院，诊断结果说，她的内脏几乎已经不在工作了。

"在被称为高龄化社会的当代，用刚到七十五岁就已老衰的言辞实在于心不忍。"

主治医生说，过了星期一，再做详细检查。里实坐在百合江枕边的圆椅子上。虽然只与妹妹里实相差四岁,可横躺着的百合江却衰老得难以想象。小夜子面对无求无欲的百合江足足看了好几分钟。她的睡相看上去颇为幸福,但里实并不那么认为。

"什么老衰。为什么那么悲伤,不上医院独自躺在那种地方?阿姐真是任性到最后啊。"

病房的灯光一览无余地照亮了低声嘀咕的里实的肌肤,虽然两人的形象相去甚远,但给人的印象却惊人的相似。步入老年后,她俩数年失和,但互相意识到对方的重要,无不说明两人是血脉相通的姐妹。靠着终有一天会修复关系的无意识的恃宠作态,姐妹永远是姐妹。小夜子觉得,百合江长久以来一直在原谅自己这位倔强的妹妹。

百合江的手上依旧紧握着那块黑色的灵牌。病房楼的一头有一间小房间,小夜子对着母亲的侧面,告诉她理惠会搭乘明天的头班车从札幌赶来。

"理惠她说了什么?"

"说来照看她。"

"就那些吗?"

小夜子不再吱声。里实的鼻子里有力地喷出气息。她觉得在情感的流露方面,里实显得直截了当,而百合江呢,却总叫人看不明白。

小夜子在医院的门厅联系上理惠。

"现在马上也干不成什么。今夜做些准备，乘明天的头班车赶去。这次或许会待得久些，多有麻烦，不好意思。"

小夜子问为什么，理惠似乎没能理解她提问的意思，于是小夜子再次问："为什么想到突然要与母亲百合江联系呢？"据小夜子所知，理惠给百合江打电话取得联系也就是这几年的事，而在她到钏路去之前，她们母女俩之间心存着根深蒂固的芥蒂。

"要问为什么，我只能回答说是无意识，是突发奇想，或是某种预感吧。尽管过去我并不相信那些。"

理惠的回答足以使一般人理解，然而，却不能完全说服小夜子。

半夜里鹤田发来短信，小夜子答复说周末表姐妹要来，所以无法相见。鹤田的短信总是相当简洁："明白，那就下次。"不能期待他写更多的话。自己的妊娠已进入第六周了，一旦意识到那是一个"生命"，手机顿时变得沉重了。

多亏次日是礼拜六，理惠说她乘上午七点零三分的列车前来。

"十点五十一分到钏路。你很忙，真对不起。"

早晨小夜子被理惠的电邮叫醒。列车到达三分钟前，检票口附近就聚满了接客的人群。考虑到或许会找不到停车处，她稍稍提早出发。车站一旁的停车场还空着，停好车后，她在检票口等了十多分钟，倚靠在检票口前一根贴满招贴广告的柱子上，眺望着站前完全荒废的光景。

高中时代常与理惠相约碰头的站前百货商店变成了格外便宜的写着诱人词句的商务酒店，大楼的地下街上既没有三百五十日圆一场的电影院和站前咖啡馆，也没有拐角铺面的书店和油炸食品商店。近年来，海雾天也显得少了。

九月的晴空，一碧如洗。

理惠和小夜子的高中时代都没有什么像样的朋友，理惠上了高台的女子高中，而小夜子则进了离家很近的高中，两人曾经商议，学力相差不大，还不如干脆上同一所学校的好，这也是很久以前的事了。

表姐妹之间的会话，总是从对父母的抱怨、对教师的不满开始，吃巧克力冻糕甜点时总是以笑话结束。要是没有那时的交往，或许就不会有现在这样等待理惠到来的出迎了。

庞大的超特快列车车厢滑进月台，二三十人的迎客人群用同样的速度向前冲了一两步。列车的刹车声，人声鼎沸的车站。小夜子离开立柱，把视线投向检票口。

剪着短发的理惠，一只手推着大行李箱朝小夜子走来。从耳垂荡到锁骨处的银链子闪闪发亮，原本肤色白皙的面庞，因为化妆的关系，反而不显柔和。穿一条细斑马纹印花布的紧身长裤，配一件黑色的休闲服，那是很能吸引眼球的华丽装束。

小夜子身穿普通的米黄色运动长裤和单一黑色的T恤衫，脚穿运动鞋，头发扎在脑后，不让它影响工作，这成了她基本的穿着模式。她们身材体态几乎没有区别，但是，两人给人以截然相反的印象。

小夜子从包里取出车钥匙，轻轻挥了挥手，理惠也摆着手走过来。

"好久不见了。中午到泉屋去吃香猪排面吧。"

理惠开口笑着说。在一块平铁板上堆放的意大利实心面和肉酱调料上摆上一块炸猪排，这就是有名的香猪排面。

高中时代，两人吃完一大碗香猪排面，再去闹市街一家包子店吃肉包豆包和串圆子，在百货商店闲逛消食后，又跑到河岸边的"伯爵"咖啡馆吃巧克力冻糕，对她俩而言，那是最最奢侈的吃法。现在已经吃不下那么多，那些熟悉的店家也大都关闭了。

并排朝停车场走去的理惠的侧脸上，看不到自己母亲即将临终的悲伤。

"我们最后一次见面是啥时候呀？"

"记得理惠结婚前有一次在通话中说，我们有一阵子没见面了。"

"如此说来，已经过去十年了吧。"

心中推测十年是有的。小夜子与鹤田交往时，一度频繁使用短信联系。那是手机刚开始使用的时候，刚学会发送短信，净用些无聊的内容来打发时间。与鹤田分手后过了一段时间，她得知理惠开始写小说了，之后又转向结婚的话题。近几年理惠发来的短信多了起来。

自己与鹤田言归于好的事并未告诉理惠。听一个已有孙子的同学说，这个年龄的同学中已经没有人再怀孕了。了解小夜子的状况后，理惠会怎么说呢？

"我说，过去站前有这么大的旅馆吗？"

"北大街上净是商务旅馆、银行和商家，站前与其他街区都差不多。"

小夜子打开轻型小客车的行李箱盖，理惠把沉重的紫色行李箱装上车，她说那是自己的幸运色，相当醒目。坐在副驾驶的座位上，她边系上安全带边说：

"其实，小夜子也该偶尔来札幌走走。"

小夜子没有吭声，将停车卡插入出口处的机器，显示屏上出现"一百圆"的字样，她从车表盘旁的零钱盒里拿出一个百圆硬币，投进机器。黄色的挡车杆向上翘起，随着杆子的上升，她抬起头看看蓝天，再将视线回到身旁的座位上，只见理惠也同样将身子凑近正面挡风玻璃仰望着天空。

理惠来到病房跟前，手搭在移门上，做了两次深呼吸。在面部表情紧张的表姐妹一旁，小夜子也在调整自己的呼吸。里实应该已经在病房里，小夜子把理惠的到达时间告知了她。昨天夜里送妈妈回家时还发生过小小的争执。

"我有话要对理惠说，她到达后我也得去病房。"

"拜托，请你别在病房里说那些麻烦事儿。"

"麻烦事，你指什么？放着自己的亲妈不管，这孩子不知道自己该亲自跑来看看情况，只晓得打个电话要我们跑。一句话，得让她知道感恩！"

小夜子向里实打听街道所属住宅的地址是个根本性的错误，在里实心中，已经将自己定位为"率先去探视姐姐情况"的人，却把这之前的过程全都忽略不计了。

"总之，你少对她们母女俩的事插嘴。这一次，咱俩是局外人。"

"为所欲为！你和理惠说话时都喜欢摆出一副了不起的样子。"

一想到愤愤然地关上副驾驶座车门的母亲，小夜子就郁郁不乐。

"为所欲为"一词是里实对小夜子打出的王牌。在里实看来，小夜子把母亲推给妹妹，也不结婚，任性自在地生活，绝对是个不光彩的不孝之女，还是该像她妹妹夫妇那样，万事都能有个指望的好。

只要眼看斗不过自己女儿时，里实准会一边大声呵斥，一边开始哭泣。最终获胜的常常是里实。正月放假聚会时这种场面会连续出现，所以现在一到正月小夜子就外出旅行。只要给妹妹的孩子送上压岁钱，就不会发生大的问题。理惠做完深呼吸，双眉向上竖起说声："好，进去吧！"她拉开了房门。

紧握灵牌脚朝房门躺着的百合江和坐在圆椅子上的里实的模样与昨晚没有任何变化，病床离房门只有三米距离，是个狭小的单间。病房面向湖面，视野不错，比想象的明亮，像站前一般辽阔的蓝天占据了窗户的大部分。

理惠站在里实身边，静静地低下头。抬头看她的里实也不想说什么，默默起身把位子让给她。小夜子在母亲的催促下来到走廊上。

"你告诉她说是老衰的症状吗？"

"我把医生的话如实转告了她。"

"她怎么说？"

"什么也没说。这又不用发表什么感想喽。"

里实听了皱起眉头，哼地出了口气。小夜子目送母亲走向洗手间，随后回到病房。

"观景不错的房间啊。"

见小夜子一人进屋，理惠的表情缓和了。

"嗯。"

站在窗边俯视，春采湖的湖面在晴朗的天空下呈黑色。这是一个可以开采海底煤炭的低矮矿渣堆和山丘之间的狭长的湖泊，有人说天然纪念物种红鲫鱼只在这个湖里生存，可是，小夜子却一次也没有看到过。

"里实姨妈说什么来着？"

"她问你是否知道你妈是老衰？"

理惠笑起来，眼角泛起漂亮的鸦足纹。她的笑脸和高中时代如出一辙，是充斥着不满、调侃与单相思的鲜美混合体的十多岁少女的脸庞。

"你说，我妈为什么要紧握灵牌呢？"

"昨晚她就这么紧握着。医生说别动，由她去。"

理惠轻轻点点头，紧盯着百合江的脸。看上去，灵牌已成为母亲手掌的一部分。戴着吸氧罩的肌肤，或许是黄疸的关系，灰暗失色。紧闭的双眸眼角上的皱纹，和理惠一样。

理惠动作随意地拿起百合江的左手。

"这就是杉山绫子啊。据说她的死亡日期就是我的生日，好复杂呀。"

理惠说着，又将母亲的手放回胸前，轻轻抚摸着她的额头。

"小夜子啊，我妈这样看上去，似乎并不感觉有多么不幸吧。"

"嗯。"

"尽管也没给人有什么幸福的印象。"

"这个嘛……"

她想说，那全是个人的感觉，不过，就在这时，里实回到病房。理惠与小夜子对视了一下，点了点头。里实以自己特有的方式对她俩打招呼。

"理惠呀，早晨几点出门的？"

"我乘的是七点零三分的首发车。"

接着，里实又问了两三个诸如列车挤不挤，札幌的天气如何等不痛不痒的问题，然后轻声咳了一下。

"我有点事要对你说。"

小夜子看着母亲神叨叨的表情，默默地听着两人的对话。数秒之间，理惠注视着躺在病床上的百合江的身躯，随后站起身来。

"上面有食堂吧？"

在走廊上行走和乘上电梯，里实、理惠、小夜子的队形始终不变。

在最高一层的食堂里，里实和理惠选择了靠窗口的饭桌。

"真是处处得到您的悉心照料，要是没有姨妈，我……"

理惠面对里实坐下，这就要落下泪来。表情奇妙的里实从葛布兰式编织袋中取出餐巾纸，低下头轻轻地擤鼻涕。小夜子把提包放在靠走道一侧的椅子上，只拿着钱包返回食堂的进口处。

她买了三个人的"饮料券"，来到自助式饮料柜前取了咖啡，又在磨砂瓷杯里注入开水，拿好托盘回过头去，只见里实正把餐巾纸递给双肩颤抖的理惠。小夜子端着咖啡托盘，尽可能缓慢地走向桌边。

她在两人面前放下咖啡，理惠马上道谢。粗粗的眼线在她的眼睑下形成一道色晕。

小夜子一落座，里实就开口了。

"我说呀，过去的事就不谈了。我要说的就是，姐姐手里拿着的那玩意儿，有一点我想对你说清楚。"

理惠点点头，上身向里实倾去。窗户外面是湛蓝的晴空和发黑的大湖。小夜子在一旁冷冷地看着与昨夜态度迥异的里实。

里实说完，视线落在饭桌上缄默了一阵。

里实下定决心抬起头，叫了外甥女的名字"理惠"。

"有一个人想见见你。"

里实从包里拿出餐巾纸按住噙满泪水的眼角。

"只要见到那个人，你就会知道那块灵牌的缘由了。"

理惠看着面无表情的里实，又将视线移向窗下的湖泊。小夜子等着理惠要说的话。理惠轻轻呼出一气。

"是谁呀？请告诉我。"

她的话音低而沉静，令人想起那黑色的大湖。

2

六月的仙台已经热得好似北海道的盛夏。智利的地震所引起的海啸危害，还留在城市的低洼处，复兴迹象的显现业已半月之久，受灾以三陆为中心，遭到毁灭的地区一直延续到八户港等东北及北海道的太平洋沿岸。

受害较轻的温泉城镇为了恢复活力，请一个戏班子来进行公演，以月为周期。多亏了这一规定，东北沿岸的巡回演出可以相对固定在一个地方，变成意料之外的长期公演。

从晶体管电视机里传来国会承认日美安全条约、三十三万人的游行队伍包围国会的消息，那是由于到午夜零点参议院还是没有决议情况下的自然承认。反复播送消息的播音员三七开的发型与之狭小的额头怎么看都显得不甚谐调。

一条鹤子的手点着那台索尼电视机小声嘀咕："这混蛋糟老头！"电视机是上次的演出地作为演出费给剧团的，一个礼拜的演出所得到的竟然是这么一台世界首发的"晶体管电视机"。鹤子口齿伶俐连珠炮似的发难："有钱买这玩意儿，还是快把说定的演出费付给我们！"之后，巡回演出队一行人从千叶北上到仙台的秋保温泉。在秋保可演出一个月，直到六月底。这样能稳定在一个地方演出真是久违了，用鹤子的话来说，这才是"美味的工作"。

"浴场的打扫完成了，请吧。"

体格健壮的女招待在纸槅门内说，她们还没换上和服，用大个的卷发器卷着头发，上面盖着漂亮的头巾。

"好呀。"鹤子回答着站起身来。腾给演出队的是被褥房旁边的原先由女招待们住的房间，据说现在女招待们大都住在自己家里每天上下班，或者住在别的宿舍楼里。

在温泉的演出每晚一场，管吃饭，外加随意出入温泉浴场。百合江说，这样的工作可以干上一年啊。鹤子喷出一口卷烟的烟雾，笑着说："那样每天会过得很无聊的。"

昭和三十五年（1960年），百合江二十五岁了。

三津桥道夫剧团在招牌歌手道夫因肝硬化去世后，更名为"一条鹤子剧团"。道夫与鹤子的关系如同夫妇，可是，他的骨灰却被自称是道夫妻子的女人从鹤子手上夺走，留给鹤子的只是剧团的五个成员和大量的借债。

鹤子说，靠秋保的演出，就可以还掉一半的债务。

"不好意思，小费总会给我们包一些的。只要表演成功，观众就会给小费。给我的份儿就分给大家。"

说定的工资始终没有发放，不过谁也没有向鹤子讨要。移动的准备工作费用和道夫的医疗费是借款的内容，即便如此，剧团仍然没有散伙。

鹤子流泪假哭也罢，下跪哀求也罢，好歹争取到了可以洗澡及包伙食的工作，虽然她从不提起自己如何跟对方讨价还价以及那些充满屈辱的对话，然而，剧团的每一个人都能感觉到。遇到有较长期的演出时，她会半夜被公演的组织者叫去到早晨也不见回来，谁也不会打听其缘由，那是鹤子维护剧团的方法。所以无论别人说什么，鹤子的小费是鹤子的。

剧团的女性就是鹤子和百合江二人，还有两年前加入的吉他手旦角宗太郎、司仪主持兼音响师阿常和照明师三郎。百合江加入时，在道夫身后伴舞的年轻舞女们，全在演出地流向了收入好的土耳其浴室和卡巴莱酒馆。

在有的演出地，百合江多次被单独叫出去，对方让她"别告诉鹤子"。百合江应道"是"，然后默默地走向指定的地方。男人们所干的事大都相同，让百合江边唱歌边脱衣。于是她边唱流行的布鲁斯舞曲边在棉被上脱衣。带有文身的男人提出"用假刀斜劈我"的要求时她就照做。接下来发生的就是与往常相同的事，这时的百合江又会喃喃自语，在自己摇晃着的体内深处，"竟然闯进了这种玩意儿"。

晶体管电视机里放映过《人生剧场》的片子，村田英雄身穿高档的便装手持麦克风，由于是黑白片，所以不知衣物的色彩，但显得相当光泽。百合江记得三津桥道夫经常会说起这个男人。

"他是个天才,浪花曲唱得很好,古贺演歌更是唱得无话可说。"

三津桥道夫是个从不嫉妒旁人的人,他唱的歌曲也渗出这一特质。鹤子说他人品太好,所以才会度过一味借债的人生。接受道夫遗产的是鹤子。

百合江和着电视的黑白画面吟诵:"不讲情义,这世道就叫人绝望。"夜雨天,别勉强挽留……男人的世界,情义的交织令人焦虑,可女人的世界却不会有什么变化。

离开故乡之后,百合江的行李只有一段包袱巾,增加后会减少,减少了的又会增加。有变化的只是专用的化妆用具,已经占去了半斗罐的一半。她从未梳妆打扮后去逛过大街,出客时也常常穿着登台的服装。只要能登台唱歌就行。只有一次,有个知名唱片公司的职员来听过百合江唱的歌,那是在热海演出的时候。

"嗯,好好努力吧。歌唱得不错,不过,当今的世界,歌唱得好什么也不算,能不能走红还要靠运气,光唱得好没用!"

同样的话语,百合江已多次听说过,不可思议的是,只要有人夸她唱得好她就觉得开心。自从有人告诉她光唱得好没用那天起,她就觉得一定是有人唱得比自己还要好。

百合江从包袱里的半斗罐里拿出用橡皮筋捆扎的一沓信件的最上面的一封,信封上写着"致杉山百合江",那是里实的来信,字迹依旧那么漂亮。在一地演出时间较长的时候,百合江总会把住址告知家人,里实在中茶安别的娘家居住期间,百合江总会把自己一点点积攒起来凑满千圆的小费寄回家去,大概都被父亲卯一收去了吧,却从未得到任何回音。

过了四年,里实才开始回信。妹妹最终还是没能上高中,据说是进了站前的理发店当上学徒。百合江是在青森的演出地得知妹妹的学习是冲着当护士去的,她很想让成绩好的里实选择她喜欢的道路,然而,过河拆桥似的离开了故乡的自己恐怕也难有作为。自己的大弟弟今年有几岁啦?

里实的信中几乎不会谈及家人的情况,加上百合江也只有在自己演出时间长的时候才会写信告知对方地址,所以里实的来信一年就是三封,最多五封。百合江总是一遍又一遍地阅读里实的来信,读完后收进信封,下次取出再读。接到妹妹当学徒四年之后通过了国家考试的通知之后,鹤子说了一句,送钱比送其他什么都好,于是,百合江立即把身边所有的现金都寄给了里实。

手上这封信的邮戳是"标茶六月八日",这是妹妹接到自己将在秋保待一个月的通知后,马上回复的来信。

百合江姐姐:

你好吗?

总是得感谢你。听说仙台已经热得像盛夏了。这儿总算到了满目皆绿的时节，暖洋洋的天数多了，不过离盛夏还远。你在仙台的工作辛苦了。

其实，今天是有事要告诉姐姐。我到钏路的美容学校接受短期的培训，这在稍前的信中已经告诉你了。那是在美容学校当讲师的清水理发店的师傅邀请我去的。

我一直在想如何向教我完成修业的标茶的师傅提出此事，前几天总算向他提起了"想去城里进修"的想法，师父同意了，说"如果你想提高技艺的话"。

姐姐，我决定去钏路最火最忙的美容店工作，我要以追求尖端技术和流行的顾客为对象而努力。我想象着在日本的某处始终卖力歌唱的姐姐的形象，每当我从收音机里听到姐姐在带篷马车里所唱的歌曲时，所持理发剪的手就会自然停下。

我很想在客满停止售票的剧场里看一眼姐姐演唱《星影的小径》时的模样。你们不会在北海道演出了吗？想见见姐姐。到钏路后，我要存很多很多的钱，回报姐姐的恩情。

百合江姐姐，请保重身体。我要加油，姐姐也加油。八月，我就搬到钏路的清水理发店去，那时，请写信去那儿。期待你的来信。

里实

要迁居就会有开销,百合江想起曾经确信自己可以作为旅行社导游去钏路的日子。钏路自不消说,北海道也相隔甚远,自己只是从九州到青森来回奔波。去熊本的天草时,百合江觉得自己来到了天涯海角,就像置身在异国的天地间。她觉得自己还得给妹妹寄点钱去,同时把信签放入信封里。

"阿百姐,又在读信啊?没个够呀。"

他从屏风后面只露出个脑袋笑着说。宗太郎是招牌旦角,不化妆时皮肤白皙,剪一头黑色的短发,穿上纯白纺绸衫,戴上岛田式假发,就摇身一变为比真人美艳数倍的女性。听说他原本在新潟当和尚修行,庙会时见到剧团的表演后决心脱离寺庙。由于和继母关系不好才进的寺庙,本人自称是"村中最大酿酒厂的次子"。

剧团人所聊起的身世至少一半是谎言。百合江的说法是,父母皆为大学教授,战争中被当作思想犯投入监狱,到此为止全是一派胡言。被人追问时就低下头去暧昧地笑笑,于是便万事大吉。

这位泷本宗太郎会弹吉他,令道夫和鹤子大喜。那些伴奏的女孩子不干以后,只能靠放蹩脚录音的磁带来伴奏。宗太郎听过两三遍的曲子基本上就能用吉他伴奏,问他在哪儿学的,回答说"我进寺庙之前是娇生惯养的公子哥儿"。

肤色白皙、身材苗条,道夫生前曾高兴地说:"化化妆可演旦角,鹤子,你帮他整一整。"从他进剧团的第二天起,就插起一杆"百年一遇的旦角舞姿妖艳泷本宗太郎觐见"的旗帜。

在适合各自水土环境进进出出的过程中,整个剧组的人员发生了很大的变化,演出的节目也不同了。道夫死后,鹤子出演女子武戏和歌唱,百合江担当舞蹈和演唱。不过最受观众热捧的还是宗太郎的旦角舞,在温泉尤其如此。男男女女无不为他妖冶的举止和妩媚的眼神而欢声四起。看着宗太郎,百合江不由想起上次那个唱片公司的人说的"光唱得好还不行"的话,她觉得宗太郎身上有一种坚强,并非有点儿风浪就会夭折,而这一点却是巡回演出过程中有时会死心断念的鹤子和百合江所不具备的。百合江再次感到道夫的眼光精准,宗太郎具有一种通透明亮的气质,令人坚信这孩子或许正怀着走向大舞台演出的梦想。

"阿宗,洗过澡了吗?"

"还没哪。阿常宿醉还睡着呢,等他起来后一起去洗。我说,这封信里写了些什么呀?"

宗太郎成为头牌旦角后,平时的动作和言谈多少也有了些纤弱的感觉。有时,他也会像鹤子和百合江那样被演出的组织者叫去,那时,听说他会巧妙地摆脱:"我谢世的师傅留下遗言说:敬远男色。请原谅。"被女客叫去时,他又说道:"饰演女人者不搞女人。敬请谅解,这个宗太郎身上,有着旦角的骄傲。"

若有人问天下还有这种人啊,他就嘿嘿一笑。据说用以上两种回答大都可以对付过去。不过，喝酒时他却能奉陪到底，说自己是酿酒厂的次子，兴许那是真的。

"里实妹妹说要搬到钏路的理发店去住，这次好像是去城里进修。"

"阿百姐，这是否就是我们所说的去歌舞伎座或新宿小剧场的学习？"

"这我可不清楚。无论是歌舞伎座还是新宿小剧场，我都没见过。"

在小剧场舞台上演出过的只有三津桥道夫一人，而且也只有仅有的一次。那时拍下的照片被放大后装入镜框，藏在鹤子提包的最下方。道夫的妻子把他的骨灰和衣服全部拿走时，这张站在小剧场舞台上的道夫的纪念照鹤子没有放手。

当然，鹤子的剧团从未接到过东京演艺主持者的邀请。在东京，根本不用音响效果很差的录音机，而用真正乐团伴奏的剧场比比皆是，在那儿演出，绝不是模仿他人，而是那些每天出现在收音机及电视中演唱的真正的歌星。跑到东京能站上大舞台演唱的歌手真是少之又少。

迷上鹤子所唱的《田纳西圆舞曲》已有九年了，剧团总是在地方城镇中转悠，也曾有俱乐部的经理过来挖百合江跳槽："到我们这儿来唱吧。"自己虽然不是专业歌手，但此类令人舒心的事也遇到过几次。然而，之所以一直没有离开剧团，恐怕主要还是因为喜欢一条鹤子这位歌手吧。百合江凝视着电子管电视机的画面,再次轻声吟道:"不讲情义,这世道就叫人绝望。"接下来的唱词由宗太郎吟唱。这时,对面传来主持人阿常起床的动静。

"三郎去哪儿啦?"

"不知道。我起来时他就不在了。"

可能去打弹子游戏机了吧。白天的电视节目里伊藤姐妹在演唱《激情之花》。叫人不可思议的是,这世上居然有两人的脸和声音完全一模一样。曾经在观众席上见过双胞胎,却从未看到过长相这般如出一辙的人。宗太郎抱起挂在墙上的吉他,开始追逐她们的音乐旋律。鹤子说,宗太郎的耳中,这世上所有的声音都是哆来咪,而道夫呢,则对这个宗太郎喜爱有加。

"嗯,这样就成。阿百姐,你唱着试试。"

百合江唱起听熟的歌曲,宗太郎和着她的节奏开始伴奏。门口聚起了女佣们,百合江的歌声比上台时要来得轻,曲调旋律中还有宗太郎的低音配合。唱完时宗太郎弹响两声短促的拨音,走廊下传来一阵掌声。今天有五个人在鼓掌,经过这几年的磨炼,她根据掌声能够猜出剧场中的人数。

"今晚上台唱吧,问问鹤子姐。"

鹤子回到房间,说:"行哪。"

"该有些年轻人的歌。每一次都唱布鲁斯流行曲和演歌,听众兴奋不起来,最后这一首歌压台,会有人请再唱一次的。"

如鹤子预料，当天晚上的公演中，《激情之花》受到最热烈的掌声。身穿旦角的服装弹吉他，宗太郎的提议颇受欢迎。刚才还和着演歌唱片中的音乐递送秋波跳舞的花旦，突然弹起了吉他，三十人左右的观众顿时一齐前后摇摆起身子来。好久没见鹤子笑得如此灿烂了。

鹤子用这天得到的小费在旅馆买了一升装的大瓶清酒，那是仙台当地产的土酒。

"稍稍早了些，再过一个礼拜就是我的生日，这算生日酒。"

把客人宴会的剩余食物适当拼凑一下，剧组五人吃得津津有味。司仪阿常、负责照明的三郎，当晚的心情都不错。百合江饮酒后睡得很香，可谁也没有想到，这竟然是一条鹤子剧团的离别酒！

演出结束的三天前，鹤子倒下了。听说虽然保住了一条性命，但左半身整个儿瘫痪了。

最后三天的演出由百合江和宗太郎对付过去，剧团整好行装告别了秋保温泉。七月一日，四人一起来到仙台市的医院探视住院的一条鹤子。演出组织者除了演出费之外，还给了鹤子一点慰问金。演出结束后多次邀请团长的组织者却从未有要去看看鹤子的表示。

躺在病房狭小病床上的鹤子指着失去知觉的左手说："我们团今天解散，大家辛苦了！不能给大家发放像样的工资，实在对不起！请赦免道夫和我吧。阿百，把这次的演出费分给大伙，所欠的钱无法还了。"

鹤子还说，想把卡车和演出器材分给剧团成立时就加入的司仪阿常和三郎二人。六人住的病房小得人无法交会走路。鹤子的舌头打结，话语不清，在她四十八周岁的这一天，一条鹤子又变回了佐藤鹤代。

"我们大伙儿商量过了，这次的演出费给姐姐做治疗费。我们都存了些钱，找到工作前够用，你不用担心。大伙都说安定下来后会跟你联系。我就在仙台找个工作，还可以来陪陪姐姐，这样比较合适。"

躺在隔壁病床上的老太太咳嗽起来，四人都掉转头去看她。受其影响，对面病床上的女人也咳了起来。要是老住在这种地方，鹤子的身体准会变得更糟。百合江想不出再往下说什么。鹤子身体僵直，斜着低下头来。

"你们的心意我领了。我说把卡车和器材分给阿常和三郎是有原委的。"

鹤子从薄薄的枕头下取出一张名片递给百合江，名片很陈旧，卷了角，变成了咖啡色。

"国王唱片菅野兼一"

"这是我原来的经纪人，现在应该更出息了。阿百和阿宗的工作他总会帮忙解决的，你们可以去东京，到稍大一点的舞台上，能靠艺吃饭的。"

百合江用颤抖的手接过了名片，鹤子珍藏的名片中有着她来生梦想的依恋。由于经验不足和年轻，经纪人没能留住鹤子，他是帮着起名"一条鹤子"的师傅，曾对巡回演出剧团的鹤子说："你一定得回来。"鹤子相信，他很想把自己再送上舞台的中央，对她而言，不能马上从巡回演出艺人的队伍中金盆洗手是因为三津桥道夫的出现。为了迷恋的男人，鹤子拒绝了跑到演出地来劝说她"从垫场歌手重新开始"的营野。这是在标茶收下百合江之前不久的事，每次喝酒时断断续续听到的情况，现在连成了一线。

在狭窄的病房中对周边的病人有所顾忌，又面对四人连续讲话有点累了，鹤子借着百合江的手在病床上躺下。闭上眼睛前又再次叮咛两人去东京。百合江把一个月的收入交给一再推辞的鹤子，离开了医院。

阿常和三郎说，分完卡车和器材后准备离开仙台，他俩异口同声地表示，希望百合江和宗太郎心情舒畅地一起到东京去。

"阿鹤姐不是说剧团解散么，只要活着就能赚钱。我回青森去，三郎说没有去处，我想请他一起回我老家帮忙耕作。"

阿常的故乡在青森，父母和姐弟们都疏远酒鬼阿常，按说他没有可带三郎去安身的地方。人人都在胡编乱造自己的身世，百合江记得唯有阿常会不经意间漏出一点实情。对他们的挂虑变成泪珠，从百合江的脸上滚落。阿常用擅长的开场白，关上了剧团当红者前行的大门。

"流经尘世间的大河畔盛开着两朵美艳的鲜花：一条鹤子剧团引以为豪的名旦角泷本宗之介，令法国女声比阿夫和我国的云雀都拜倒在地的杉山百合江，两大明星将隆重登场。各位来宾，今宵敬请尽情欣赏！"

宗太郎那张招牌脸蛋哭得一塌糊涂，无法劝止。告别了相敬如母亲的鹤子，被心中的支柱阿常的开场白、三郎的掌声送别，揣着一张名片奔向东京，他那种悲哀远胜喜悦的心情与百合江如出一辙。

百合江在仙台站前与阿常他们作别，买了两张车票，与哭肿了眼睛的宗太郎一起去东京。加上阿常他们的临别赠予，两个人钱包中所有的钱加在一起也不够吃饱后再从东京返回北方的车钱。在两人的心中，只够买张单程车票的东京，真是太遥远了。

"阿百姐，今后咱们该怎么办才行啊？"

"照阿鹤姐说的，只有先去找国王唱片的菅野先生。你完全有重新开始演出的才能，万不得已之时，我可以做服侍经理的随从，干什么都行。"

这是百合江能够回报道夫和鹤子的唯一办法。开往东京的列车在剧烈地摇晃,天气越变越怪,百合江的预感自打乘上列车起就被阴云笼罩住了。

"菅野已经从本公司退职了。"

窗口的接待姑娘莞尔一笑,十分标准的口音,尾音轻弱。这不是好笑的场合,百合江强忍下不禁想要发作的怒吼。

"退职,是说他已经辞去工作了吗?"

"是的。"

"有知道菅野先生的人吗?谁都行,请告诉他是一条鹤子让我们来找他的。"

姑娘在记录的时候两次问了鹤子的名字。置身梅雨季节独特的热烘烘的空气之中,好像豪雨马上就会从天而降。接待姑娘背后那根粗大的立柱上贴着的若原一郎的画像正冲着这边微笑。这张令人爽快的海报,格外地触人神经。

"让你们久等了,我们企划部的先生会出来,请你们在那边的长椅上稍候。"

宗太郎本来就没有到首都要打扮得体面一点的意识,他坐在硬板长凳上,两腿直伸向前方,那张端正的脸变得僵硬刻板起来,竖立在一旁的吉他显得寒碜可怜。看到这一切,百合江只有叹气。大立柱上的时钟已报时午后四点,一路寻来到达国王唱片公司后,三十分钟已经过去。

公司入口处附近,人声奇妙地鼎沸起来,顺着人流看去,只见长相相同的伊藤姐妹俩身穿同样的西服走下一辆黑色的轿车，分不清谁是姐姐谁是妹妹。从电视机中来到眼前的歌星已不是黑白色的，她们身穿有色彩的西服，从两人面前横穿过去，走向电梯，对在门厅等人的百合江他们瞅都不瞅一眼，带着众人精神抖擞地走去。她俩是被人由衷期盼的歌星，而歌星是绝不会等待旁人的。

宗太郎敏捷地从盒子里取出吉他，《激情之花》的序曲旋律在门厅里回荡。宗太郎给了百合江一个娇媚的眼神，在场所有人的视线都集中到两人身上，一时出现了可怕的寂静。

百合江起身唱了起来，那是在秋保温泉的舞台上深受欢迎的一首歌，是鹤子盛赞的《激情之花》，她陶醉地唱了第一段歌词。不知道这儿是什么地方，宗太郎弹完最后的伴奏乐，门厅里响起了掌声。

两人这才发现刚才已经站在电梯前的伊藤姐妹正站在自己的跟前，在近处看，仍然分不清她俩谁大谁小。

"谢谢你们出色的礼物！"

两人微笑着同时说了相同的话。

"快过来！"像是经纪人的男子按住电梯门嚷道。她们俩走进电梯后一起转过身来冲着这边挥手。电梯门关上后，门厅里的人群散去，接着来到百合江两人面前的是保安："尽兴过后就快快离开！歌迷就要有歌迷的样子，到电视机前或剧场里去看。"

宗太郎镇定自如地回答："是，明白。"他抓住百合江的手腕走出公司大楼。点点滴滴的小雨开始从天而降。

百合江首次觉得宗太郎乐观的性格很值得指望，想起道夫常说"那孩子是柳条"，柳条是不会折断的，无论遇上什么强风，柳条都会柔软、坚强地随风摇摆。

"阿百姐，我的吉他和姐的演唱，保证眼下的生活没有问题。以假乱真，连真人也过来致谢了。"

当天夜晚，他俩在不知名的酒馆街上漫步，见到有合适的巷子，宗太郎就背上吉他，一首接一首地弹起舞台上的曲子："怎么样，来一曲吧？请点唱您喜欢的歌曲。"肤色白皙的美男子比百合江更吸引众人的目光，无论男女，似乎都对宗太郎的相貌和声音感兴趣。

"嗨，老兄，到这里来唱一曲。"

"谢谢！"

只要有人招呼，立刻挑起门帘进店，敞开门由百合江歌唱，从《敲碟民谣》唱到《黑花瓣》《东京夜总会》，净是些在收音机和鹤子的电子管电视机里学来的歌曲。在这家店堂演唱时，下一家店又来邀请。老歌是在道夫和鹤子的演出舞台上学会的，被点到的歌曲没有一首是不会唱的。转到深夜十二点，宗太郎清点着满口袋的零钱说："行，阿姐啊，去旅馆吧。"

还是第一次在一天里唱这么多的歌曲，全身充满舒心的疲惫，百合江在湿度极高的夜幕笼罩下，抬起头茫然地望着夜空。小雨已经停了，夜空中看不到一颗星星，东京的夜空，即便没有星星也是明亮的。

他们问过最后演唱的店家的老板，是否知道合适的旅店，对方说到闹市后面的小马路上，有和他们一样当天"巡回"演出艺人们集聚的旅店。

"不，我们不想与那些人搭界，给我们介绍更正经的旅馆吧。"

"那么，就是松波屋了。稍稍贵一点，可比那些散工们住的旅店档次高多了。"

宗太郎按照老板指明的方向无误地走去，百合江跟在他身后，为了不让喉咙嘶哑，她不停地喝水。到达松波屋旅馆，从账房里出来的老板娘二话不说就把二人领进房间，端上茶水，收了住宿费就离开了。比那些散工们住的旅店是高档些，不过，其实也就是个"情人旅馆"而已。

百合江看到纸槅门里边只铺了一床宽幅棉被有点不安，宗太郎却一脸满不在乎地笑着，把赚来的钱摊在矮脚食桌上。

"阿百姐，明天还照样这么干。虽然没有舞台，但是好歹能够维持。"

看到两人这么演唱，鹤子会怎么说呢？能赚到钱固然令人高兴，但是百合江惦念的是正在仙台等待喜讯的鹤子。她没有回答，宗太郎凑过脸来。

"阿宗，明天还是再到国王唱片公司去一趟吧。"

痛苦的沉默开始了。"对不起，"纸榈门外传来老板娘的声音，"洗澡水准备好了。"

门没被拉开，衣服摩擦声离去，屋内恢复了沉寂。

"我并不想上电视，要是阿百姐想成为出唱片的歌手，我可以奉陪。说到衣锦归乡，我是既无父母也无兄弟，我没有什么欲望。道夫师傅讲过，你要是多有点欲望，专业机构绝不会放过你。他的意思当初我并不太明白，可今天遇到伊藤姐妹，让我想起了道夫的话。"

"阿宗，所谓欲望，是什么东西呢？"

"不就是拼命想当歌星，光艳照人嘛。语言和态度上这样表现出来，就会欲罢不能。我嘛，就不会那样。"

原来如此，百合江点点头，觉得有道理。光唱得好是不行的，这句话在她的耳畔反复回响，它变成了道夫和鹤子的声音，渐渐远去。

"洗澡水烧好了，阿宗，一起去洗吗？"

宗太郎露出今天最灿烂的笑容，"嗯"地点点头。

当天夜晚，百合江以极度疲惫的身体拥抱着宗太郎，对进入自己体内的玩意儿没感到腻烦，这还是第一次。宗太郎的肌肤如同女人一般细腻，滑溜溜地趴在百合江的身上，令人舒畅的往来之后沉浸在造访的高潮中，耳际深处响起了细微的、上气不接下气的喘息，百合江首次听到自己的嗓子眼里发出了这种声响。

"阿姐，今天可真是个好日子啊。"

宗太郎坠入梦乡的同时，发出这样的话音。所有的不安和羞耻都随着它烟消云散了。

"是啊，阿宗。"

如此作答后，今天果真成了好日子。

百合江觉得，与宗太郎这条柳枝在东京街头漂流一阵也不赖。她知道这种沉迷于姐弟与男女关系的日子，一定不可长久，然而，这样的预感居然也变成了当晚舒心的睡眠。

次日夜晚，巷子里"巡回演出"的艺人多了，出现了好几拨人。有个战后始终在巡回演出的老户头告诉两人，这个世界中讲究仁义。

"懂吗？尽量避免恶赚才行。这种在闹市干的活计，这种完全不需进货的生意，还是要付一点地皮钱的。要设法找到相关人员去请求关照，按他们的要求支付费用，你们的演出才能圆满。否则，在这一带巡回演出的家伙没有不遇上麻烦的。"

"难道就没有不用付地皮费的地方吗？"

"要是有那样的地方，我头一个会去。"

那老户头嘻嘻地笑个不停。与他相见的几个小时后，两个

"相关人员"真的出现了,他们挡住两人的去路,竟然提出要上缴演出收入的三成,还说明这是非常客气的数字。

"明白,演完后我们就去事务所拜访。"

"这就对了。阿哥虽然年轻,倒还明白事理。要都像你们这样爽快,我们也就能做大好人了。"

宗太郎微笑着确认了事务所的方位。百合江对这样的对话深感不安,跟在宗太郎身后走去。当天的工作也顺利地结束,在刚任职的大学毕业生月工资为一万六千圆的时代,他俩一天可赚三千圆。从演歌、民谣到流行歌曲,百合江的演唱范围很广,在所有的店家,面对各式各样的客人都没有碰到叫她为难的场合。有这样的收入,每天住进情人旅馆,享受舒适的大床和两餐饭菜当无问题。收入的三成要被盘剥叫人心痛,但不知道拒绝上缴会有怎样的后果。

当天的演唱结束后宗太郎从肩上取下吉他,大步流星地向旅馆走去。前胸的汗臭味儿升腾起来,他想赶紧去洗个澡,可是,更重要的还是应该先去践约。

"阿宗,该去事务所吧。"

百合江觉得,宗太郎是忘了先前的约定就要回旅馆,宗太郎头也不回地"嗯"了一声,却没有改变方向。

"阿宗。"看到旅馆招牌时,百合江再次招呼他。猛然回头的宗太郎的脸上常见的笑容不见了。

"太不像话,竟然要我们收入的三成!就演到今天,我们离开这儿,到别处去,要是又遇到麻烦就再走。我最讨厌这种事,别指望我会与那些黑社会地痞有瓜葛。"

百合江深深地长叹一口气。他们并不是不知道,过去,整个剧团好歹能在各地巡回演出,少不了一条鹤子在演出地付出的巨大牺牲,要是能用金钱来搞定,那么三成四成的都可以给他们,对方也没有掠夺到要我们生意做不下去的地步,这个数字也是不让我们伤筋动骨、大家都过得去的最低要求。

"我说阿宗呀,去别处也会遇到同样的事。我们所走的道路,连一块石板也是别人家世界的,人家让你演唱就是要抽你收入的份子钱。付给他们吧!你没看到鹤子姐隐忍了多少委屈,与演出地打交道的情形么?"

她设法说服,正因为讨厌麻烦,所以该支付抽头,可是宗太郎固执地不肯点头。他到旅馆取了百合江寄存在那儿的包袱,跑了回来。小径头顶上的夜空,今夜依然不见星光。

七月中旬,在东京出梅之前,两人已换了三个地方,有一次在同行演出者以刀具相向威胁之下,他们到第三天就逃离了酒馆区。虽然他们发现上缴收入的三成其实是颇有良心的要求,可宗太郎坚决不说要再回松波屋那边的闹市区去。百合江觉得,在夕阳落山后的大街上巡回演唱的自己,活像撞向霓虹灯而折翅受伤的一只飞蛾。

"阿宗呀，回一趟仙台吧。到鹤子姐身边，在那儿找工作吧。我认为旅途漂泊的生活太不靠谱，这种遭人追赶、落荒而逃的生活令人厌烦。"

"想回去的话，阿百一个人回吧。"

不知不觉之中，阿百姐不存在了。宗太郎撒娇缠磨又陷入沉默的日子多了，真不知道他喜爱的是什么。宗太郎总不提离开东京的事，百合江每次说起都会令宗太郎不快，所以现在已经不再提仙台和鹤子了。然而，时间越久，她便愈加惦记鹤子。

来到东京已有两个月了，到了九月，气温丝毫不见下降。在残暑逼人的大街上，百合江跟在手提吉他的宗太郎身后行走，昨天和今天，唱错了许多歌词，虽然自己尽了力，可是歌声却很难从腹部的上方发出。

"阿百，身体不舒服吗？"

宗太郎注意到百合江的状况，他弹间奏的时间拉长，为她争取调整的时间，但是，百合江还是无法集中精力唱好一首歌。

"天气太热，累得要命。对不起。"

"回旅馆去吧。"宗太郎说。

现在比平时收工的时间早得多，百合江按着因暑热和倦怠而变得朦胧的脑袋点点头。在路过廉价旅社前站立进食的面条店时，强烈的恶心感向她袭来。煮面条的气味直接刺激了咽喉深处，这是从未经历过的作呕，向下蜷身想吐出腹中的东西，却什么也吐不出来。没有食欲，早上就几乎没吃任何东西，折断一般地扭动身体，从胃里泛出的只是苦味。在小路旁呕吐了将近十分钟，百合江意识到来到东京以后自己一次也没来过月经。在情人旅馆里，多次与宗太郎苟合的肌肤不由不寒而栗起来。

"阿百。"

宗太郎在身后不安地呼唤，抬起头的百合江面前是大楼的墙壁，她已经走进了一条不通的死路。

翌日早晨，百合江换好衣服，没有叫醒宗太郎，独自出了旅馆。她要去上野站。昨夜对宗太郎撒谎说"去医院看医生"，把迄今为止存下的钱要了一半，虽然住宿费去掉不少，但还留有一万多圆。有这些钱应该可以回到仙台。她打算见到鹤子后，再商量今后的立身之计。

虽然不想承认，但自己有了身孕已是不争的事实。百合江希望在硬撑着巡回演出的辛劳之中孩子会自然流产，可在人山人海的颠沛流离之时最终还是处处庇护着自己的肚子。

百合江并不留恋东京，对于要离开宗太郎，她也不觉得多么伤心。百合江想起昨天夜晚，自己躺在棉被上的时候宗太郎冒出的一句话。

"我最喜欢阿百了，所以希望你快好。"

她觉得那是肚子里的孩子在哀求，于是点点头。他的这一句话，就把使她怀孕的事给扯平了。今天也很炎热，东京的气候怎么说也不讨人喜欢。在上野站的进口处,她再次抬头仰望天空,嗯了一声,横竖都是自己选择的!

开往仙台的列车开始滑出月台,空空如也的肚子又有恶心袭来。百合江取出小店购买的饭团,幸好隔壁座位上没有人,她慢慢在座位上坐下,心想该如何向鹤子汇报情况。

"阿百!"只见满面通红的宗太郎站在通道上俯视着百合江,饭团子差点儿掉落,赶紧慌慌张张地用双手捧住。宗太郎手上拿着纸袋和吉他盒,这不是梦幻吗?百合江的视线从通道移开,咬了一口饭团。

"也给我一个吧。"

宗太郎在空位子上坐下,百合江把两只饭团中没开封的那只什锦饭团递给他。因为梅子太酸,她流下泪来。

列车向北方驶去。

九月,仙台也很炎热。不躲到树阴下,立马会汗流浃背,不过比起东京那种湿潮空气毫不留情地笼罩全身的闷热而言,这儿还是有本质区别的。

鹤子不在医院里,据病房的护士说,她独自一人收拾好行李结账出院了。

"没错。应该是七月半的时候。我问她去哪儿疗养,可她什么也没说。"

鹤子的双亲在空袭中丧生，她能够依靠的亲人只有住在岛根的唯一的叔叔，虽然巡回演出的艺人们的既往经历中充斥着谎言，但无法认定鹤子有可以指望来照料她生活的亲属。她现在处于半身不遂的状态，如何才能工作呢？若她有可以照顾自己的亲戚，那么在她病倒时理应已经出现。

"阿百，鹤子姐会去哪儿呢？"

"不知道，她独自在寻找可以安身的地方吧。或许去了岛根的叔叔家吧。"

百合江咽下了"她已经无法唱歌了"这句话，她坐在火车站的长凳上，一筹莫展。回过神来发现宗太郎坐在身旁。他去买来了盒饭，用圆扇为燥热的百合江送风。望着勤快的宗太郎的举动，百合江由衷感到，"啊，这孩子是条柔韧的柳枝呀"。

街上充斥着忧郁的气氛。百合江他们一直过着从这个庙会到下一个庙会的漂泊生活，回首望去，比起庙会时的喧嚣热闹，还是庙会结束后的记忆更深刻地留在脑海里。因为这儿的庙会一结束，意味着又将踏上去下一个城市的旅程。巡回演出有时两天，有时三天，中途去温泉表演，稍事休养生息，宛如从这棵树枝飞向另一棵树枝的候鸟。一旁的宗太郎在啃嚼冰棍，百合江伸出手去，他笑着把冰棍递给她。冰爽的感觉之后汽水的甜味在嘴里弥漫，始终郁结在心中的晦气，一扫而光了。

"阿宗，接下来你打算怎么办？"

"怎么办？是阿百你打算怎么办的问题。"

"我问的是你的打算。"

"我要阿百先说了以后再说。"

不管怎么说，手上没钱就无法动弹。百合江想起自己羞涩的钱包，把剩余的冰棍还给了宗太郎。

"今晚开始演唱，挣点儿车费吧。"

宗太郎活像花儿绽放一样地露出笑脸。眼下没有可去的地方，要是没有伙食和交通费，想从这儿挪一步都难，这是巡回演出团所有艺人根深蒂固的想法。钱，明天吃饭就需要。没有固定的居所其实并不恼人，可是没有住宿的费用就是最最令人不安的事。

在经济食堂吃饱肚子，等待夜晚的到来后来到国分町。小径里的霓虹灯开始闪亮，这儿与东京迥然而异，究竟哪儿不同却不是一两句话说得清的。勉为其难地说，就是人不同，还有行动、速度和语言，所有的一切。

无论在哪儿演唱，一定会有上门抽头的家伙。这一次，宗太郎老老实实地交出了对方索要的钱。挣到的不足东京的一半，好歹把那一天的住宿和伙食对付过去了。

百合江躺在情人旅馆薄薄的棉被上，听着宗太郎的寝息。来到仙台后立刻去了鹤子的医院，结果却叫人不知所措。不过他们还是去卖唱，吃上了饭。要是只有自己一人，恐怕还无法这样进行巡回演唱。她数着宗太郎规律的呼吸声,身子像铅块那么沉重,累得精疲力竭,却毫无睡意。百合江心想,该如何对宗太郎说明自己腹中的孩子,甚至惴惴不安于明天的到来。

两人在国分町的巷子小径转悠了一周,点唱那些宁静寂清歌曲的人居多,寂寥的歌声成了渐渐远离喧嚣闹市时的拐杖。

"喔,你们不就是在秋保演出的那个剧团的人么?"

当天晚上走进第三家小酒馆时,一个身穿皱巴巴西服的男子问道。他是个五十上下熟不拘礼的人,可百合江并不认识。她朝他点点头,道了声"谢谢"。当自己想不出对方是谁的时候,只要笑着点头总能平安应付过去。

他向两人点唱《哀愁码头》,随着宗太郎吉他的旋律,百合江一开腔,厨房间和喝酒柜台上的嘈杂声顿时安静下来,一曲唱完,百合江在一片掌声中接受了男子给的酬金。男子的眼睛里渗出隐约可见的泪花。

"虽然你们的师傅不在了,可你们还在奋斗。你们的团长会为你们感到高兴的!"

宗太郎已经朝出口走去。百合江无法理解男子话语的含义,歪着头眨了眨眼睛。他所说的师傅,难道是三津桥道夫吗?男子见状,吸了吸鼻涕。

"佛事做完了吗?"

"你说什么呀,谁的佛事?"

男子一副腺病体质的样子，双颊塌陷，他张着嘴瞅着百合江的眼睛。

"你，什么都不知道吗？"

瞬间，百合江的意识中断了。酒馆里又开始嘈杂起来，没有人对他俩的交谈感兴趣。

"一个月之前，你们的团长在港口上岸了。"

男子从裤子屁股口袋里掏出一个黑色的钱夹，递过来一张名片，自称是河北新报社的报道部记者铃木。

名片上的文字和男子的话语都无法顺利地进入脑海，团长在港口上岸究竟是何含义？百合江说，七月他们到东京去了，铃木这才露出恍然大悟的表情，用比刚才更加怜悯的口吻说："死者好像被鱼类噬咬过，惨不忍睹。不过，遗留在防波堤的箱子证明了她的身份。报刊的报道只有五行文字，明显是自杀。衣箱里值钱的东西都被人拿走了，全靠印有艺名的外褂才判明身份。我觉得那件外褂才是最有价值的东西。"

宗太郎挑起门帘，诧异地看着他俩。

"对不起，您是否知道是谁领走了骨灰。"

"不，那可不了解。上警察局或许能知道。啊，对了，请等等！"

铃木从裤袋里取出记事本，用一截短铅笔写着什么。

"你拿上这纸条和我的名片到县警局去找这个人打听，估计能大致了解情况。"

百合江收下纸条，客气地道谢后走到门外。一见到宗太郎，下腹部就隐隐刺痛起来。该怎么对他说鹤子的死讯呢？

"怎么啦，阿百，面色铁青，那家伙说了什么混账话？我找他去理论。"

百合江凝视着表情严厉的宗太郎的眼睛，噘起嘴唇，一把抓住喊出"好哇！"就要冲进酒馆的宗太郎的手腕。

"不是，阿宗！你搞错了，是鹤子姐她……"百合江吸了一两口气，这才说出，"死了！"

宗太郎张开的嘴巴，一时间没能闭上。霓虹灯光照亮两人的脸，脸色不好，其实是蓝色霓虹灯的关系。对面第三个铺面的门帘掀起来，身穿烹饪罩衫的老板娘在向他们招手，百合江捅一下吉他音箱，应道："这就去。"她急急忙忙地把铃木的名片和记事本上撕下的纸条塞进了裤袋。

宫城县警局的木岛启治高兴地接待了百合江和宗太郎，说是昨夜就接到朋友的联系。他身材魁伟，看上去为人也不错，他说自己的名字和工作都叫做"KEIJI"①，以缓解两人的紧张。

木岛告知的情况比两人想象的还要残酷。

"她算无主尸体吗？"

---

① 日语中"刑警"和其名字"启治"发音相同，都是"KEIJI"。

"是啊，也叫旅行死亡者。即便知道姓名，也没有可联系上的亲人和朋友。"

"没有一个人来领取她的骨灰吗？"

木岛有点儿尴尬，回答说"是的"，他说，鹤子的骨灰安放在城市任选的寺庙里。

"你们怎么办？要不我跟寺庙联系一下，你们跟她没有血缘关系，也不能说得太过勉强。"

宗太郎只是在弹奏吉他时绷着脸，除此之外都是以一副懵懵懂懂的神情跟着百合江。紧跟着道夫离去的鹤子，他们失去了两位胜似父母的亲人。其中究竟发生了什么，百合江同样难以理解。他俩觉得不能这样恍惚下去，所以才一起来到县警局的。

在开往寺庙的公交车上，宗太郎还是一直张着嘴，他的模样因为面容端正反而显得异常悲哀。

在安放骨灰的寺庙里两人朝无主死者鹤子合掌，骨灰罐用一条鹤子的外褂包裹着。宗太郎一把抓住走出寺门的百合江的手腕。

"阿百，怎么就走了？应该把鹤子姐带回去。不要把她单独留在这种地方！"

西斜的阳光从坟场对面强烈地照射过来，这种时刻，自己与鹤子一起涂抹过多少次粉饼啊。宗太郎的手指卡入百合江的手腕。

"好疼，阿宗，快松开！"

"不要！要把鹤子接回去。她是我的师傅，不也是你的师傅吗？她不是我们唯一的母亲么？我们的母亲啊！"

"是我们不孝。"宗太郎边说边哭。百合江放下行李，甩开他的手。

"你这小傻瓜！别老说这种舞台上的台词了。这就是巡回演出艺人的结局，你和我都不会知道将来会死在哪儿。我说阿宗呀，鹤子姐的骨灰就让它安放在该放的地方。不管是怎么个死法，想活就活，想死就死，人一旦变成灰烬就结束了。现在我们这样行走，要是我死了，你就得抛弃我的骨灰，去你要去的地方！"

声泪俱下。什么呀，充满戏剧味的不正是自己么？百合江抽吸着鼻涕。宗太郎放声大哭起来。柱子对面的寺庙住持瞅着他俩，适可而止地垂下了头。百合江抓住宗太郎的手走出寺庙。

不知会死在哪儿——

说着这样的话，沐浴在斜阳中的脊背上淌下了冷汗。百合江站定，闭上了眼睛，眼端浮现出以往不曾见过的故乡的景致，它们依次鲜明地通过了眼帘。

"阿宗呀。"

宗太郎重新背上吉他盒应声。百合江深深吸了口气，又长叹一口气。她睁开眼睛，路上映着两道长长细细的人影。

这条坑坑洼洼的道路使百合江想起连接开拓小屋的马车道、总是留有残雪的山野、牧草沙沙作响的山脊和满天星光闪耀的夜空，十六岁就离开的故乡的情景此刻从心底深处洋溢而出。

"阿宗，我们去北海道吧。"

"北海道是阿百的出生之地吧。"

"去吗，阿宗？"

"听说那里有熊出没，是真的吗？"

百合江还没决定究竟何时把自己怀孕的事告诉他，她想起亲属这个词，觉得完全不得要领。比起自己要当母亲来，倒是宗太郎这个父亲太缺少现实性。

她想起自己曾想独自一人返回上野的事，明明发生在不久以前，却好像已经相隔久远。看到吃着什锦饭团的宗太郎时的喜悦，好似外面隔了一层薄膜。百合江把包袱的打结处挂在肩上。

"有熊出没，鹿和狐狸也不少，"百合江大声说道，"不过，没关系！"宗太郎眼睛红红的，点头应允。

"对了，我说父亲是大学教授，还是思想犯，那全是撒谎，对不起！"

宗太郎笑道："这，我早就知道。"

在青函海峡的摆渡船上翻江倒海般地呕吐，两人在函馆的廉价旅馆栖身一夜。离开函馆前，百合江给里实写了一封信。

里实妹：

新的理发屋经营得如何？在店里住宿会碰到很多难事，大伙儿待你还好么？里实很坚强，我很放心。

七月，我们团解散了。经历了种种事情，我决定返回北海道。现在我在函馆。寄出此信后，我们会经札幌去钏路。见过里实后，再回标茶。爸爸妈妈会原谅我吗？还有里实和弟弟们。

请原谅随意任性、一路走来的我。

百合江

她把信投进车站前的邮筒里。钱包里已经没有去道东的旅费，或许要在札幌稍稍挣点钱。一想到又要在地痞流氓的勒索下演唱就觉得郁郁不乐。然而，要想回标茶去求得原谅，没有旅费是万万不能的。

药店夫妇会怎么向邻居们数落自己，是大致可以想象的，他们应该总是会对留在店里的人绘声绘色地任意讲述自己的不是。不过，遗憾的是，能够平安生产婴儿的场所除了娘家实在想不出还有其他什么地方。阿萩和卯一会怎么说自己呢？在眼下的生活状况中依然顽强地待在自己腹中的这个婴儿，百合江绝不能打掉。

只要背着吉他，那么巷子里和门帘对面就会有人招呼他们。

两人已经完全忘记了九月的夜晚居然如此寒冷，百合江只穿了一条连衣裙，披一件外褂在演唱。对于询问两人关系的客人，他们回答说是姐弟，轻易相信及始终怀疑的人各占一半。

最终，在札幌闹市薄野一待就是半个多月。

开始巡回演唱的第三天，不知从哪儿听到的消息，说这儿的专属歌手由于事故半个月恐难复原，所以可以设法在这儿再演上一段时间。百合江和宗太郎高兴得要跳起来，若能在卡巴莱酒馆唱上半个月，好歹也能挣到一笔像样的钱。

据说"梦想"是薄野最早开出的卡巴莱酒馆。酒馆经理领着两人来到包厢最里边的座位边面见了一个身穿和服的女掌柜，她虽然年轻却颇有威严，递过来的名片上写着"菊池小夜"。

"半个月工资给两万日圆，那位吉他哥给一万，我只喜欢歌手。你们是姐弟俩吧，可以由乐队伴奏演唱，安静的歌曲请用吉他伴奏。除了舞台，请你们在包厢里唱。阿哥请帮帮楼层服务员的忙，行吗？若觉得演出费不足，请努力演唱，多赚小费。我们店的专属歌手也是同样的待遇。"

在薄野，女掌柜早在红线时代[①]就广为大家熟知，她有一双与温柔亲切的脸庞不甚相配的锐利的眼睛。对百合江和宗太郎来说，这可是求之不得的好事。每天下午七点和九点，一天两场，

[①] 红线地区即日本二战后允许卖淫的公娼地区，1956年根据《卖春防止法》被取缔。

每场五十分钟站台演唱。百合江表示，西方音乐除了鹤子擅长的《田纳西圆舞曲》和《飞向蓝天》外没有自信，舞台伴奏指挥把舞台演唱的内容改成以流行歌曲和布鲁斯舞曲为主的歌曲。

乐队伴奏员在百合江不演唱或没有客人时演奏爵士乐，指挥笑称他们是真正的爵士乐队。热心倾听百合江演唱的客人几乎没有，这与庙会和温泉的演唱大不相同。没人好好听演唱并不令人感到痛苦，却让演唱者感到寂寞。

能与女掌柜说上话的只有被叫进"梦想"酒馆的第一天和领取演出费的最后一天共两次。

"这半个月谢谢你们的演出。有时听你们演唱，我也想过是否要请你们做专属歌手。"

后面没有说出的话大致可以预想，百合江在打烊后的酒馆的角落里，身穿廉价的棉布衬衫和曼波裤，听女掌柜的讲话。她的晚礼服全是向店里借的，演出结束后，她总是带着舞台的化妆，穿这身衣服，显得极不谐调。

"人的鼎盛期靠个人是无法形成的，这一点与努力及个性毫无关联。你的歌唱得好，真的很好，今后你要从俱乐部歌手再上一个台阶，或许就要做好战胜欲望、生活和自身等等一切东西的精神准备。此刻我知道一位现在活跃在第一线演唱的孩子，她不识字，既不会写也不会算，真是个小傻子。然而，她只要听过一遍的，就都能唱出。明确地说，她就是一个只会唱歌的孩子。"

女掌柜说出了这孩子的名字,几乎令百合江当场要拜倒在地。

递给百合江信封里的演出报酬,要高出说好的一成以上,也许这就是不再续聘的分手钱。即便如此,加上这半个月所得的小费,比起在巷子里巡回演唱后再被地痞们勒索过的钱还是要多出好几倍。

决定离开札幌的这天早晨,百合江在桌上把在"梦想"酒馆赚到的钱一分为二,果然,宗太郎不乐意了。

"你这是什么意思?又要单独到哪儿去吗?"

"没错,我们又合不拢。"

两人素颜相望,心灵不由得苦痛起来。离开仙台之后,百合江的下腹部微微隆起,可是脸颊却憔悴得不成样子。今天就要在廉价旅馆作别,或许她再也无法登台演唱。百合江的心中一遍又一遍地咀嚼着"梦想"酒馆女掌柜的话,结账完毕的歌手没有"鼎盛期",而必须背负着"生活"前行。百合江演唱的歌曲并不是供人欣赏的,而只是谋生的工具。

阿宗啊——

要说的第一句话出口之前,她先向小窗户里射进的发白的阳光祈祷。

宗太郎从自己眼前仓皇出逃吧——

就这样陪伴我吧——

她的思绪在原处团团打转,百合江也闹不明白,自己究竟更期盼的是哪一种局面。

"阿宗,我肚子里怀上了孩子。原本在仙台就该告诉你的。你一直陪我走到今天,我真高兴。谢谢你。"

要是他转移视线,如果他这样做了,百合江就可以毫不留恋地乘上去钏路的列车,就可以独自一人返回故乡。可是,宗太郎却稍稍睁大眼睛,凝视着她的脸。

"从今天起,我俩各自自由行动,我回乡下去。"

宗太郎的表情眼看着愠怒起来,反倒是百合江的脸上浮现出达观的笑容。

"你拖着这样的身子回乡,打算怎么办呀?"

旦角养成的娇柔的面庞变得严厉起来,宗太郎的这种相貌,还是素颜更加美丽。倘若两人之间原本无爱,那么他的心情倒是可以理解。无论怎么难听的话语,只要是宗太郎说的,她都可以原谅。百合江在腹中嘀咕:"我们有爱吗?"随后说道:"我要生下孩子。"

宗太郎的眼睛红了,几秒钟后,双眼的泪水夺眶而出,潸然泪下。

"阿百啊,你为什么说这种话!觉得我妨碍你,明说就行,要是觉得无法再照应我,告诉我就行,"宗太郎嚷道,"这可是我的孩子呀!"

百合江瞑目数秒，为的是确认眼前的一切不是做梦。宗太郎还在边哭边吸鼻涕。

"阿百，你太过分了！"

百合江使劲睁开眼睛，在仙台，在札幌，宗太郎的泪水使得百合江越来越坚强，在问了是否跟我一起走的问题之后，她才发现在做出分手打算的同时，已经没有必要再提怀孕之事。狡猾的根性一下子涌到嗓子眼，百合江意识到这是在测试宗太郎，她取出手帕为他擦拭鼻涕和眼泪。

"我去！我和阿百一起去！"

札幌的大街上刮起了寒冷的秋风。

下车来到钏路站的月台，无法回避的是扑鼻而来的海鱼腥味儿。

听说这个城市的支柱产业是水产品加工和煤矿，过去随团前来参加庙会演出时未必有这种感受。在车站边的站立进食的快餐面店，百合江要了两碗加汁荞麦面，作为优待，每人还奉送了一只饭团。宗太郎在火车上始终在瞌睡，眼泡水肿，脸色很差。宗太郎的身高高出百合江五厘米，可是他的肩胛圆溜，看上去显得身材小样。自己要是与他同行，里实会怎么说呢？百合江不无担心。她想是否自己单独去见里实，但是那么一来，宗太郎肯定又会因不高兴而闹别扭。

虽然充斥着鱼腥味，距离标茶也不远，但是钏路的街市显得热闹得多。清水理发店位于沿站前大街步行十分钟的地方，还属于闹市区内。这个以煤矿和渔业为主的地方城市成长迅速，发展得一点不比札幌差。

到达理发店跟前已经是下午五点过后，只见红白蓝三色的标志灯柱在旋转，是一家采光明亮的店家。身穿西服的下班族成群结队地穿过马路前来，人流朝闹市方向拥去。

"阿百，看来这条街上有钱可赚呀。"

看到像王冠那样在夜空闪亮的霓虹灯，宗太郎的语调明朗起来。百合江在摇摇晃晃的列车上，一遍又一遍地想起"梦想"酒馆女掌柜的话。

也许，今后再也不会在人前演唱了，老实说，自己已经不再有从腹腔中迸出歌声的气力，那中气已在"梦想"酒馆消耗殆尽。她预感到，再这么无休止地唱下去，他俩会朝不良的方向坠落。宗太郎从未问过孩子何时分娩，一看到霓虹灯闪烁的大街就兴奋，说明他还是个喜欢唱歌跳舞的孩子般的父亲。

百合江在三色旋转灯柱后朝店堂里张望，在这期间，有一两个下班客人走进店内。店堂里并排放着六把两人肩宽的椅子，没有空座。身穿白大褂的学徒们站在正在工作的师傅背后，表情紧张地等待着自己的出场。百合江紧盯着最前面那把椅子边紧握剪子的女子侧面，荧光灯照亮了她的娃娃短发头，那就是里实。一心专注眼前的工作,绝不驰心旁骛的模样,与孩提时代的她如出一辙。

他们在霓虹灯的大街上漫步,每隔三十分钟去看看清水理发店的情况。最后一位客人离店后,时钟已指向晚上八点,学徒们一起开始打扫店内的卫生,店里都是穿白大褂的,也数不清究竟有多少人。里实信上所说的她们是钏路最繁忙的理发店看来是真的。坐在等候椅子上背朝门口正在读报的可能就是大师傅。

百合江问一个出来拔除三色旋转灯柱插头的理着小平头的男子。"能否帮忙叫一下理发员杉山里实?我叫杉山百合江,是里实的姐姐。"

小平头纳闷地看着百合江,一度走进店里,对师傅说着什么。她的视线与扭过头来的大师傅的眼睛重合了,他五十上下,也理着一个平头,一副职业理发师的模样,他打开店门,朝百合江和宗太郎点头致意,招手将他们迎进店内。

从店堂里头跑出来的里实没穿白大褂,而只是扎着围裙。她叫了一声"阿百!"就呆站那儿,一时间无语。百合江也只能努力以微笑相迎。一想到自己离开标茶后这个妹妹经受过的苦痛,她居然一下子说不出一句表示歉意的话。

里实的眼眶红了,她那刚毅的眼神令人心痛。百合江想起和父亲一起去标茶车站迎接妹妹的那一天,她头上那只红色的头箍又再现在眼前。

"繁忙之中打扰，真对不起。只想见见阿里就走。你挺健康的，太好了！"

"阿百，收到你的信已经过了一阵子，正为你担心呢。天天都在等你的信，我每天都在等待你的消息啊。"

忙着干活的学徒们一齐看着姐妹俩。里实的眼里涌出泪水，百合江之所以能够巧妙地忍住眼泪，是因为打今夏以来遭遇的种种经历。弯下腰用围裙抹泪的里实，可能已经是店里重要的理发员，学徒很多，不过其实留下一半就够了，这一看就能明白。

"见到你就好。明天一早，我就回标茶。"

她告诉里实，回家要住上一段时间，妹妹问道，一段时间是多久呢？百合江无意识地把手搁在腹部，里实不可思议地看着百合江的身后。百合江扭过头去，只见宗太郎正对着店里东张西望，他背着吉他，手持百合江的大包袱。

"对不起，介绍晚了。他叫泷本宗太郎，是我们团里的同人。"

"团里的人也跟你一起去标茶？"

百合江暧昧地点点头。里实说声"不好意思"，把两人带到店外。霓虹灯闪亮的大街上比刚才还要热闹，来到大街上的宗太郎背对着两人，稍稍隔开一段距离，注视着大街繁华的方向。

"姐，你真要把他带回家？"

里实的担忧不无道理。光父母和长大的弟弟们就挤满的那个小家，很明显，怎么还能容得下两个大人借宿？百合江拼命搜寻能够说服妹妹的语言，看来只能照实说了。她突然觉得，反正妹妹迟早会知道的。

"来年春天，我将会生下孩子。"

这一刻，百合江似乎会引发贫血。只要一想到有洁癖的妹妹会怎么看待一厢情愿、任性地离开家乡，有了身孕后又跑回家来的姐姐时，她就浑身无力，缩成一团。

里实的视线从百合江身上移向宗太郎，再移向百合江的腹部，她睁大眼睛，张开嘴巴。

百合江悲痛欲绝地低着头。

"祝贺你，阿百！"

里实满脸笑容地抱住姐姐，她的反应出乎百合江的意料，反倒让自己不知所措了。宗太郎转过身去，茫然地看着接受妹妹拥抱的百合江。两人的视线交集，百合江既羞涩又喜悦，宗太郎用食指挠着额头。

他想起鹤子曾经训斥道：化妆品会剥落的，改掉你挠脸的坏习惯！在拥向只公演一周的临时搭建的演员休息室时，宗太郎也受到过同样的告诫。

里实握住百合江的手语速很快地说：

"回标茶去打个招呼是必须的，但那儿不可久待。我可以在钏路帮你找个好住处。靠铁路沿线可以借到便宜的房子。我们店在中心闹市，有各种客人上门，我马上就能找到的。"

她的意思是说，开在闹市大街上的理发店，有许多人愿意提供所需要的信息。里实压低嗓门说："阿百呀，我们离开标茶是正确的。我告诉你药店老板的事。"

据里实说，在百合江辞职一年之后，药店老板娘和店主离婚了，现在，取代百合江进店的女孩成了新的老板娘。

"你走后，流言四起，全是一派妖言。所以当老板娘向商业街的人们和盘揭出真相后离开标茶时，引起了很大反响。龙天堂的老板已成了步履蹒跚的老爷子，现在再也没有人说阿百的坏话了。不用担心！"

百合江目不转睛地凝视着眼前这个聪明且有行动力的妹妹的眼睛，微笑着的里实的左脸颊上，有个小小的酒窝。

"阿里，工作快乐吗？"

里实回答，那当然。已成为一个成熟手艺人的妹妹是令人着迷的。她问，今晚的旅馆定了吗？

百合江回应说还没有。"车站前有旅馆，我们想去那儿住。"

"住宿还未定，怎么有闲情在这儿待到八点多啊。反正，我知道你们要去标茶，住一晚后就回钏路，再找住处和生孩子的医院。"

说到这里，里实不再吭声，可以指望的期盼中也有不安。几秒钟之间，谁都不愿说话。还是里实率先打破缄默。

"宗太郎姐夫还得找找工作吧。"

自己的名字被唐突地提起，让宗太郎吓了一跳。

"阿里，这你不必担心，我们早已习惯了没有住处的生活。这里是条美丽的大街，霓虹灯相当明亮。"

夜晚的秋风很凉，能感到港口城市特有的一种来者不拒之感，尽管这并不意味着这个城市的居民会无条件地向你表示和善。就像妹妹所说的那样，百合江觉得与其在脸上无光的标茶分娩，还不如到这个城市来生得好。

百合江首次觉得里实是这样可以依靠，也许这正是夕张姑妈养育的成果。她突然想起来问道：

"你和夕张方面还有联系吗？阿妈身体好吗？"

里实的表情僵硬了，一讲到自己，她马上变得寡言起来，联想起与她站立交谈时的片言只语，百合江已经大致心中有数了。

阿妈信任的账房日照卷走了店里所有的现金和权证，使她变得一文不名。里实到札幌之前就已知道这些情况，不过现在姑妈已经杳无音讯。

里实多次与姑妈旅馆的新经营者联系，但还是不知道她的去向。里实一直希望有朝一日能去夕张和姑妈一起生活，虽然她想当护士的愿望遭到拒绝，但这孩子竟然如此坚强。百合江不想说些无聊的安慰话，她与里实约定，回标茶住一晚后肯定回来，并让她快回店里。

住进旅馆之前，宗太郎说肚子饿，到站前商店去买来两个红米饭加酸梅子的饭团，离打烊只有半小时，饭团卖半价，使他很是高兴。

　　弹子球房的灯光熄灭了，霓虹灯光渐渐集中到币舞桥一带。百合江想起自己离开故乡时的情景。

　　每时每刻都打算拼尽全力地生存，然而，结果却总是成为无法在一处安定下来的无根小草。比起从标茶的学徒时代就咬紧牙关掌握技术的里实，自己竟连三天后的生活也无法想象，真是个无可救药的废物。

　　"阿百，你在想什么？"

　　宗太郎在身旁的被窝里嘀咕，可似乎并不真想知道她在想什么。百合江回答："没想什么。"她的双手捧住了柔软的腹部，仰卧时，肚子已经隆起，腹中有个守护生命的袋子。宗太郎为她的怀孕感到高兴，但是自己告诉他之后，宗太郎没有再碰过自己一次。百合江感到孤独，不过，一想到男人就是这样的，心中就会谅解。

　　这儿不是情人旅馆，已经很久没有住过这样像模像样的旅馆了。厚厚的棉被诉说着这个港口城市的富裕。要是能定居在这儿，每一天都会像庙会一样热热闹闹的，宗太郎一定会过得很快乐。定居在一个固定的地方，与孩子和宗太郎一起生活，厨房里每天可以闻到酱汤的香味儿，没有其他的不安和想法打扰，她一个劲地排列着住在钏路的好处。

不久降临的睡眠,使百合江一觉睡到大天亮,不见一丁点儿的梦幻。

翌日,两人换乘巴士,到达中茶安别时已经过了下午三点,在进入马车道的路边下了车,宗太郎因暮色迟迟不肯降临的天空和只见广阔无垠牧草的景致感到惊讶,久久凝视着远处的山脊线。

"我说,这种地方也有人住吗?"

百合江笑着回答:"还要往前面走一段。"

故乡有的地方变化明显,没变的也就一成不变。娘家的开拓小屋如同在研钵钵底一般的土地上像杂草一样"生存"着。走下坡道来到开拓小屋前,百合江非常犹豫,她的手刚搭上摇摇晃晃的大门,身后就响起粗大嗓门发出的声音。

"你们是什么人?"

一个身穿有农协标记的蓝色工作服的男子从牛棚处往这边走来。百合江不管来者是谁,回答说:"我是这家的女儿百合江。"来人是她的大弟弟。

娘家没有一个人对百合江的回乡感到高兴。

卯一依旧大白天就开始喝酒,他看到百合江在车站买的钏路的地方酒,马马虎虎地打了声招呼就打开了瓶盖,对于女儿突然回家的原委连问都不问一声。

阿萩从土间角落的水缸里用舀子把水舀到锅里，虽然回到了娘家，母亲却不愿直面女儿。百合江下到土间，看着依旧站在厨房里的阿萩的侧脸，双眼的热泪夺眶而出。妈妈的头发白了大半，骨节突起的手指皲裂处填满了泥巴，好似几条黑色的青筋。

妈妈把鲑鱼骨头和小小的芋芳、萝卜、胡萝卜放进灶台的锅里，好像要做杂碎汤。阿萩一语不发，朝滚开的锅里放进大酱。

小屋里通了电，天花板上垂荡下一只电灯泡。令百合江大为惊讶的是，大弟弟不去上中学，而是在家里的牛棚里干活。现在他养了五头牛，一匹农耕马。每天挤出的牛奶是主要的收入来源。三个弟弟分别叫阿治、阿正和阿和，他们都不记得百合江这个姐姐的长相，原本应该上中学的阿治，不知他听说过什么，看到百合江竟然冒出句"妓女回家啦"的话语。三个弟弟对百合江和宗太郎都以冷漠和粗暴的态度相迎。

到了夜晚，里边的房间里，三个大个子弟弟混睡在一起，也没有多余的被子。结果是卯一和宗太郎没完没了地喝到深夜。值得庆幸的是，宗太郎几乎不会醉酒，在旅途中他已经习惯了与滥醉者为伴，在陪伴喝酒的过程中还能赢得对方的喜爱，今晚在这儿也发挥了特长。

"什么呀，宗太郎！你说果真要当百合江的老公吗？"

"是啊。您能这么认为对我来说真是太值得庆幸了！"

"你的说法特奇妙。现在你在干什么工作?"

"巡回演员,不过眼下歇业了。"

"什么,演员?你说歇业了,那倒是个机会。怎么样,到我家的农场来干。我给你很多的工资。增加你们俩,小事一桩。"

卯一的酒喝到这份上,已只会吹牛了。用板壁搭建的开拓小屋,在这个连儿子们学也上不起的牧场,不可能有养活女儿夫妇的粮食。百合江为炉膛里添了一根柴火,坐在落座于土间角落里的一斗木桶上的阿萩的身旁。整个屋里都是卯一的声音。

"长久为所欲为,真对不起。"

阿萩呆滞地看着百合江,对于这么久不曾见面的女儿,居然连句"你身体好吗"的问候也没有。因为自己什么招呼也没打就离家出走了,这也难怪。百合江看着母亲,心想,她原本就不是话多的女人,不过,竟然没有一点感情的起伏,还是叫人纳闷,她开始意识到里实之所以力劝自己住在钏路的理由,要恳求妈妈同意她在家分娩看来终究是勉为其难的。

百合江将斟了酒的茶碗递给母亲,阿萩接过后,像喝水一样一饮而尽。完后,面无表情地把茶碗又回递过来,这是再要一杯的意思。她到宗太郎的膝盖边往茶碗里再注入八成满的酒,再次递给阿萩。

"谢谢。"

总算听到了一声沙哑的老妪之声。听说母亲生百合江时是二十岁,现在该是四十五岁,与鹤子的年龄差不多。一见到阿萩,她就肯定会想起鹤子,于是,凄凉地望着母亲。

"阿百。"阿萩又开口了,她的声音很轻,不靠近很难听清。百合江支起坐在土间边缘的身子,凑近母亲身边。

"阿百,好好想清楚,你跟那男的长不了!"

"妈妈,你突然间说些什么呀?"

"你呀,肚子里有孩子啦!快把他打掉,你会遭罪的!"

阿萩喷出酒气,一脸的冷笑。

"阿里嘛,真是个会做生意的丫头,对家里人冷冰冰的没好气,可是对客人却好得很呐。真不知道她是靠什么去笼络客人的。理发店的老板至今还在后悔阿里被人选走。她完全是根毫无根基的墙头草,没有恩人、亲人和友人。去了钏路后,就没见回来过。"

"我昨晚见到阿里妹了,挺精神的,已经是一个成熟的手艺人了。"

阿萩笑了,从她脱落的门牙处漏出气来。

"我生了两个女孩,还生了好几个男孩,可什么好事也没碰上,真傻!"

说着,阿萩用胶底布袜踩爆了脚边一只肥胖的蜘蛛。

次日早晨,百合江被投进炉子的柴火声响弄醒,太阳已经升起,大弟弟阿治正向牛棚走去。弟弟们的房间郁结的与其说是人味,毋宁说是股动物的腥臊味。

阿萩已经下田干活,卯一的肚子上放着布坐垫还在打鼾,宗太郎已经起身,像是在等待百合江起床。

"阿百,我们走吧。"

她无意识地笑了,"走吧",宗太郎也笑了。百合江在笑试图在娘家分娩的自己,在笑拼命要离开这个家的妹妹,也在笑不知被什么紧紧束缚着的母亲,笑终天酗酒的父亲和低三下四的弟弟们。

回到钏路,里实已经帮忙找到了铁路边向阳的公寓,还签好了临时合同,百合江对妹妹的干练利索惊讶不已。

"我想只有这儿合适。师傅的大弟子在产业路对面开了家店,到闹市二十分钟,这个价当场可以决定。虽说在铁路边上,但这是钏路到网走的本线,一天只有几班车通过,不必介意。购买小东西的话,铁路对面有家萩仓商店,从小五金到食物应有尽有,没有问题。"

"谢谢阿里,真是无微不至。也请向您师傅问好。"

阿里露出满意的微笑,她站在两间空荡荡的六铺席房间正中,西斜的阳光照在她白皙的脸上。

"医院离这儿步行十分钟路程,我觉得城山的博爱医院不错。医生很年轻,掌握最新的接生法。那家医院我很快就能赶到的,放心!"

宗太郎对屋内的一切东张西望,在厨房东侧与饭厅西侧的窗边走来走去。距离公寓两百米开外有一家大工厂。

"那是日东化学,生产混合饲料的工厂,工人很多,并不是治安不好的地方,请放心。澡堂要走上十分钟,有一家叫做白山汤的,靠在路边,医院又近在咫尺,我觉得方便,不错。"

百合江只能一再道谢。

当天夜里,理发店打烊后,里实和年轻的学徒们一起送来了师傅给的两套棉被。她正在与宗太郎说,房间只要铺有榻榻米,睡觉就绝无问题。

"糟糕,阿百呀,我回去上了四个小时的班,没做任何准备,你们晚饭怎么解决的?"

"昨夜几乎没怎么睡,有点儿累了,打了打瞌睡。我行李中有煎饼什么的,晚饭可以对付。"

里实调皮地眨眨眼,递过来一只用橡皮筋捆扎的纸包,接到手里感觉潮乎乎的,马上知道那是饭团子。

"我想你们大概还没吃,所以多做了一点饭。这是炊事员的特权!"

看来这事里实没有告诉师傅,对跟她而来的年轻学徒们也作了吩咐叮嘱。里实是一位深受师傅和学徒们信赖的手艺人师姐。

多亏里实到处为两人张罗,从第二天起,总会有一两件家具进门。矮脚饭桌、煮饭锅、茶碗和汤碗筷子、手巾和洗脸盆，都由清水理发店的学徒们送来。

住了几天，在理发店关照里实的一位熟客来访，他是约莫五十岁的男子，自称是在站前街上开丸子店的。

"我接受了帮助你先生找工作的委托。"

这时，宗太郎无语了。本来这是应该举双手表示欢迎的事，然而，所有的一切都是按里实的意愿操办的，这对于习惯于巡回剧团生活的两人而言很难适应。一切都照里实的想法行动，他们就没有休息的时间了。里实两天一次下班后来看望姐姐夫妇的情况，百合江悄悄对她说：

"阿里，我们长时间随巡回演出团无拘无束地生活，不大善于辛苦忙碌。阿宗的工作不着急，慢慢安排吧。"

"阿百，你们剧团不是解散了吗？面对这种非常事态，再不辛苦忙碌，什么时候再干？到春天你们俩就要做父母啦！"

宗太郎被丸子店老板带去店里参观，工作是在一家开在站前市场里的鱼糕店当销售员。不过，听说清晨三点就得到店里上班，宗太郎当场就拒绝了。

"我不能早起。有没有那种弹弹吉他，唱唱跳跳的工作呢？要是有的话，我可以干到早晨。"

听到这话，丸子店的老板惊讶得差点喷出嘴里的茶来，随后开始讲起最近闹市区颇有人气的酒馆话题来。

"嗨,这儿真是太热闹了。是我中学的同学率先开的头。啊,又唱又跳的,也许那种地方正合适。那么,要不今晚我们去打打样,怎么样?"

丸子店老板似乎很喜欢宗太郎想到什么就说的心直口快的性格,他说,店铺经营全交给老婆,自己负责进货和配送。看来他俩总有相通之处。

直到黎明,宗太郎才衬衣裤子一身褶皱地回来,说是久违的霓虹灯挽留了他。百合江看着眼前的宗太郎,却无法生气,她不能摆脱这种想法:把这个男人拖进如此生活之中的正是自己。百合江感到内疚,原本他们应该每天沐浴在聚光灯下,而不是什么霓虹灯。

百合江没吃准备好的饭团,注视着宗太郎熟睡的脸。虽然饥肠辘辘,却不想在宗太郎进入梦乡之时独自一人吃饭。

她给嚷着口渴霍地起身的宗太郎递去饮用水和湿手巾,并问道:"阿宗,在这儿生活真的没关系吗?"

"我说,你干吗老问这问题?我正在舒服地喝水,这不倒了我胃口。没错,在标茶你就惦记着这事,太过分了!想到是你阿百的父母,所以我一直在隐忍。你那多管闲事的妹妹也真是腻人,对我们好也得留有些余地,她的关心变成了这么拙劣的提问,我呀,气都快喘不上来了!"

听到他说,至少你阿百不要再问了!百合江什么话也说不上来。"好好想清楚,你跟那男的长不了!"妈妈阿萩的话从脑中闪过,她赶紧设法排除,然而,心底依然是回音不断。

两人的同居已有三个多月。到了年底,百合江在新开的河边家具店借了一台缝纫机,取得一个缝制窗帘的工作,若没有窗帘的预订,就改用针线,接受缝制部分西服的工作,这样,在家里也能背着孩子干活。

工作虽然不多,但缝纫机每天都在嗒嗒作响。提出缝制整件西服就能增加收入建言的就是里实,忽然之间,百合江想起自己在药店三铺席小房间里缝制连衫裙的情景,接着,一条鹤子身穿红色礼服的身影也鲜明地从眼前经过。

百合江从市场买来服装设计图案,不断练习缝制罩衫、裙子和上衣外套,布料就用窗帘的边角料凑合。有光泽的窗帘布料做成的裙子看上去简直如同从时装杂志上蹦出来似的。百合江缝制的裙子,成了里实的工作服,缝制的连衣裙成了妹妹出客时的服装,百合江还为自己将来大腹便便时缝制了孕妇服。

宗太郎最终还是挎着吉他每天出入于闹市,他让百合江陪着一起去,她没有答应。再过两个月,自己的肚子就会向外隆起。去医院的诊察两次并作一次,那是因为肚里的孩子足够健康。

"阿百要是来唱的话,还能赚得更多。肚子里怀着孩子,就出不了声音吗?"

"嗯,身上的力气好像全被孩子吸走了,吃得再多,肚子马上就会饿。等我生下他后再考虑,对不起。"

傍晚,百合江目送着勉勉强强走出家门的宗太郎的背影,他拿回家来的收入远非仙台和薄野可比,不过,他独自在外吃晚饭说明还是有点儿赚,有时他在夜间大街上常去的地方吃点喜欢的东西后才回家。家里的生活费几乎全靠百合江的临时副业的收入来对付。

里实不时到公寓来探望百合江,每次都带来食物或缝纫活儿,没有里实的协助,他们的生活是无法维系的。

宗太郎对里实颇感发憷,只要里实来他就找个借口外出。百合江抱歉时,里实笑道:"在理发店的男学徒中,我也不受欢迎。"

简朴地送走旧年,百合江度过了一个少雪却酷寒的冬天。在枯萎的草地烂泥地气味混合、春风劲吹的五月,百合江诞下一个女婴。生下孩子就可申报户口入籍,在病房的金属名牌上,她让人写上了"泷本百合江"的名字。

"就叫绫子吧,是个女孩子的好名字。那是我死去的母亲的名字,行吗?"

宗太郎说着,把博爱医院病床上写有"杉山绫子"的纸片给百合江看。

百合江小心翼翼地向单纯喜悦的丈夫问,应该叫泷本绫子吧?宗太郎这才意识到。"啊,不对不对,对不起,对不起!"他重复道。

"对呀,小绫子是我俩的孩子,阿百已经不是杉山百合江了,应该叫泷本百合江。嗨,我真傻啊!"

百合江握住宗太郎的手,他正把裱花蛋糕一片片地送到她的嘴里。

"对不起,阿宗。"

宗太郎一脸的困惑,一言不发。讲完后,百合江也在琢磨自己道歉的理由。

四天之后的出院日,怎么等待也不见宗太郎前来迎接。百合江心想,莫非他睡过头了。在里实的帮助下出了院。河边裹挟着尘埃的风在劲吹。

"姐夫真不知道在搞什么名堂!阿百姐真的该好好说说他。已经是做爸爸的人了,不能老像小孩子那样做事。"

"不过……"

"我看你这模样,真是着急得很。为什么要如此客气呢?绫子是他的女儿呀,稳定过好小日子,照顾妻女的生活难道不是理所当然该他做的么?"

完全正确。百合江觉得,遗憾的是,他俩尚不具备实践这种正确有理行为的能力,要对妹妹讲清这一点,需要骇人听闻的语言和热情。

公寓房间的门并未锁上。

"阿宗,我回来了。"

百合江边说边走进屋里。拿着包袱行李的里实快步走进房内。百合江发现屋内的情况有所变化,虽然说不清有何不一样,但是与自己住院之前相比,家里已有所不同。

"阿百呀,这……"

房间里响彻里实的尖叫声。百合江将绫子抱在胸前,朝里实走去。绫子睡得很熟,完全没有感觉到大人们的嘈杂。

"这是什么呀,你看!他在想些什么?"

缝纫机上放着户籍副本。

"杉山绫子 女"

绫子被当作百合江的私生子报了户口,可哪儿也不见宗太郎的名字。

既然宗太郎选择单身,那百合江也成了单身。再次重看户籍副本,她产生了这一不可思议的想法,并总算理解了房间里的变化,吉他和宗太郎喜欢穿的丝绒上衣从墙壁的衣钩上消失了。

要带着一个孩子,三人同住一间房,他俩一定会分道扬镳的。从孩子产出之后,心中就充满了断念。看来里实的怒火实难压抑,而百合江则怀抱着绫子茫然地望着窗外。

"所以我早就说过,我始终认为那个人不能当父亲。说什么在夜间的大街上扮成各式女人,每天都肯定有人请客吃饭。白天装扮阿百的老公,晚上就为所欲为。怕影响你肚子里的孩子,我一直没吭声,已忍到了极限!"

极限——

百合江的嘴里吐出这个词儿。所谓的极限,自己理应遇到了许多,然而,每当面临极限时总显得十分繁忙,没有细细琢磨的时间。迄今为止因为有宗太郎在身旁,总算坚持到了今天。不管别人怎么想,宗太郎是在支撑着百合江的。从现在起,将由绫子取而代之了。

"阿里,有事求你,行吗?"

表情严厉的里实噘着嘴等待百合江发话,与她小时候一模一样。百合江觉得是自己在让妹妹焦虑不安,然而,现在她只能这样思考,这样生存下去。

"请你去家具店,求他们分点活让我干,我无法去取,所以一次尽量多给一点。此外,有成衣铺之类可靠的地方也请帮我介绍,对方如果问我的技术如何,请将我为你缝制的裙子和衬衫给他们看。不管什么零星的活儿,改制翻新我都干!"

里实问道,就这些吗?还追问到底打算怎么处置宗太郎的事。虽然受到妹妹的指责,可百合江首先要考虑的还是有没有三天的口粮,她满脑子想的就是今明两天的食物和婴儿要喂的奶水。

听闻婴儿诞生的丸子店给理发店送来个红白相间的大福饼,

今天看来问题不大了。医院护士关照,月子期该如何如何做,可在收费窗口交完住院费后就身无分文。百合江一面喂奶,一面感到自己不能老躺在床上,竟然连生气和哭泣的时间也没有。

忽然间,百合江想起宗太郎哀伤的表情,他边哭边说,我要把鹤子的骨灰带回家,不能让她一人孤寂地留在那儿。百合江在暗暗祈祷,自己的婴儿也能像宗太郎才好,若是男孩恐怕还有点儿靠不住,可是女孩就能培养成一个妩媚动人的可爱的人。她凝视着全然不知自己已被父亲抛弃的正在熟睡的绫子说:"幸好你是一个女孩。"

3

看到里外一身全白服装的里实，百合江的眼泪夺眶而出，真想让夕张的养母姑妈也看上一眼，她若见到眼前的里实会怎么说呢？决定结婚后，与夕张的旅馆老板多次联络过，最终还是不知道姑妈的下落。

刚满三岁的绫子，今天要承担呈送花束的重任，她穿上妈妈为其缝制的浅蓝色礼服，活跃在现场。

"阿百，流泪会使化妆掉落，不行，不行！典礼结束后再慢慢哭吧。"

一年之前就听传言说，清水理发店的大师傅一开始就选择了里实，看中她做自己的大儿媳，这位对技术和生意均颇为严格的大师傅，面对弟子里实，低头称之为"我家的媳妇"。

丈夫清水时夫比里实年长两岁，以结婚为由，辞去了修学地札幌自卫队理发店的工作，正式回到老家，作为后嗣经营理发店。

时间的流逝太快，这三年来，不仅是里实，还有大师傅夫妇不知给了百合江多少帮助，通过里实，他们极大地支持了丈夫不肯入籍而弃家出走后的百合江。她止住满眶的泪水，在并排坐在亲属休息室的大师傅夫妇跟前的榻榻米上跪着。

"对两位大人已无言致谢。对于我不懂事的妹妹，恳请二老永远疼爱。"

百合江竭尽全力地说出这句话。大师傅说，请抬起头来，老板娘也按着眼角，说不出话来。

亲属休息室备有清水家和杉山家的两间，里实的衣装备好后，请伴娘带她去夫家的休息室。里实的双亲和弟弟们在杉山家的休息室等她过来，他们听说新娘去了清水家的休息室，露出明显松了口气的表情。在标茶，里实没有任何亲戚，她家出席婚礼的只有住在标茶开拓小屋的双亲和弟弟们，还有百合江和绫子共七人，加上她最初到标茶当学徒的理发店老板夫妇，计九人。

"什么呀，这种事真是闻所未闻啊。不过，是里实这么想的，我们就没法子了。"

据说卯一从昨晚起就不停地喝着新婚贺酒，十铺席大小的房间里充斥着开拓小屋的气味和卯一喷出的酒气，大师傅夫妇来到酩酊大醉的卯一和肥胖沉默的阿萩面前低头问候，完成亲家的礼数后立即返回了清水家的休息室。

不知何故，弟弟们的眼睛都显得浑浊，不见年轻人特有的光辉，然而，当他们和父母待在一起的时候，便奇妙地令人易于理解。阿萩起身抚慰身穿天蓝色礼服欢蹦乱跳的绫子，她过于肥胖，胖墩墩的体型使特地穿上的出席婚礼的和服胸口敞了开来。百合江帮母亲解开腰带，将她穿走样的长衬衣的领子处用别针扣住，不让外人看到里面，再用更衣室拿来的漂白布条固定她垂荡的大乳房，将衣领处扣紧，以掩饰她的邋遢。

"不愧是妓女出身呀。"

大弟弟阿治一嘟囔，下面两个弟弟也贼忒嘻嘻地笑起来。百合江如坐针毡，帮母亲整好和服后就带着绫子来到走廊上。早晨听说里实的彩礼将被用作二弟三弟考取驾驶执照的费用，大弟弟阿治将留下继续牧场的工作，而下面两个弟弟都将去做翻斗卡车的司机。她还听说不让两个弟弟外出工作，家里就无法还清拖拉机的借款。

"阿里说，你们可以这么用这笔钱。"

"所以我要说，把彩礼全都用掉也太不像话了。"

"你能说什么情分啊，傻瓜蛋！阿里说，只要不全花在喝酒上，花在哪儿都行。我有言在先，女儿嫁了个好人家，也得给点酒钱吧。"

与卯一的争执还是百合江率先停止，在贺喜的日子里不该说这些，她在心中期盼，今天一天能顺利地度过，其他就只有祈祷了。

婚宴会场里受到邀请的百位客人围坐在各自的圆桌边。

当地理发美容协会的理事、学校校长、美容业界的诸多友人

——致辞后，宴会顺利进展到干杯祝贺的阶段。主持者用心协调着两亲家的不般配之处，除掉姐姐百合江取代父母巡回致谢之外，再没有其他什么让里实丢脸的地方。

百合江全神贯注地注视着双肘撑在桌上喝酒的卯一，提防他嘴里漏出奇妙的怪话。宴会中途，她扶住礼服被踩住险些跌倒的绫子，让她完成了献花。就在百合江松了口气的瞬间，绫子把礼物换衣人偶放在位置上，拎着礼服的下摆跑了出去。舞台上，协会的理事长在现场伴奏下正在演唱《憧憬的夏威夷航线》。

"绫子，等等，绫子！"

留意着和服的下摆，百合江去追赶女儿，待抓住她的时候，绫子已经跑上舞台。理事长唱罢，全场掌声雷动。百合江正想下台，绫子的话使她大吃一惊。

"阿绫也唱一首。"

会场沸腾了，主持者不失时机地把麦克风送到她跟前。

"刚才献了鲜花，真可爱。那么，来一首祝贺新人的歌曲吧。"

绫子满面笑容地点头，大声说要唱一首《热情之花》。会场更加激动了。

"妈妈，唱下音。"

百合江不解地看着女儿，小声问："阿绫，唱下音是音要起得低些吗？"

嗯。点头的绫子表情认真。对女儿的演唱，百合江并不抱什么希望。为了弥补母女俩的身高，有人不知从哪儿搬来了梯凳，绫子精神飒爽地走上去，主伴奏试着发出几个音来确认，绫子说，"就是它"，那正是歌曲原来的音调。

汗流浃背地登上舞台还是第一次，百合江比巡回演出初登舞台时还要紧张。绫子有张力的歌声响彻全场，令人觉得那不是童声。百合江的耳际深处，响起了宗太郎的吉他音，母女俩一个音符不漏的《热情之花》唱完后，会场里响起了暴风雨般的掌声。

与沐浴着喝彩声的女儿的喜悦不同，百合江的心里感到阵阵的痛楚。毫无疑问，女儿继承了宗太郎的乐感，他的面影出现在眼前。无意识之间，自己在女儿面前唱过这首歌，却从未料到居然会是如此的悲哀。

最后，是新郎的恩师带头三呼万岁的安排。坐在百合江身旁的阿萩冷不防发出大声的叹息。

太不凑巧，刹那间场内一片寂静。两边邻桌的客人视线一下子全部集中到阿萩身上。百合江慌忙用手绢按住妈妈的眼睛，同时抚摸她的脊背。是阿萩对这种氛围感到腻味，使她变成了对女儿喜结良缘而泪流满面的母亲。百合江一面摩擦着妈妈的后背，一面也因她的可怜而不觉热泪盈眶。她感到众人集中射来的强烈视线变得柔和了。

"妈妈，你在想什么呀？人家都在纳闷呢。"

阿萩颇觉麻烦地小声说："那就对不起了。"这是她今天开口说的第一句话。

对新郎家的致辞及主持人的仪式顺序的调整今天都由百合江担当，要在平时，里实会抢先做好安排，因为今天她是主角，因此一定要有人替代。待出席婚礼的客人们先后告辞时，百合江的精神疲劳达到了顶点。在一旁看不下去的婚礼工作人员帮忙照看着绫子，使百合江得以宽心。

为了换下礼服，里实走进新娘休息室。百合江见后对母亲和弟弟们说：

"接下来请大家不要给阿里和清水添麻烦，严禁谈论钱的事。她已经是清水里实，跟我们没有关系了。"

屋内的空气如同沼泽一般浑浊，看到如此沉闷的气氛，里实会气得哭泣吧。百合江一门心思地想着这档子事儿。

"快回标茶去吧，别再给喜宴添麻烦，快走吧！"

醉得步履蹒跚的卯一嘻嘻地傻笑起来。父母和弟弟们脱下借穿的衣装后，身上就剩下下地干活的工作服。里实的彩礼不仅要用于弟弟们考执照，还将用作还债，这是一目了然的。

"阿百，你的想法不对！阿里也说过同样的话，说自己已经是清水家的人了，希望在婚礼过后不要再出现在她跟前。有那种道理吗？混账！说什么婚礼时别喝酒，别做这做那的，那你就别叫我们来，结果呢，她把彩礼扔在我面前！哼！那点钱什么问题都解决不了!"

"因为是妓女的妹妹嘛。"阿治说着笑了起来,那两个弟弟也同样笑起来。百合江难遏怒火,大声喝道:

"你们仨都是妓女的弟弟,有哪个能像样地挺直腰杆给我看看!"

男人们不吭声了,只有阿萩目光呆滞地笑着。休息室一时寂静无声,这时敲门声响起,百合江应答后,婚礼工作人员打开了单薄的房门。

"阿姐,您在吗?"

百合江整好父母和弟弟们借来的衣装,双手捧起。

"正想着去归还,对不起。"

来者客气地说不必介意,然后小声说:"新娘在更衣室等你。"百合江捧着借来的衣服,穿着和服走了出去。

"谢谢您照顾我女儿,真对不起。"

"哪里,真是个好孩子,她的演唱是今天最精彩的节目。唱得太好了,令人惊讶。我干这活儿有十多年了,还是头一回见到唱得这么好的孩子。她好像累了,睡着了。我让她睡在更衣室,折叠两块毛毯给她盖上,应该不会冷。"

在走向更衣室的途中,百合江一次又一次向她鞠躬致谢,她是一位低调的、关怀他人的人。里实夸她是"无微不至"的能干的女人。

在更衣室，里实换上百合江缝制的连衣裙，卸掉了新娘的妆，正在用化妆水拍脸。

"阿百，今天谢谢你。"

"能太太平平地顺利结束，总算放心了。绫子这孩子真叫人没法子。新娘漂亮，清水又那么可靠，她乐得像个玩偶。"

阿里呵呵地笑起来，然后扬起唇角说："有话对你说。"她们看了看在房间角落里熟睡的绫子，看来一时她还不会醒。

"有个人想请你见见。"

"想请我见谁啊？"

"今天在我婚礼结束后，那人提出要与你见面。"

"见面？"

百合江反问。里实说明，清水家有个远房亲戚在找媳妇，说他其实也来参加了婚礼，很想见见忙着干活的百合江。

"我有个孩子，难道他不介意吗？你说呢？"

"要我说，我又没见过他。就你和绫子两人，好歹总有吃的吧。"

笑容从里实的脸上消失，她没再告诉姐姐什么，觉得可以先让对方看看姐姐的人品，那总没错。

"为什么你每次都要想到你的现状？阿百呀，绫子问起爸爸的事，你打算怎么回答？孩子会长大，总要离开家庭的，那时你就孑然一身？你不能老觉得自己年轻，想想十年以后吧。十年后或许还行，但是二十年后，你还能照顾孩子吗？你老这么下去，连绫子也会觉得脸上无光的，这不就在眼前吗？就说今天吧，你该看到了，父母能双双出席，我不是很有面子么？"

脱下新婚礼服的里实就是平时的模样，她说，父母能够双双出现在婚礼上，对出嫁女来说是最低限度的必需的嫁妆，这与她出嫁以后就和娘家没有关系的断言也能套得上逻辑。

里实看着一脸尴尬的百合江，再次以哀求的眼神说："我不想只是一人幸福，想让阿百也感到幸福，就是这点儿心愿。"

里实这样一说，百合江便无法拒绝与对方见面的事。反正见面后说一句"那是不可能的……"就可完事。

"明白，去见面。答应你了，你别摆出这副表情……"

绫子醒了，百合江跑到女儿身边，连同毛毯一起抱起了她。

百合江与高树春一的见面放在里实从新婚旅游地川汤回来后的周日，那是因为星期天理发店不营业，上午打过招呼后，里实可帮忙照看绫子。里实已将一切安排停当。

"阿百，行吗？我绝对不会对你的事多嘴多舌，你有靠做裁缝来养活你们母女的收入，所以要摆出并不是非结婚不可的态度。"

"你这话和上次讲的不矛盾吗？"

"傻瓜，你不把自己抬高一点能行么？一开始就要摆明自己的态度，对方才不会看低你。对方没有父亲固然不错，但母亲方面的亲戚多达十人，被人抓住短处，一切就完了！女人么，现在必须具备从高处推销自己的智慧。"

百合江暧昧地点头，里实抱怨姐姐的衬衫和裙子过于朴素，她说可以把自己的提包借给她，还让她挺直腰板。就在里实不断的唠叨之中，约会的时间迫近了。

六月末，天上覆盖着厚厚的云雾，虽然气温不高，湿度却使人胸前淌汗。钏路河附近的"泉屋"餐馆是百合江和高树春一的相亲地点。百合江把绫子交给里实，一溜小跑地赶去"泉屋"，总算在约定的十二点半准时到达。

她对"打出租车去"的里实的忠告置若罔闻，要从捉襟见肘的生活费里挤出去相亲的出租车费，怎么可能？她问过："你是说吃饭时见面？""那总归是对方付款啰。"百合江调整好呼吸走进"泉屋"餐馆。

一楼和二楼是意大利风格的餐厅，星期天的正午带着家属、捧着三丸鹤屋纸袋的客人们显得分外热闹。鹤屋是一家高级人气商店，定价分文不减，百合江有时一年都碰不上那家店的包装纸。内衣和难做的针织物之外均由自己缝制，还会用多余的窗帘布制作手提包。为了观察西装的流行状况，百合江会到处溜达，不过，要买东西她基本上都去站前"金市馆"的手工艺店，买下便宜的料子自己为绫子做衣服。只要有服装式样及西式裁剪术的书籍和时装杂志，一般的服装她都能缝制，能否出售，一般先为绫子和里实制作后视情况再考虑，理发店的顾客看到里实的着装后常有人提出请她缝制的请求。

高树春一站在餐馆门边不远处的电梯旁，虽然谈不上像意大利电影里的演员，但身材高挑，大眼睛下垂，与日本男人不尽相同，之所以不能像演员那样大放异彩，或许与他是"机关职员"的质朴的职业有关。一眼就能看出他身上肥大不合身的西服是请别人做的，打着一根蓝色的领带。如此一来，百合江想起自己在婚礼上轮番致辞时好像见过他，为他斟上啤酒时，他显得非常惶恐。

"让您久等了，我是杉山。"

两人几乎同时说，麻烦您了。停顿一下后，双方再次点头致意后又沉默不语。中午的"泉屋"餐厅里食客不断拥入，高树春一相当拘谨，无法动弹，于是，百合江邀请他去地下街的"泉屋"姐妹店。

"上面太吵闹，无法好好交谈。地下或许可以从容些，到那边去看看吧。"

高树春一说："真对不起，我没注意到。"仅在这时，他率先起步，走到百合江前面，或许有些紧张，他的右手和右脚竟然同步向前。百合江强忍住笑，跟在他身后走去。

两人来到地下的姐妹店，店堂狭小，但是几乎不见带着孩子的食客，远离白昼的喧嚣。角落里有一张桌子空着。

"就坐那儿吧。"

一位身穿黑色统一制服的楼层服务员走到大声尖叫、手指空座的春一跟前，若无其事地说："请往这边走。"百合江在回想自己提出让春一到地下街餐厅的举动，希望别让里实知道。

高树春一用手帕擦拭着额头上的汗水，在服务员来点菜之前，喝了两盅桌上茶壶里的茶水。店堂里静静地播放着电影音乐，其他食客没人关注这对不合时宜的男女，百合江默默地随相亲对象喝着茶水，心想，自己千万不要抢在对方头里。

"可以点菜了吗？"

"要两份那不勒斯面条吧。"高树结结巴巴地说，服务员接过打开的菜单离去。

"这样可以吗？"

"唉，是的。可以了。"

这时她再也忍不住笑，高树头上再次冒出汗来。

在烧热的铁板上发出声响的那不勒斯面条端来之前的十分钟内，百合江与高树面对面地坐着凝视着饭桌，一声不吭。高树和宗太郎相比，是完全不同的两种类型的人：他容易紧张，缄默寡言，戴黑色的表带，身材高挑，是机关职员，有着可靠的工作。

百合江觉得，自打生下绫子后，自己足足等了宗太郎一年。待宝宝睡着后，用背带把她绑在背上，开始踩踏缝纫机。随着工作的增加,夜晚和孩子一起熟睡之后,这种等待的意识日渐淡薄,宗太郎只要在某处活着就行。之所以会有这一想法,兴许因为她的心灵深处始终难忘鹤子。只要健康就上上大吉,能唱能跳的话,那就更好。她觉得,倘若一条鹤子还活着,她一定会这么说的。

"……不好意思。"

百合江一惊,抬起头来。原本默默地吃着实心面条的男人微笑着,唇边沾满了红色的番茄酱。

"真对不起,只顾吃了。"

高树下垂的眼角显得更加往下,说道:"我听说你是靠做裁缝维持生计的……"

"是的,一点点地做,好歹能维持生活。"

"听说令女已经三岁?"

"是的,上月刚满三岁。"

他不无迟疑地问道:"她还记得父亲的长相么?"

"不知里实是怎么对你说的,她睁开眼睛之前,父亲就不在了。我们没有结婚就生了孩子,因此,这样过日子,也是万般无奈啊。"

百合江用叉子卷起面条。高树看上去也渐渐平静下来,他想问的问题很多,或许他会把手伸进西服胸口的衣袋里掏出记事本逐条提问。要是打开记事本一一提问,百合江也肯定会笑着回答。百合江早已打定主意，只要自己不主动提问，就不会让对方滋生出奇妙的期待。

高树好像想起了提问，他不时眼睛向上斜视着向对方提出问题。诸如喜欢吃什么，独自抚养孩子有何困难，生病时怎么办等等。百合江尽可能老老实实地讲述当下的生活，注意别让他听得悲戚，只有一个问题除外。

"据说你曾在东京当过歌手，是真的吗？"

她正在犹豫着是否应该点头，高树继续说："妹妹说，你在新宿剧场和松竹的舞台上唱过歌。"

为了里实的面子，她强忍叹息，以"唉，是吧"来含混其词。要是她说，巡回演出中有类似脱衣舞的表演，根据场所、时间以及活动组织者的要求什么都干，那就不可收拾了。她在如实回答与别给妹妹丢丑的思绪中摇摆，哪怕试图让对方回绝这门亲事，自己也不能败坏如此关照自己的清水家的名声。

虽然心里明白，不知何故，话语还是从嘴里冒了出来。

"我与里实不同，不像她干事那么雷厉风行。初中毕业后在药房干了不到一年时间，谈到歌手，其实不过是参加巡回艺人团，穿上廉价的和服在温泉地和庙会的帐篷里唱唱跳跳，是没有价值的业余水平。剧团解散后，我和过去一起巡回演出的同团男演员继续巡回演出，在酒馆演唱，怀孕后才回到北海道，这是实情。我所说的这些话请您别告诉里实，我想向高树先生声明，要给里实妹妹面子。拜托您了。"

低头鞠躬后,百合江觉得从早上起就沉重万分的心情稍有缓解。高树用包裹刀叉的纸巾擦擦嘴角,说了声"是嘛",就再也不吭声了。

"真对不起。"

百合江再鞠一躬。她不知道与绫子的生活能维持到何时,然而,这种生活并不像里实想象的那般痛苦。虽然只是过一天算一天只顾眼前的生活,但毕竟已过了三年,这样就行了。

绫子会走路后,百合江把面壁而置的缝纫机掉了个方向,这样能看清整个房间的动静,能立刻发现女儿小便或调皮捣蛋的动静。椅子靠墙而放,缝纫机就高出一截,房间显得愈加狭小,不过,两间六铺席大的房间里只有母女两人生活,已经够奢侈的了。

她的目标是,经过两年的努力,找一个离幼儿园近的地区搬过去,哪怕小一点也要有个浴室。按眼下的收入,那还是个可望而不可即的美梦,但是,人有目标总比没有的好。缝纫工作每天掐着楼下住客不提抗议的时间点,不停歇地一直干到夜晚九点。

进入七月后的第一个礼拜天,沿着河岸的钏网铁道本线附近,乳白色的云雾像生物那样正朝着河上移动,从窗口望去,十米开外的邻居家也被笼罩在雾霭之中。

同老顾客上门委托定做三姐妹的连衣裙时一样,玄关的门铃接连响了两次。两年前房东说这个公寓的住客几乎全是女性,所以为每家都装上了门铃。

七月的房租一号就已交付,礼拜天也不会有人来送货,百合江离开缝纫机,走到玄关。从猫眼朝外一看,发现是高树春一站在门口。

打开门,高树就连连点头致意,也不说来访的目的。他身穿浅蓝色的衬衫和裤子,好像带来了夏天。百合江与他双目对视后,眼看着他的额头上爆出了汗珠。高树把手中的纸袋递到百合江跟前。

"我想把这捎给你。这是我家边上的农田里采摘的朝霭草莓,让你们尝尝。"

纸袋里是用方形笸箩装得满满的草莓,在这春夏季海雾笼罩的城镇,表面光泽的朝霭草莓很难买到。百合江诚心诚意地道谢,高树没有进门,他那魁伟的身子蜷缩着。

听说他家在比标茶更深入内陆的弟子屈町,是与阿寒齐名的温泉地。当问到今天是怎么来到钏路的时候,他手指身后说:

"开车来的,我想正好兜兜风……"

向他手指的方向望去,发现公寓前停了一辆天蓝色的汽车。一个机关工作人员居然过着有车一族的生活,使百合江一时不得要领,心中在为他的低工资印象感到抱歉,然而,她还是无法揣摩高树来访的含义。

"今天我要拜访你的事对你妹妹说过,她没对你说起吗?"

上周六与里实见面之后两人没再见过,完成了理发店顾客所委托的放大裤子的活儿刚刚送回。里实在他俩相亲之后从高树那儿得到了什么回音呢?有事的时候,里实总会打发理发店最小的学徒拿着字条送来,可这一次只字未提,百合江觉得妹妹准是在为相亲的事生气,多少有些沮丧。

从平时无微不至的角度看,这是不可思议的。里实的性格是自己不亲眼看到的事情心里就放不下,说不定她是有意识这样表现的。

"里实妹妹每天都很忙,一定是她忘了叫人来告诉我,您不要在意。不介意的话,这草莓我们一起吃吧。"

不能在大门口就让高树回去,要不然,一定会遭到里实数落的。现在自己能和绫子这样生活也多亏了里实的照料。

高树摇着头拒绝,瞬间红了脸,说是马上要回去。百合江再次挽留:"你来到门口,我再放你回去,里实妹妹一定会说我的。"

突然造访的大个子男人使绫子大吃一惊,她收拾起赛璐珞人偶和替换用的衣物,跑到房间的角落去了。百合江在女儿玩耍的地方支起矮脚饭桌,一边对没有棉坐垫表示抱歉,一边招呼高树坐下。她在煤气炉上烧好开水,从日东红茶的黄纸盒中取出两袋袋泡茶,放在仅有的两只廉价茶杯里泡上,沸水顿时变了颜色。

她又把洗净的草莓堆放在盘子里，搁上饭桌后，绫子总算回到了妈妈的身边。

"绫子，问好哇。"

绫子"您好"的轻声问候使高树十分高兴，他拿了一只草莓给她。百合江也尝了一颗，比想象的要甜得多，这么甜的草莓就无需再添加炼乳，水果本色的甜味在嘴里弥漫。绫子不停地吃起草莓来。

高树并没有讲出什么重要的事情，坐了三十分钟便提出告辞。百合江在犹豫是否要让他看看母女俩蹩脚的伙食，不过她没有再做挽留。他在玄关脱鞋处穿上鞋，回过身来，脸上终于露出了自然的微笑。

"吃剩的草莓放些砂糖煮一下，可以存放很久。夹着面包吃，相当美味。"

第二天，百合江从铁路对面的萩仓商店买来砂糖，按高树吩咐的煮起草莓酱来，虽然不及买来的成品，可还是做成了不错的果酱。绫子很喜欢妈妈做的果酱，夹有果酱的面包她总要多吃一倍。百合江想起在医院分娩时宗太郎给自己喂过的草莓蛋糕，最近的绫子笑起来与宗太郎也是一样，到她妙龄之时，一定会出落成一个大美女。

两周后，高树再次来到公寓，他好像事先给里实打电话通报过。这两个礼拜，里实来过多次，不过她没有主动谈起过高树。

百合江告诉她高树送来草莓的事,里实只是回答说:"哟,那很好呀。"百合江多少有点不悦,但是,她不会去弄糟里实的心情。

高树的来访每隔两周一次,到秋风刮起时增加为每周一次。每个周日他都会送来蔬菜、蛋糕和随手携带的简单礼物,打那以后,百合江的警惕性也放松了。

里实的掺和,高树的绅士般的举止和他对绫子的温和态度,使百合江与女儿两人共同生活下去的决心开始动摇。特别是只能靠一只反射式煤油炉来度过漫长严冬之时,她的摇摆越发剧烈起来。

十一月最后一个星期天,高树拿来了一盒温泉馒头和母亲亲手制作的赤豆糯米饭,他紧张的表情表明要发生的事。高树喝了一口百合江刚沏好的茶,随即静静地撑着双手跪在她面前。

"我住在一个小小的温泉城镇,可以的话,请到我家来住吧。我会竭尽全力照顾绫子的,请允许我让你得到幸福。"

不能让一个年长自己十岁的男人长时间低头下跪,百合江请求高树抬起头来,"时机"一词掠过她的脑海。

"可以的话,是我要请您关照。"

高树几乎在榻榻米上磨蹭的额头终于抬了起来。三人首次围着饭桌而坐,高树夸赞了百合江调制的大酱汤。

平静地进餐之时,百合江忽然担忧起小孩子三四岁时的记忆是否会永久留存,她对绫子相信眼前的男人就是自己真正的父亲还是有点儿抗拒感的。里实的脸一下子滑入眼帘，她的眼神告诫自己：不要贪得无厌地追求幸福！

想起妹妹所说的"要待价而沽"，她的嘴角放松下来。真实的情况是，在给煤气炉点火之前自己几乎从未考虑过要结婚，里实会不会认为我是急着在推销自己呢？否则，这个妹妹是不会在过去的五个月间始终以这种佯装不知的态度，不向姐姐提出忠告的。

百合江觉得，绫子要信谁是她的生父，那是她的人生。要是女儿问自己，她是会如实回答的。百合江果断地认定：谎言和演技都只能存在于舞台之上。

当天夜晚，百合江没有梦到宗太郎，她感到翌日早晨醒来时的隐隐约约的寂寞感今后也会越来越淡漠下去。

下周的星期天，要搭高树的汽车去理发店道别，百合江的心情相当沉重。回顾流水一般逝去的十多年的岁月，自己的身心最终能稳定在某处的舒心感，又令人心满意足。

果然，里实高兴得要蹦起来。听说高树是清水家的远方亲戚，所以看上去里实比妹夫时夫要兴奋激动得多。通知是由高树去的，里实他们已备好了寿司卷、西餐小吃和地下百货商场出售的糖醋鸡圆子，此景如同百合江拼命努力制作的每年一度的人气家常菜，宛如大年夜的提早来临。看到里实愉悦的样子，百合江也感到幸福满满，一想到这样哪怕能稍稍减少妹妹日后的烦恼，她的心里亦如释重负。

"我让高树在阿百答应之前每周都去拜访，告诉他有绫子在，在冬天来到之前她会同意的。也多亏了高树先生的努力，谢谢！"同样的话里实重复了多次。

"完全如我所想。"

"那么何时搬到弟子屈去？给家具店还掉缝纫机，还得完成手上已接受的活儿，年内做得完吗？"

百合江听到缝纫机一词马上又想到，自己最主要的工作工具是租借的。她还在发呆，里实又快速喋喋不休起来。

"啊，我想就是这样。阿百无论干什么，总是笃笃悠悠的。"

里实一转身面对高树，马上鞠躬说："高树先生，我姐就是这样的人，请多原谅！"

百合江满脑子想的就是失去缝纫机后自己该怎么办，远处，里实那句"你会寂寞的"的话音传入耳帘。

年底前的半个月，百合江和绫子被接到了弟子屈的高树家，带着孩子出嫁的媳妇百合江与春一、婆婆及绫子一起悄悄地庆贺今天的联姻。

听说婆婆阿金今年正逢还历，眼神给人的印象严厉，看上去像个女强人。她身穿紧身的羊毛服装，外加烹饪服，迎接儿媳及其女儿的到来。

一旁一声不吭的绫子令人担忧,她好不容易吃了一口送到嘴边的散寿司饭。担心她是否发烧,摸一摸她的额头和脖子,好像没有。翻过积雪的山顶总算到达弟子屈镇的时候,绫子一看到阿金就躲到百合江的身后。

"小绫子,到这儿来,跟奶奶一起玩。"

绫子绝不想离开百合江半步,这样可不行,趁着带她去厕所的工夫,百合江耐心地嘱咐她。

"你要好好回答奶奶,从今天起,她就是绫子的奶奶了。今后你还得管伯伯叫爸爸。"

绫子绷着脸,噙着泪水对母亲表示抗议。百合江的双手捧住女儿的脸颊,决不退让地说:"求你了。"

阿金在儿子结婚后,为了能够随心所欲地过日子,在马路对面租了一间平房居住。那是间木建筑的房子,虽然很小但做工考究。春一和百合江住的也同样是木结构的平房,其古朴程度与母亲住的房子相比毫不逊色。

听说阿金的丈夫早逝,她独自一人照看自己和丈夫的父母,现在靠儿子的薪水生活。她不时会教邻居的年轻主妇们腌制酱菜,过得相当悠闲。

"百合江可能也不想与唠唠叨叨的婆婆一起过吧。就像你看到的,这儿虽是乡下,但要说婆婆像乡下人一样土气我可不答应。听说那个钏路理发店的媳妇就是你妹妹,我就觉得咱们该做得更好些。"

这话令人深思,百合江似乎想到了自己,只要一有点儿事妹妹就会急匆匆地跑来。"真是个能人啊!"阿金接着说。

"里实跟我不一样,脑瓜子灵,又很卖力。"

"你这个卖力的妹妹呀,可为你操心了!她说,要用你的聘礼帮你买一架缝纫机,听她那么说,我觉得你们姐妹俩的关系真是太棒了。"

百合江的视线从新房里备好的兄弟牌新型缝纫机上扫过。

"我会备好缝纫机等待百合江的到来,不用担心的。"

春一的话使百合江感到由衷的喜悦,回想起来,他可从未对自己说起过里实求他办的事。

里实说,毕竟姐姐是个带着孩子的三十岁女人,她使春一意识到"这点问题还是有精神准备的"。对于婆婆的不满,只要置若罔闻就行。

阿金烧的菜肴实在难以下咽,当百合江意识到自己过于紧张时,嘴角总算有所舒展。

弟子屈是靠近钏路河的城镇,处处听得见河水流动的声音,整个镇子笼罩在硫磺的气味和永不停歇的流水声中。春一在镇公所担任户籍窗口的业务管理工作,上午八点半离家上班,下午五点十五分准时回家,就是那种所谓专门盖章的办事员。

十二月二十四日白天,电器商店的店员上门。

"这是丈夫送您的圣诞礼物。"

百合江听下班回家的春一说过,早就预定购买了一台电视机。她邀请阿金过来一起看,不过,没有得到积极的响应,这台耗去了儿子大部分年末奖金的电视机使她心生厌恶。

自打秋保温泉演出剧团的成员围着观看鹤子的半导体电视起,已经很久没看电视了。春一的工资一般先交给阿金,之后,其中的一半再回到儿子手上,春一从中还掉汽车的贷款,取出一点自己的零用钱,剩下的交给百合江。这些钱根本不够一家三口的开销,只有百合江在钏路加工缝纫窗帘所赚的三分之一金额。虽说不用支付房租,但是这点钱仅用于水电煤和伙食费都是捉襟见肘的。

对于工资的安排,百合江没对丈夫说过半句抱怨,只要有了缝纫机,她就能挣到伙食费不足的部分。那台电动缝纫机是百合江的宝贝。

给清水家寄出的贺年片上,百合江加上一句"托你们的福,我很幸福"。

春一不在家时,绫子每天都坐在电视跟前不愿离开。年末将近,歌曲类节目增加,年幼的她跟着电视节目又唱又跳,在钏路公寓里住时从收音机里听到的喜欢的歌曲播出时,她会兴奋地打起拍子来。乐曲听上一遍就能记住,看到女儿的模样,百合江不能不想起她的父亲宗太郎。

侧耳静听音乐时宗太郎的打拍子的模样和专注的侧脸，还有一次仔细倾听着收音机音乐的宗太郎竟然缓缓地抱起他的吉他来。

绫子很快记住了伊藤姐妹和美空云雀的歌曲，若无其事哼哼唧唧唱出的歌曲并不跑调。不过，春一对绫子的这种情况好像并不满意，电视机送来的头一天，面对高兴歌唱的绫子，丈夫背过身去。

"阿绫啊，你和妈妈一起的时候可以唱歌，爸爸回家后不许又唱又跳的，回家后爸爸累了。"

从那一天起，绫子不再在春一跟前唱歌，到了夜晚，每次看到拿着赛璐珞娃娃一动不动的女儿，百合江都觉得她可怜。可是，想到现在两天就能洗上一次澡，拥有了家属，便只能结束对钏路快乐生活时光的怀恋。

年末大扫除完后，隔壁邻居家媳妇捧来一包青森亲戚家送来的苹果，百合江礼貌地道谢。她是两年前从北见嫁过来的，在这儿没有什么朋友，所以说想和百合江交友。

"可以的话，我很乐意……"

"太好了，您与您家婆婆说的完全不同，真叫人惊讶。"

隔壁媳妇冷静地说道。百合江不明所以，歪着头捉摸。

"您就当我没说过，那个老太相当偏执，会够您受的。"

"我觉得她就是个普通的婆婆，对我而言这儿就是一个家。"

百合江的话令邻居家媳妇忍住嬉笑，用手捂住嘴巴。虽然她那没有梳过的乱糟糟头发和虫蛀的门牙自己尚能忍受，可是，越过百合江肩胛不时窥视自己房内的视线还是令人不快，她嘴边泛起的皮笑肉不笑的含义更叫人放心不下。

"您家婆婆说，我家的媳妇过去在东京是个歌手，怀上了不知父亲是谁的孩子才回到北海道，是个恬不知耻的女人，光打招呼是不可能说到这些事的，她是跟我家的婆婆聊起的。不过，我跟您交谈就知道，您完全是个普通的夫人。婆婆嘛，哪儿都是大同小异的。"

站在玄关处，大年夜的严寒使邻家媳妇冻得索索发抖，她不时朝阿金的住处瞟上一眼，兴奋地说个不停。

"她还大发牢骚，说是自己儿子被抢走了，还被赶出了家门。不过，您不必介意，那种怪脾气，不跟她住在一起，太正确了！您呀，本来靠春一的收入就够了，要另租她的住房，得花掉不少钱吧。"

百合江露出暧昧的笑容听她讲述，同样的话重复了三遍之后，"那么，过个好年"她这才从玄关处离开。眼看火炉就要熄灭，百合江匆忙加入柴火，火焰分裂成两半。

百合江听说，一般人家的婆婆都不会说媳妇的好话，当然反过来一味夸赞媳妇的也许亦并非好事。连里实也抱怨过，自己做事冲在前面，她婆婆的脸色也不好看。

百合江把苹果放进地板下的"地窖"里，心想，阿金适当地发发牢骚，自己完全不必担心。丈夫的工资虽然到自己手里只有四分之一，但全家人都要靠这些钱过日子，所以，自己也必须勤俭持家。给婆婆一间住房以及工资的一半，就能使自己和绫子的生活得以保障，就不该再有什么意见。

过了新年，大约半个月后的一天。

进入一月，每天下雪，上下午各要除雪一次，不然的话，玄关的拉门就无法打开。百合江在门口手持铁锹，见来了一位陌生的男子。他说要等待春一回家，然后进了家门。百合江急忙进屋，脱下带风帽的厚夹克。

男子戴一副有色眼镜，拿一只一眼就能看出是放债者用的小包，他将身上的羊毛大衣团起来放到一边，在柴火炉旁盘腿正襟危坐，双手罩在火炉上，眼睛毫不客气地在屋内扫来扫去。

"还有高级缝纫机嘛，那是你丈夫给买的吗？"

"嗯，说是用聘礼买的。"

"有车有缝纫机还有电视机，真可谓幸福呀。这就是所谓的文化生活吧？"

男子用鄙视的眼神笑道。绫子看见男子进屋，马上离开电视机躲到房间的角落里去。奶奶来的时候她也这样，最近，阿金已不大来看绫子了。原打算开春后就送她去上幼儿园的，所以百合江对春一说,要改变她怕生的习性。

就在讨厌的沉默叫人再也无法忍受之时,春一终于回家了。门轨里落有雪块,春一用双手抬起拉门好歹关上,百合江悄悄打开里侧的毛玻璃房门,对回过头来的春一使了个眼色。丈夫的视线落在玄关处那双黑色的长筒靴上,瞬间皱起的眉头舒展开来,打探着百合江背后屋内的情景。

"回来啦?来客了。"

春一一声不吭,脱去了长筒靴,脸色怪怪的。

户主进了饭厅,那男子也不起身,照样盘腿而坐。春一脱去上衣,坐到那人的面前。百合江在客人跟前放上新沏的茶,同时也给丈夫递上一只茶碗。

"上次那笔款子,年末就到期了。你没忘记吧?我听说你刚娶了新娘,所以想就再等上半个月吧。不过,你那边连个招呼也没来打过,这有点不合常理吧。今天我正好到这附近来,所以顺便来看看,怎么样,你的新婚生活?"

春一上下晃动着下颏,说了声"是啊"便垂下头去。明摆着,丈夫是向来者借了钱,问题在于金额是多少。百合江背对着饭厅里两个男人,在锅里注入水,烧上火。拿出砧板装作准备晚饭的样子,可精神全都集中在身后。

"这可不像坐着车到处兜风那么舒服呀。那台缝纫机,听说是聘礼买的?身价不错呀,那玩意儿可不是你设法调调头寸就可轻易付清的。你打算如何？听说你家老太还独居一房，哪个世界里有能过上这种生活的机关职员？你再不横下一条心，好不容易娶到的媳妇也会对你绝情的。"

　　细说起来真是令人恐惧。这番话语与当年剧团在全国巡回演出时常见的场面并无二致，这帮家伙会根据你的对应突然态度骤变，此刻的话语如同肉麻的甜言蜜语的前奏。男子绝口不提金额，他在等待百合江插嘴询问到底借了多少钱，接下去，就会缠着百合江交涉。

　　来向三津桥道夫讨债的那些人，在为人慷慨的鹤子开口之前，总是阴冷地嗤笑着，不停地说些刺激道夫的不疼不痒的言语。

　　"你们到底想问这个穷鬼要多少钱呀？算了吧！"

　　"什么呀，阿姐这话说得太早了。那你跟我们谈吧。"

　　"别搞了，既然道夫拿不出钱，我怎么可能拿得出来！"

　　"不，并不是出钱就算还债了。阿姐只要能到我们那儿去一下，或许事情就解决了。"

　　之后，鹤子有三天没有回到剧团，再见时，她的脸色宛如一个半死的人。所以，百合江深知，对于男人的债务，女人绝不能随意插嘴。鹤子的容貌在她的眼帘深处浮现出来。

　　阿百，不行！别插嘴！不行的，阿百……

　　"他究竟向你借了多少钱啊？"

男子像个估价师那样眯缝起眼睛。百合江挺直站立在厨房和饭厅的交界处,紧紧拽住围裙的一角。春一低头端坐着,对妻子看也不看一眼。

"本金三十万,利息么,每天都在增加。"

借款好像并不是一次形成的,一次借上两三万的,还上一些再借,在这样的反反复复当中,债务越积越多。一想到丈夫是为了迎娶自己才勉为其难地借债,百合江就特别怜悯他。

"你打算怎么办,啊?"男子睁开眼,开玩笑似的说,"你默不吱声我可不好办哪。打算怎么办,你就说说吧。"

春一的双肩颤抖,双手撑地说道:"对不起。"

"哎,什么?你说了什么?"

"对不起。"

"说什么呀?听不清。"

"对不起。"

绫子在房间的角落里抚摸着洋娃娃的脑袋,百合江站着闭上了眼睛。在荧光灯白色灯光的照射下,春一一直在伏地道歉,大口地喘息。

"我会去工作,那样我们就可以一点点地还债,不行么?"

百合江的话音响亮,男子露出得意的微笑说:"可以。"他在胸前摩擦双手。丈夫既没有抬起头来,也没有调转视线。

"那你就在这里面选择一个喜欢的地方吧。"

男子从小提包里取出一张纸递给百合江,她在伏地垂头的丈夫身旁接过来,见上面写着几个温泉的名字,既有镇内的,也有几家是知床半岛的旅馆。旅馆的名下记着小小的数字,那是月薪的数目。月薪一般在二万至三万之间,还写有"要协商"的说明。

"请选择要住店还是上下班,根据不同的性质,金额多少有点变化,伙食费等开销也会扣除。"

"那么我在那儿工作的工资是否都用于还债?"

"当然。不过,我们的机制相当温情,你的工资还给我们,客人们给的小费全归夫人收取,我们不会让你上缴。要是那么贪得无厌,那就会不得好死的。"

百合江的视线停留在"丸八旅馆"那一行上,它在镇子比较中心的地方,是家有名的温泉旅馆,从家里步行过去大约二十分钟,夏季的话或许还能走得更快些。这种场合能迅速决断,或许是她难改的本性。百合江叉腿直立在男子跟前,将写有旅馆名称的纸张塞回给他。

"我就去丸八旅馆吧。全部还清需要多久,现在就请您算一下。"

男子"嘀"了一声,抬起头对百合江注视了一阵。他马上掏出塑料算盘。这时,春一直起身体,默默凝视着自己的膝头,男子对他看也不看一眼。

"加上利息的话嘛,对了,这样大概需要一年。夫人呀,交谈很顺利嘛,您过去干过这一行吧?"

百合江没有回答,抱起坐在角落里的绫子。

"我没有钱让人帮着照看孩子,能带上孩子一起上班吗?"

"明白,我会和旅馆好好协商,你只要好好干就行。那么,从下周一开始怎么样。工作从下午两点开始到宴会拾掇完为止,服装对方会为你准备好的。"

"就是嘛,哪家都是做老婆的爽快!"男子说着走出门去。百合江朝火炉里塞进撬火棍,让火苗分成两半,又添进新的柴火。春一在男子离去后依旧久久地端坐着,一动不动。

当天晚上,百合江往大米中掺入的麦子增加了两倍,她决心从今往后要采取更加严厉的节约措施。

春一把麦饭送到嘴里,嚼着鲑鱼发酵寿司和咸萝卜酱菜,饭厅里响起"咔擦咔擦"的咀嚼声。绫子似乎感受到母亲冷静决策时的心情,规规矩矩地使着筷子。

下周开始的生活虽然难以想象,然而,百合江依然沉浸在轻松明快的思绪中。有车有电视机还有新式缝纫机,百合江有一种领略到文化生活内涵的安心感,那是一幅绘就了幸福美好生活的图画。

刚刚尝到幸福的滋味立马变成了不安,无意识时积聚心中的氤氲,多亏一个讨债者而一下子烟消云散,颇有讥讽意味的是,百合江因债务去打工的决定反而使她平静下来。

她对这种感觉是有记忆的，试图想起那是何时发生的事，可是一切都淹没在酱菜的咀嚼声中。好不容易想起时，她已开始在洗涤碗筷，那是自己带着绫子离开产院返回公寓当初的不堪回首的记忆。

七月，当借款已还去将近一半的时候，百合江成了丸八旅馆有名的女招待员。

这事起源于春季的旅行季节，有位旅行社的全程陪同到账房去询问，有没有会唱歌的女招待员。旅馆老板知道百合江年轻时曾在巡回演出团待过，是为抵债来工作的。可百合江怎么也想不明白自己过去的经历是从何处通过什么途径传播的。

在无伴奏的宴会上演唱时，看到旅客们放下酒杯与筷子听唱，百合江的心情很好。宴会上四五十人的食客都在认真倾听她的演唱，为她鼓掌，只有在那个瞬间，她会想起业已忘却的梦想。

蓝色的和服上系着胭脂色的腰带，百合江走出招待员的房间，全程陪同石黑叫住她。

"百合江啊，今晚拜托了。我们社的企划很受好评，很多客人提出要去有能唱歌的招待员的旅馆的要求。"

今年春天以来，石黑供职的"日出观光"旅行社成为丸八旅馆最好的主顾，过去，他们总是对住宿费讨价还价，强加于人地提出人数和日程安排，但是，不到两个月，他们的态度就有了改观。

"你嗓子的情况怎么样？"

"不错，没问题。今天是农协团吗？"

"是的，割完了第一茬牧草，正好有了歇息的时间。只有二十人，稍许少了些，但他们净是些期待欣赏百合江演唱的人。"

从石黑三七开的头发上飘出发胶淡雅的香味，他是一位很受招待员们好评的旅行社全陪。

下午离家上班，因日期不同有时要背着睡着的女儿回家。白天帮绫子洗过澡，自己工作时让女儿在招待员房间里玩耍。客人要求演唱大概每周有一天，只要唱了歌，工作时积累的疲劳就会缓解。

要说百合江对同事们的嫉妒全不介意，那是谎言。虽然宗太郎与石黑并没有什么相似之处，可是，或许因为石黑的个子不高，每当两人在走廊里站立交谈之时，每次宴会结束后他递交小费时的不起眼的动作，都会使百合江一次又一次地想起宗太郎。

百合江的同僚们捧着餐盘匆匆从站在走廊上交谈的两人身边走过，有的房间已经到了开始吃晚饭的时间。她用唱歌得到的奖励，每月一次给招待员房间送上点心，所以人际关系还算处得不错。

"旅馆的老板给我说了您到这儿工作的缘由。"

看着对方的眼睛,百合江问今天唱什么歌?石黑笑了,像是有点不好意思说。

"和往常一样,从《北海盆歌》开始,再唱流行歌曲,最后是云雀。要是被要求再唱一首,就用《田纳西圆舞曲》令他们感动。我最喜欢听您唱那首歌,就像丰盛的酒宴,令大伙儿满意。"

能在镇上的温泉旅馆演唱鹤子的拿手歌曲真叫人不可思议,自己一度已对演唱的生涯断念,究竟是什么因缘又再次演唱起来,百合江也闹不明白。

随波逐流的日子,有时也会令人产生恰似一圈圈向上攀爬螺旋扶梯般的感受,每当这时,百合江总会觉得有朝一日自己会与宗太郎重逢。

与春一的交谈越来越少,阿金也很少露面。

"那老太说,儿子赚的钱也不至于少到要让媳妇外出打工的地步。"

上午,邻居家的媳妇将别人送的蔬菜分了一点拿来,向百合江报告了自己婆婆和阿金的对话。自打阿金说不再一人独居,要与儿子同住以来,能够持续现今的生活真是相当值得庆幸的。春一欠债的事不知怎么走漏了风声,阿金不在场的时候,邻居们都对百合江表示同情。无论阿金在外面怎么说,自己过的每一天都是问心无愧的,为了还债哪怕被榨干了工资也感到一身轻。

石黑给的赏钱和客人们给的小费,百合江用自己的名义悄悄存进了银行,尽管她尚未决定今后要与绫子两人生活下去,但已经隐隐约约地感到,一旦欠债还清,或许不会与春一长久生活下去。她之所以感到轻松正是因为有着将来未定生活的缘故。百合江并不讨厌旅途的漂泊及今天和昨天居所不同的生活。一想到道夫离世鹤子病倒后自己还曾靠演唱度日,就觉得任何境遇自己都能够忍受。

百合江借了旅馆的电话向里实作了简短的情况通报。

"家里的生活费不够,我在一个很好的地方工作,可以带着绫子干活,你别担心。"

"生活难道苦得连如此勤俭的阿百也混不下去?"

"过日子嘛,总有各种花销。待情况好转后,我又可以在家里干缝纫活儿,能过下去,没问题。"

里实口气中对百合江必须外出工作颇为不满,并多次讯问,春一是怎么说的。

"他没说什么,提出外出工作的是我。我想,这样到绫子上小学时就可以轻松些。"

要让里实说出"真没法子"这句话,需要打上三次电话。只有管账房的事务员以可怜的目光看着百合江的时候,她才会感到瑟缩不安,她并不习惯别人怜悯的目光。

领取工资的招待员共九人,加上厨房里的厨师和炊事员,铺被子和宴会厅的服务员,丸八旅馆的工作人员超过三十人。出游季节时初高中生也会来勤工助学。招待员和厨师中一半人员是欠有债务而流落到这温泉来的"外地人",那些倒闭者、担保人选择丸八旅馆工作的理由各异,不过一般都是不愿意在欠债当地工作的人。

百合江在宴会上演唱时,那些外地的欠债招待员同事不时会帮她看看绫子的状况。招待员房间里,本地员工与还债的外地员工分成一目了然的两拨,对于本地员工而言,有一种不知何时会被人要求借钱的恐惧和被人瞧不起的感觉。像百合江这样处在特殊位置上的人十分罕见:她是住在家里每天上班、老公又是机关职员的借债者,除了招待员的工作外,靠唱歌多少还有些进账,而且旅馆的老板也说,哪怕借款还清了也希望她继续留下来。说到底,谁都知道有朝一日终有一别,所以那些住店的女招待们都能很轻松地与她相处。

当天晚上的宴会人数不多,只有二十人,全陪石黑说,他们是一个农协团体的。

"今天谢谢各位光临丸八旅馆,我就是希望在这个欢快的宴会上赢得各位共鸣的百合江,请多关照。"

《北海盆歌》赢得了掌声。当百合江询问第二首要听的曲目时,认为与以往情况不会有什么不同的她耳中,传进了从未遇见的倒彩声。

"她是妓女出身的野鸡,过去这女人是在戏棚子里跳大腿舞的!"

百合江朝发声的地方望去,坐在这群人角落里仰脖饮酒的居然是弟弟阿治,令人惊讶的是,他的模样酷似卯一。在里实结婚典礼上见到的他那自暴自弃的目光里,如今漂浮起好色的苗头。他身上不见年轻人的精悍,与周边的其他人也格格不入。据说在巴士里,全团成员已经都喝得醉醺醺了,一到夜晚,情绪也早早地高涨起来,宴会场上随着阿治的叫嚷声,气氛陡然沸腾起来。

"那太好啦!阿姐,脱吧,脱吧!"

在一片"脱吧""跳吧"的嚷嚷声中,百合江深深地吸了口气,她看到石黑在向阿治的杯中倒酒,"行啦行啦",他的嘴唇在动。她的眼神与石黑的聚在一起。

没问题——她用眼神传达自己的意志,石黑也以严肃认真的眼神表示肯定。

"不巧我的身子骨僵硬,腿脚无法做大动作,不过,跳个舞没有问题。这叫幼时积习,终生难忘。今天我作特别奉献!"

百合江一手拿着夹在腰带里的扇子,来到呈コ字形摆放的宴席桌中间,跳了《人生剧场》,那是在病床上的道夫所唱的歌曲。一想到当时只要能唱就感到十分幸福的巡回演出时代,她的声音从腹腔深处迸发出来。三津桥道夫的歌声钻进了她的耳蜗深处,还听到了鹤子的谐韵的吆喝声。整个会场的吵闹声和倒彩声一下子静止了。

隔壁宴会厅的食客们也拉开了中间的纸槅门。百合江翩翩起舞，仿佛脱离了榻榻米的席面，吸气时就是一个亮相的造型。借着扭头之时她狠狠瞪了阿治一眼，他连忙挪开自己的视线。

百合江将手中的扇子放回腰带时，安静的宴会场中爆发出掌声。不知何时起，客人人数增加了三倍。之后，宴会厅变成了一个，全场沸腾。客人们的点唱，一般到第五首就会终止，可今晚一下子唱了十首，小费被不停地放入她藏青色和服的衣袖里，有的客人还将一千日圆的钞票折成细长条塞进百合江的腰带。有时被客人轻描淡写地摸一下屁股，她也不以为然。只要认真做好这段时间的演出，就不会引起不良事端，使她懂得这一点的是深深沁入身心的巡回艺人的血液，然而，在她一丝不苟演出的心灵深处还是预感到这样的生活绝对不会长久持续下去。

换好衣服去账房打完招呼，百合江背上已经酣睡的绫子，走出便门，见石黑站在昏暗的巷子里。

"今天真是对不起。"

白天热得出汗，但是走在夜间山区的温泉城镇里，徐徐的清风正爽。石黑跑过来帮忙，要给背着的绫子披上大浴巾。他身上散发的发胶香味里混有淡淡的汗味儿，衬衣的白色在夜色里泛着蓝光。

"控制会场秩序该是我的工作，真对不起。"

"没关系,赏钱和小费得到很多,再说那客人说的也不全是谎话。"

不过,她并不想告诉石黑,那喝低俗倒彩的家伙是自己的亲弟弟。

石黑低下头,在狭窄的小巷里行走,需要他开道,可是他一言不发,纹丝不动。

"我一直在感谢您,明知我在丸八旅馆的原因,还那么善待我,我心里都很清楚,若有机会报恩,是我最高兴的事。石黑先生不必抱歉。"

石黑默默地把百合江背上的绫子抱到胸前。

熟睡的孩子体重天天在增加,可是,欠债却在逐渐地减少,相当平衡。失去了背上的重量,百合江突然担忧起来。石黑绕到巷子右侧行走,身上裹着大浴巾的绫子毫无苏醒的迹象,夜空中传来流经城镇中央的河水与夏季虫子们的展翅飞舞的重叠音。

家家户户的电灯熄灭了,新的一天很快就会来临。小巷转角处两人的肩头和手臂会触碰在一起,柏油路面与小石子路面交替,石黑抱着绫子,走得很慢,男子踩在石子路上铿锵有力的脚步声与百合江的脚步声重合在一起。她意识到,石黑是在舍不得时间的流逝。小河的流水声增大,再走三百米就到家了,这时,石黑站定了。

"我一直在想该怎么向你赔罪。"

"我说过没关系的，小费已经把这事扯平了。一般说来，想控制当时的局面是难为您的。我以前就靠这赚钱，今后，宴会表演您尽可放心地交给我，这就足够了。"

百合江伸出手去抱绫子，石黑拉过她的手，她觉得自己的心脏在剧烈地跳动。石黑的右手抱着绫子，左手揽住百合江。男人的气息传来，那是丈夫身上不曾闻到过的气息。宗太郎从百合江的脑海中跃过，她不知道为什么这时候宗太郎会出现。

"说赔罪，那是借口。我向丸八旅馆的老板打听了你欠债的余额，能让我来帮你解决吗？"

"让您解决是什么意思？"

百合江好像要被发胶的香味拖曳过去，强忍住不让下垂的双臂圈住石黑系着皮带的后腰，不知道石黑是否了解百合江此刻的心情，他的手臂在使劲儿。在河流水声的掺和下，石黑敞开了心扉。百合江无法摆脱从脑中闪现的宗太郎的面影。

他向接过绫子的百合江深深鞠了一躬，说道：

"我不会放弃。你要靠自己的力量还债的心情我明白，要不是这样，我也不会被你吸引。请允许我在暗中保护你，待心平气和之时，我一定要好好听听你的打算。拜托了。"

石黑猛然转身开步就走，不知为什么，差点儿就要投入男人怀抱的自己的脑中，此刻宗太郎的面影竟然消失了。倘若那就是百合江的本愿，那就太可悲了。

这一天，难得春一还没入睡，百合江把绫子放到棉被上，告诉自己，我是问心无愧的。

"这么晚啊。"

"宴会延长了，对不起。"

"不累吗？"

丈夫的手臂伸向百合江的腰肢。

春一粗野地闯进她的体内。百合江一边听着丈夫激烈的喘息，一边在担心刚才被石黑拉扯的场面是否被他看到。嗅到石黑汗味儿之后在内心深处点着的火苗变了颜色，燃烧得猛烈起来。在强烈波涛的冲击下，她听到自己嘴里发出的轻微叫声。

在丈夫的咆哮声中，百合江的意识远去了。紧闭的双眼中充满了耀眼的光芒，怎么等待也不见宗太郎再次在脑海中出现。

当天夜晚，百合江始终惴惴不安：自己是否犯了大错。天亮之前，她一次又一次地确认身旁酣睡的那个男人的脸。

年末的温泉城镇，随着不少温泉疗养客的到来变得热闹起来。百合江与石黑的关系未有进展，只有心潮的涌动，从夏天到秋天，又变成了冬季。

绫子每天有大人照看，她在擦得精光铮亮的走廊地面滑行玩耍，遭到路过的厨师长的训斥也不以为然，在家里还显得老实，可一到旅馆，就表现出轻松滑稽的模样，连母亲百合江见了都会笑。

"妈妈，石黑给了我零花钱。"

"是石黑叔叔吧。对大人光叫名字要受罚的！"

"可他说你叫我石黑就行。"

"他说行也不行！"

"厨师长也说我可以叫的。"

"去你的！"

自打夏季那个夜晚送百合江到河边之后，石黑就没再有与她相处的机会。请百合江演唱的计划每周必有一次，她与石黑只是在商量宴会进程和领取赏钱时能说上一两句话。最近，其他的陪同也会提出让百合江在宴会上唱上一首的请求。

一进腊月，丸八旅馆也提出希望她留下的要求。

"你的债还清后，能否继续留下？当然，工资我们会按时支付给你的，我们也会考虑为你加薪的。"

"我回家和家里人商量一下吧。"

可能的话，百合江想一直在丸八旅馆干下去，既能做房间的女招待，又能成为宴会上的宝贝，真是十分令人感到高兴的事。

嫁到高树家很快就过了一年，只是在开头一段时间过得比较悠闲，之后就一直在丸八旅馆干活。与丈夫相处的时间不多，婆婆更是难得一见，所以感情上倒不觉得有什么麻烦。

自己要继续工作下去，春一会反对吗？回家后夫妻间也很少对话。她知道，每次肌肤相亲之时，只能留下淡薄的温情，她甚至闹不明白原本两人之间是否有点感情。在闲下来的时候,她觉得带着绫子到远处的温泉区工作也不错,要是把这些告诉里实,她会同意吗?

心里追随着石黑的背影而去,然而身体却不行。身体和心灵的龃龉,只有在演唱时才能对准焦点。

自己在演唱时身心是统一的,不会产生任何矛盾。

星期天,百合江除了处理积累一周的家务和修补整理之外,还要熨烫衣物,忙了一整天。春一到阿金家去后到晚上还没回来,这反而让她感到轻松。绫子和妈妈两人在家时,整天看电视,又唱又跳的。

"妈妈,石黑说想做绫子的爸爸唉。"

电视画面转成广告时,绫子以老成的语调说。百合江停下熨烫的手看着女儿,她肌肤色的紧身裤的膝盖处有一只小破洞。百合江关断熨斗的电源,一边缝补女儿的裤子,一边轻声说:"阿绫啊,别说这种话。"

"为什么呢?"

"阿绫的爸爸不是在家里吗?"

"那个人不是爸爸,阿绫觉得还是石黑好。我问过菩萨大人,选哪一个好,他让我选石黑!"

"别强词夺理!"

打夏季的那个夜晚起半年转瞬而过,希望向菩萨请教的其实正是百合江。

待心平气和时,我一定要好好听听你的打算。

百合江询问自己,你真正的想法是什么?虽然与绫子两人的生活并不难想象,但石黑参加进来的场面却很难浮现在眼前。喜欢一个人与希冀与之共同生活之间存在相当大的距离。她已经深深领悟到:现实绝不是那么美好的。

百合江始终没能找到向丈夫提出继续在旅馆工作下去的机会,或许这与春一一直在回避两人在一起的时间有关。购买缝纫机和电视机的借款差不多都还清了,虽然旅馆是难得的适合工作的场所,但做出决定是否会使夫妻关系更加恶化呢?

把自己吹向下一个工作场所的风一定会刮起,不过,百合江并不为等待来风的时间而焦虑不安。

"不管怎样,要好好考虑啊。"

绫子学着母亲的音调唱起来:"考虑啊,考虑啊。"

大年夜之前的十天,里实给丸八旅馆的账房打来了电话。

"阿百呀,你还好吗?"

"托你的福,还好。阿里,你怎么啦?"

里实一下子哭哭啼啼起来,说是好不容易怀上的孩子流产了。百合江无法想象哭泣时的里实,平时那么坚强能干的妹妹在无助地哭泣,仅凭这一点,就知道此事非同寻常。

"婆婆说我不该把棉被搬上搬下的,可是,一开始你就得让你儿子去干呀!等到事后才那么说,丈夫么就是丈夫,不能老是看着老婆哭鼻子。他每天到早晨还不回家!阿百,帮帮我。"

听到电话中里实的哭声,百合江马上想到自己的境遇。尽管她知道,一切都是自己的选择,可妹妹的眼泪还是使她的心变得脆弱。

"阿里,求你别哭了。我也在奋斗,今年眼看就要结束了,待正月那阵子忙过,我到钏路去一次。你再等等我。"

"阿百,你过来么,真的过来吗?"

里实的哭声更响了。周围的人远望着手握电话听筒潸然泪下的百合江,账房里鸦雀无声。百合江放好电话,低头说了声"对不起",迅速离开了账房。

"今天最重要的客人光临了。"

总管的声音响彻馆内,面包车停靠在玄关前,换好衣服的女招待们站成一排迎接客人。百合江匆忙地调整眼神,站在队列的一端。

"欢迎光临,您一路辛苦了。"

带最重要客人前来的是石黑,都是些来做温泉治疗的旅客,预定待三天两夜。石黑简短说了句"多谢关照",就将房间的分配表贴在大厅的墙壁上。胶带不够,百合江急忙到账房去借来玻璃胶。

明确了住房的客人先后朝二楼的客房走去，不同房间的女招待高声叫嚷着"摩周间的客人""大雪间的客人"，百合江负责的房间由第二批客人一行入住。当客厅里客人和招待员都走光时，石黑说："碰到什么事啦，眼睛红红的。"

石黑的一句话使那颗软弱的心激荡起来，她告诉他说，妹妹遇上了伤心事。

"我想开年后到钏路去一趟，已经一年没见她了。那孩子很少有事求我。听她诉说衷肠，情况会很不相同的。"

石黑问，到钏路住一夜吗？百合江刚要回答，突然看到了对方的眼神，夏季那个夜晚的气急憋闷感再次出现，她赶紧摇头，慌乱地抬头看他，再次摇头否定。石黑亲切地问，你住哪儿？

"可以住在站前便宜的旅馆，打算带绫子一起去。"

"那么，我们公司有关系的旅馆有好几家，一间房随时可以订到。希望住西式房间就请提出，公司职员价格，比哪儿都便宜。"

百合江尽量以事务性的语言告知"订一月第二周的星期天吧"，只有周日和周一能休息两天。石黑点头，掏出前胸口袋里的黑色记事本记下。百合江偷偷看了一眼他每天写满事情的记事本，告诉自己，这只是他的好意。

石黑帮忙预约的是站前饭店的双人间，他说，与绫子两人住也罢，与里实交谈也罢，房间还是大一点为好。向总台打听房价，居然与廉价旅馆的价格相同。

一进房间，绫子就在靠窗的床上玩起蹦床来。窗边可见的大街上已经覆盖上一层薄薄的积雪，这儿和山区弟子屈的气候和气温都不相同。离开钏路已有一年，钏路冬季的酷寒，使百合江想起住在这个城市时的光景。她几乎每天都会梦见宗太郎，而梦中的场面全是幸福的时刻。

百合江没有想过倘若不与高树春一结婚的结局，她觉得自己的气质是老天赋予的恩惠。里实老说自己缺少计划性，如今回过头来看，这种缺少的计划性反而导致了好结果的产生。

她感谢石黑的关心，用大厅的公共电话与里实通话。

出现在旅馆大厅的里实脸颊瘦削，乌黑的头发失去了光泽，量也显得稀少了。

"到房间去聊。有时间的话，今天就住在这儿。到清水家去造访，反而会因客气不便说话。"里实并不是百合江熟知的那个强势坚定的妹妹，她对姐姐的话连连点头称是，一进电梯就开始流泪。

从冰箱里取出冰镇可乐，倒在两个玻璃杯里。窗户下有一个中央控制的蛇腹型暖空调器，把手搭在上面取暖时，她问：冷不冷？回答说，没问题。

"阿绫长大了。"

"在旅馆里，周边都是大人，她的嘴巴变得能说会道了。"

"我说，你为什么要去旅馆工作？生活那么苦吗？"

百合江犹豫不决，现在再撒谎逞强，她觉得对里实是一种虚伪。

"高树他，有外债。为娶我的汽车、与婆婆分居所准备的房间，还有缝纫机和电视机，都是借债买的。"

她告诉里实，逼债者为自己准备的工作场所，唯一能从家里去上下班的就是丸八旅馆。她想尽量说得光明一些，却怎么也露不出灿烂的笑容。

一开始里实只是目光呆滞地听着，但是，她的眼神渐渐恢复到原来的样子。

"不过，干了一年，基本上还清了，接下来就轻松了。"

"阿百，你说些什么呀？"

里实的嗓门大起来，百合江不明白妹妹怒气冲冲的缘由，张大嘴抱起了绫子。

"照你这么说，我们真是给他们家耍了。我家的老公和你家的男人都一个德性，结婚时说得那么好听，一旦娶到手，要么去为还债工作，要么去玩别的女人！要是这样，清水家就不该娶媳妇，就是不结婚，我有这身本事，一个人也能生活下去。"

看来里实因为孩子的流产深感悲痛，并因此演变成对丈夫的愤懑。百合江也认可她说的"只要有这身本事"的见解，在旅馆宴会厅的演唱，这一年来使自己多么坚定地挺直了腰杆，妹妹也是靠自己的能力在维持生存的。

"抱怨也不会减少欠账的，幸好我待在家里的时间少，与婆婆和丈夫的交谈也不多，好像一直与绫子两人在生活，说句老实话，现在还真感到轻松。"

早晨为春一备好盒饭，下午带着绫子出门。晚饭由旅馆提供，虽说工资抵债拿不到，但是自己还能存上一些小费和赏钱。此刻能跑到钏路住上一夜，会会妹妹，也多亏了在丸八旅馆工作时遇到了石黑。

我只要能吃饱肚子有歌唱就行。

想到这儿，百合江的心中隐隐作痛起来。一想到石黑，同时宗太郎的面影也会浮现在眼前。正直与虚伪在内心深处争斗，她抱起绫子，从床边站起。

"阿百，你不跟他离吗？"

要是自己反问同样的问题，对于要强的妹妹是过于残酷了。窗户外面，雪花开始飞舞飘扬。

"阿里，今晚我们吃点好东西，你就住在这儿吧。你婆婆应该允许吧。就这么办！"

里实默不吱声。

不管是期盼还是不情不愿，自己与高树的关系到债务还清后会迎来一个新的局面。哪怕就这样在丸八旅馆干下去，两人也总该有个商量。她告诉自己,没有必要懦弱,只要有旅馆支付的工资,自己就能和绫子生活下去。

"我说呀,你干嘛老是那样呵呵傻乐!我真搞不懂你,阿百。"

"你看我是在傻乐?其实我只是觉得生气也没用,人们的心情不会因此而改变。你就是哭泣,债务也不会减少。"

"正因为如此,所以绫子的父亲会逃走,你会落到为老公偿债的地步。"

"无论怎么做,我对无可奈何的事情不会去多想。如果欠债能靠工作去抵消,那我只能工作。我要感谢自己能够健康地生存,我每一天都在努力。这么说,阿里能够理解么?"

百合江觉得不妙时,里实已经站起身来。

"阿百,在你到达之前,我已经介入了丈夫和情人的出轨事件,我掌控了他俩在一起的证据,迫使他们交代了一切。让孩子流产或许是我的责任,但是那不能成为他把别的女人肚子搞大的原因。我绝不跟他离婚,跟他离婚,我就输了。"

百合江无言以对。里实说,突然闯进的房间里看到有大腹便便的女人,她受到的伤害有多大。那位看上去那么文雅大方的清水家的长子,居然有这种能耐,难道他父母就毫无察觉吗?

"大师傅和老板娘知道这事吗?"

眼看着里实的眼睛红了起来。

"他们说,好不容易怀上了,你就让她生下来,就当作自己生的孩子,把他抚养成人。真不知道他们是怎么想的,还说好不容易,什么意思?"

百合江抚摸着绫子的头,让她坐在床边。绫子面对里实的怒气,一动不动地沉默着,她已经懂得看大人的脸色行事了。

"阿里不喜欢就直说,你不是一直办事果断,毫不犹豫吗?"

里实双手握拳堵在百合江跟前。懊悔、窝心,面对愚蠢的家里人强加的毫无道理的难题,她心里总得想个解决的办法,里实揪住自己的头发嚷道:

"阿百,你生过孩子,不了解我的心情。今天还故意把绫子带来,完全不考虑肚子空空的我的想法,实际上你是来炫耀有孩子的幸福。订了这么好的房间,还一个劲儿胡说什么丈夫借了债,目的是找一个外出工作的借口。阿百总是做出退让一步的姿态,最终必定会从高处观赏别人的不幸,真是狡猾!"

百合江想不出任何一句合适的对应语,她可怜对自己咄咄逼人的妹妹。说不出慰藉话的她觉得自己的心中又被掏走了什么。

打先前起,窗外的雪就下大了。绫子看到里实的愤怒,跑到百合江的身边。

"我绝不离婚,绝不!我一定会笑到最后,我一定会让那些人感到后悔!"

里实走了,百合江躺在床上看着崭新雪白的天花板,绫子又在隔壁的床上玩起蹦跳来。是自己说了不合情理的话,还是里实的心绪不佳?不管怎么说,两人眼下暂时不会有和好的希望。婆家的态度明显使里实感到痛苦,作为姐姐的自己也不便去说些什么。虽然她对于自己的出生和成长从未感到过内疚,然而,如今回首望去,也许一切都起始于那个开拓小屋。离开故乡之后,无论生活在哪儿,一直过的是浮萍那样漂泊不定的日子。

耳际深处多次响起里实的话:我一定要笑到最后。百合江希望如此,可是反过来一想到人到达那一步时的路程,便不觉得会是幸福的。思来想去之间,时间过去了。绫子玩累了,在一旁的床上迷迷糊糊地睡了。这时,房间的电话响了起来。

"有外电打来,可以接进吗?"

百合江想可能是里实,尽量温柔地叫了妹妹的名字。

是石黑。

"对不起,是我。怎么样,与妹妹见面顺利吗?我刚刚回到公司,外面下雪了,心想你们不要紧吧。"

"谢谢。这房间很高级,令人惊讶。已见到妹妹,她刚回家。"

石黑不无遗憾地说,我想你们姐妹好久不见,要了一个能同住一夜的房间。

"她也很忙,不过,没关系,见了面就好。要感谢石黑先生。"

"吃晚饭了吗?"

"绫子在打瞌睡。我正打算去车站买盒饭呢。"

"那么,"石黑说了饭店顶层餐厅的名字,"再过一小时我会过去,与你和绫子一起吃点什么。六点半,你去餐厅所在地的楼层等,我肯定过去。"

百米之外低矮处的霓虹灯在闪烁,在饭店最高层看到的夜景,恰到好处地冲淡了现实感。不知何故,看到霓虹灯想起的净是快乐。

"绫子,好吃吗?"

"嗯,石黑的炸猪排很美味。"

桌上并排放着两份肉排客饭和儿童餐。

"你去弟子屈之前来过这儿吧?有一年时间了吧。"

"是的,这儿依然热闹,一到夜晚更甚。景气的程度与温泉城镇相比还是大不相同的。"

百合江有一种摆脱了封闭的人际关系的解放感,她重新思考了住在山区和海滨的人们的不同气质。在靠打鱼和挖煤的海滨城市,也许因为流动人口多,就不大深入思考今后的事,城市里洋溢着什么人都可以接受的氛围。

石黑的话语与旅馆走廊里遇见时不同,那些不会得罪人的会话反而会使对话的双方互相探测对方的用意。绫子在一旁能使只有他俩在场时的难以忍受的紧张感得以缓解，绫子只要管坐在自己对面的他叫"石黑"时，百合江就会"喂"地一声提醒女儿，但是看上去毫无作用。石黑本人也会快乐地与绫子交谈。值得庆幸的是，这样的交往可以使人一时间忘掉里实刚才说的那些话。

"你妹妹好吗？"

"还好。"

"听你说像是遇到了什么悲伤事。不碍事的话，有我可以出力的就请提出。"

百合江夹起一块肉排蘸上调料送到嘴里，说了声"好吃"。石黑没有再问。绫子的手伸向铁板上的布丁。

"阿绫，这要饭后再吃。"

绫子慌忙把番茄鸡肉炒饭扒进嘴里。石黑笑着望着母女俩。

在大厅送走的石黑九点钟时又打电话到房间。绫子吃饱后，洗完澡就上床睡了。

"对不起，我想你大概已经休息了。"

"不，我还没睡。这个雪下得不停了。"

"可能会积雪，不过，钏路就是有积雪也不会像弟子屈那么厉害。"

在饭厅讲话时，他的音调不同。沉默几秒后，石黑说：

"其实，我是在大厅里打的公用电话。"

百合江想起挥手走出饭店时的石黑那坦率的笑脸,她深深地吸了口气,又呼出。石黑独自一人踏着积雪回家的样子,实在太冷酷了,无论对石黑而言,还是对百合江。

"我住在703室,房门没上锁。"

次日,带着绫子走进列车,百合江觉得好像在车站里又看到了石黑的身影,但不敢去追逐。只消一夜,石黑就该有所意识。在石黑的怀里,宗太郎的面影就浮现在眼前。男人的灵感是不可轻视的。

百合江无法去追随沿着夜深人静的街道回家的石黑,也没有去哀悼自己正直的身体。事实上,自己前进的道路上有了一个答案。早晨,自己的身上已经没有石黑的气味,百合江的心情奇妙地爽朗起来。确保了列车上的座位,松了一口气。就在这时,绫子问道:

"妈妈,你会与石黑结婚吗?"

"不会。绫子的爸爸只有一个。"

"你更喜欢他?"

"可能吧。"

在这个直觉力极强的女儿面前,看来要维持与高树的婚姻并不容易。百合江在感到总有一天两人会分道扬镳的同时,又会想到,为什么与丈夫肌肤相亲之时宗太郎的面影不会出现在眼前?

归根结底，摇摆不定的还是百合江自己，在钢轨的接缝处，焦虑和断念，出乎意料的前进状态都会印入自己的心中。

春一并没有反对她在欠债合同完成后继续留在旅馆工作，已经习惯了的不同生活以及他身边不时浮现的其他女人的身影使百合江感到心情轻松。不时进行的义务性的做爱，为百合江转向下一个行动打下了基础。

她觉得自己的身子发生异变是在四个月后，五月的暖风开始吹拂之时。

腹中的孩子已有八个月，百合江一直在丸八旅馆工作，已经到了无法再进行下去的地步。就是无法端盘子，唱歌还是可以的。虽然不时在路上碰到的阿金会对她责骂，但百合江的意志依然坚定。

得知妻子怀孕后，春一几乎不再回家。不知他待在阿金的住处还是在其他女人的家。家里的生活费靠百合江赚取，分娩后不能干活时，可以用迄今为止的小费和赏钱来凑合。

百合江妊娠的消息在旅馆里传开时，只有一次石黑问过她，"那是不是我的孩子？"她摇头否定："不至于吧。"她感到：哪怕自己与石黑结合了，内心深处恐怕还是会重复出现同样的问题。从怀上绫子那一天起，自己就期望一直与宗太郎的面影生活在一起。

"生下孩子以后，我还想在丸八旅馆工作。旅馆的老板也在等待我，而且，请允许我继续在宴会厅演唱。真是要感谢石黑先生。"

石黑用力点点头，把当天宴会演唱的赏钱递给百合江。

大年夜的产院只要离开简易火炉就感到酷寒沁骨，这家镇内唯一的产院只有一个护士。老年医师冰冷的听诊器在她肚子上滑来滑去，不时歪头思考。肚子膨胀得比怀绫子的时候还要厉害，这一次的妊娠总让人觉得有点异常。分娩前最后的检查结束后，医师说道：

"孩子头朝上，要剖宫产。"

百合江面朝涂料剥落的天花板长出一气，比起自然分娩来，这一次长久卧床是肯定难以避免了。但叫人放心不下的是绫子，她们母女俩一直在一起，这一次只能把她交给春一了。虽然只需几天时间，但是托给旅馆和石黑都是不合适的。

"阿绫，好好听爸爸的话。妈妈可以行动后，哪怕住在病房里，你就能回来。真的只有几天工夫，努力啊。"

"绫子在旅馆的招待员房间等你吧。"

"那可不行，就这一次，好吧，求你了。"

为了让女儿答应，她花了两个小时。

因为住院，百合江回了趟家，春一依然没有回来。肚子里即将出生的孩子的位置在下降，医生说若正常分娩，孩子的生命将无法保证，只能剖宫取出。她用旅行袋装上绫子的替换衣裳，来到阿金的住处。

"医院说要剖宫产，现在去做准备，明天早晨做手术。对不起，这孩子今天在这儿放一个晚上吧。"

"我家可不是保育院。"

"拜托您，春一不知何时回家，只能拜托您。"

"这种时候，丸八旅馆什么忙也不帮吗？把老公搞得不知何时才回家的，不就是你吗？"

"我和女儿说好了，一定做个乖孩子。拜托了。"

阿金哼了一声，跑到屋里去了。百合江挺着大肚子，无法下蹲，她再次叮嘱绫子。

"做个乖孩子。手术做完后就请人带你来医院，你一定要跟爸爸和奶奶讲，请他们到医院来。妈妈和小娃娃一起等着绫子的到来。"

绫子抬头泪水盈眶地看着母亲，百合江一再抚摸她柔软的头发。女儿哭丧着脸的模样和宗太郎完全一样，她轻轻叫了声"妈妈"，咬住了嘴唇。

"只要一个晚上。明天晚上就能和妈妈和小娃娃见面。"

眼泪顺着绫子的脸颊滴落下来，百合江已经顾不上思考平时那么听话的好闺女如此不安的理由，再拖下去，肚子里的孩子就会这样头朝上地产出，能救自己和孩子的只有剖宫产。百合江不由自主地双手合掌恳求绫子。

"拜托绫子。"

绫子最终也没有露出笑脸。百合江只能把她留下,她让流着眼泪的绫子坐在门框上,离开了阿金的住处。

百合江拿着一个包袱回到了产院,途中绕道杂货铺去买了二十米长的漂白布,那个店员不无同情地说:"非得挺着这么大的肚子,自己来买吗?"

手术准备完成后,开始打点滴。百合江知道现在必须睡一下,但是心中惦念着绫子,无法入睡。隔壁房间传来孩子的哭声,绫子在阿金家过得怎样?越想头脑越清晰,这种时候,要是里实在身边就好了。一月在钏路见面后,姐妹俩断了音讯,百合江打过几次电话,徒弟跑出来说"她忙得脱不开身",就挂断了电话。

想到明天晚上就会变成两个人,百合江沉下心绪,望着雪光照亮的银白色的墙壁。

第二天早上的手术,由于胸部以下麻醉,百合江意识清醒,却不感到疼痛。她知道自己的身体被打开,传到耳中的是声音、医生的动作和动向。蓝色床单的另一头传来婴儿的哭声,百合江松了口气,很快,手术室的气氛就变了。

"是个女孩子,挺健康的。是叫高树吗?现在你可以睡一下,数数字,一、二、三……"

无影灯的圆光变得模糊起来，数到七的时候，护士的声音听不见了，之后，时间和场所都从百合江的眼前消失。

"阿百。"

百合江睁开眼，却看不清站在面前的是谁。她闭上眼，再度睁开，嗓子干渴，舌头干极了，好像缩小了一半。发声者紧紧握住了自己的手。感觉有所恢复，究竟发生了什么？接受手术前，她听说伤口缝合后就会被送回病房，看来并非如此。朦朦胧胧的影子，潮湿的纱布敷在嘴唇上。吸进纱布上带有药味的水分，舌头有点儿可以蠕动了。

"你是阿里吗？"

焦点在一点点地对准，里实不停地说："阿百，对不起。"为什么要道歉呢？她能够赶来，自己就放心了。只要有里实在，接下来的事就没问题了，没有必要再去求阿金和春一。

"绫子呢？"

"有一点儿缓过来了。阿百，因为麻醉，你一直在昏睡。孩子没事，请放心。是个女孩，你知道吗？"

百合江点点头，只要一放松，马上又会坠入深深的睡眠之中。她多次问道："绫子呢？"可里实只是重复以"等等"回应。里实用纱布蘸着茶碗里的水让百合江吸吮。医生说，因为她尚处在不可进食的状态，原本水也不让喝的。

"孩子取出后,又进行了紧急手术。你的子宫发炎严重,然后高树的妈妈和春一被叫来在手术认可书上签了名。没有亲属同意,手术没法做。"

里实的话音到此中断,她是在为姐姐清醒过来感到高兴吧。百合江从她的话中只能做这样的想象。

她了解手术内容是在又过了一天喝下一杯稠米汤之后。里实说,虽说已到年底,她还是向清水家请了一周假来到弟子屈,百合江觉得事情一定不简单,她必须问清楚自己昏睡期间发生了什么。

相约过一晚就能见面的绫子并未出现在病房里,听说新生儿也在婴儿室由护士用牛奶喂养,而在手术认可书上签了字的阿金和春一却没有露面。她轮流看着天花板和里实的脸,一一提出了心中的疑问。

里实去归还稠米汤餐具和托盘,一时间没有返回。等待里实的时间太久,与当年去标茶车站迎接她时充满忧心的期待不时重合,自己的沉睡期间,究竟发生了什么?这正是百合江最想打听的问题。

"我说阿里啊,你说什么我都不会惊讶,告诉我吧。"

里实在床头边的椅子上坐下,百合江的视野中,毫无表情的妹妹的眼神在放大。

"很伤心的事,说也无妨吗?"

里实越是一遍遍叮咛，百合江的心越冷，冷过了极限，一直冷到不论听到什么都不会惊异的地步。

"其实，医生说你今后再也不能要孩子了。"

"嗯，我已有绫子，有两个女儿，心里有仗恃，没事儿。"

里实好像略有所思，在火急火燎地焦躁之前，百合江想知道妹妹选择措辞的理由。热泪盈眶的里实抬起头，用手指擦拭眼睛，不让泪水滴下。

"院方说，紧急手术的内容，要在本人状况稳定后，由亲属告诉你。我能说吗？"

"当然能。我的亲属只有绫子和你。我遇到很多事，没法说，那户人家要说的事真的太多了。"

百合江的视线从妹妹的泪眼上移开，落在病房用油漆重刷过的斑斑驳驳的墙壁上。

"要是能早一点到达，我会反对的。阿百，对不起。"

里实边说边掉泪。"剖宫后子宫就被摘除了。"她声音颤抖，说完一下子低下头来。

"子宫摘除。"百合江重复了几遍，舌头就像被缠住了似的。她悄悄抚摸了漂白布裹住的腹部，却毫无子宫已被摘除的感觉。她不知道如何才能确认，一个女婴已被从自己的肚子里取出的事实，除了全身的疼痛和伤口抽搐痉挛的感觉之外，其他什么也没法揣度。

现在轮到百合江选择词汇了。

"就是说我的肚子里已经没有子宫了,也就是说不会再生孩子了。"

虽然躺在病床上,但只要一伸手,里实就在近在咫尺的地方。此刻这是比什么都鼓舞人心的。里实闭着眼睛使劲点了点头。百合江并不像妹妹那样气馁,因为她还无法想象这一事实会给自己带来怎样的未来。突然,她又叫起"绫子"来,不能再把女儿交给阿金和春一。绫子究竟怎么啦?里实只能说不知道。

"你的手术开始后,我接到春一的联系,就赶了过来。还没见到绫子呢。"

"我不要紧,你快去高树家,把绫子带来。我告诉她只要一夜,硬把她留在婆婆家,实在不知道春一何时回家,不快去接回绫子的话……阿里,拜托了。"

难道我是个撒谎者么……

去接绫子的里实返回病房已是三个小时之后,百合江觉得好像等待了两三个夜晚,每次有人敲门,她都会因腹部用力而周身疼痛。

回到病房的只有里实一人。

"阿百,阿绫并不在高树家,你婆婆说寄放到别人家里去了。我又跑到镇机关去问春一,可他们都好生奇怪,闪烁其词地打马虎眼。早知道春一是这种人,真不该劝你与他结婚。我再到你婆婆家去问问,绫子究竟寄放到哪儿了?"

没想到事态变成这样……里实的话说不下去了。百合江向妹妹道谢,说绫子已寄放在别人家,无情回绝里实的阿金的面孔浮现在眼前。被摘除了的原本子宫所在的腹腔里郁积着无尽的疑问和愤怒。快,要尽快地出院!离开医院,让婆婆说出一切。百合江恳求哭哭啼啼的妹妹,而自己却没有哭泣的时间。

伤口拆线后,百合江在住院五天后强行出了医院,她实在无法再把里实拖累下去。

新生儿出院时体重三千二百克,母亲没有一滴奶水,不见膨胀的乳房空空如也,像下腹部一样宁静。

怀抱婴儿的里实在车站里又哭了一场。

"从这儿回家请打出租车,医生说现在就在外面走对伤口很不好,绝对不行。阿百,请再回钏路来一次,带上阿绫和小娃娃。我们还是住得近一点好。"

里实一番犹豫之后,告诉姐姐,她已经收下了丈夫与情人生下的孩子抚养。

"你给我打过多次电话,对不起。一接电话我就会哭,我讨厌那样。孩子叫小夜子,白天喂牛奶换尿片全让徒弟们干,晚上哭闹时我来对付。我痛恨这女婴,但想想她也是无罪的,不过,有时抱着她的时候,想干脆一松手让她掉下去。好歹我已经多次放弃了这种念头。正因为如此,我来这里一周,婆婆和丈夫才无法反对。现在，我只想着今后要做大生意，努力让大师傅夫妇和丈夫向我跪地道歉。"

百合江想不出该向里实说些什么。

新生儿被送来病房时，里实为她起名叫"理惠"。

"希望她成为明白事理，合乎情理的孩子。"

百合江在心中祈愿：希望这个孩子能在这不合情理的现实中顺利成长。

"我会回钏路的，近期就回。阿里，等着我。"

"等你，快来啊。"

百合江朝乘上列车的里实挥手，婴儿的屁股上渐渐温热，尿片湿了。在火炉前为她换尿片时，列车驶出了站台。

百合江护住阵阵疼痛的腹部，坐进出租车。车子停在阿金家门口。一开始假装不在家的阿金，在百合江敲了十分钟的房门之后，或许觉得不体面，这才来到玄关开门，这从邻居家的花边窗帘都在被翻动就能明白。阿金穿着短棉袄，双手插在胸前，站在门框处。

"什么事情？尽给邻居添麻烦，真是岂有此理！"

"我来接绫子，你把她放在哪儿了？"

阿金咽下了你为什么说只放一晚这句话，把头扭向一旁。

"你妹妹什么也没对你说吗？那家伙和你一个样，想劫持清水家吧。啊，太讨厌了！这种出身卑贱的女人真叫人没法子。"

"绫子在哪儿?"

阿金对百合江怀抱的婴儿看都不想看一眼。百合江不肯罢休,继续追问绫子的下落。

"讨厌,那种小鬼头,我把她远远地送到别处去了。给她吃饭团,她不碰,叫她也不回应,还不如一条小狗聪明。这种小鬼头做我家的孙女,简直有辱我家的祖先。你刚生的小丫头片子也不会是春一的孩子,凭什么把两个来历不明的野种强加给我!"

"你这话是什么意思?"

她的怒喝声使阿金倒退了一步。百合江脱下长靴,冲进屋内。阿金退到饭厅,咋着舌往火炉里添加柴火后,手持撬火棍瞪着百合江,百合江则紧盯着她的手,直到她放下撬火棍。

"随便闯进别人家中,你想干什么?你再靠近,我就叫警察了。"

"能叫你就叫吧。你们母子俩对绫子做了什么,放在哪儿?快说!"

阿金哼了一声,嘀咕说,她到哪儿去啦。

"谁要这种专藏野种的肚子,春一不能生育,还好意思死皮赖脸地当我家的媳妇。"

婆婆的态度可以理解,百合江的怒火却无法控制。

"还我绫子,还给我!"

她把理惠放在一旁,向前一步逼近阿金。下腹部和腰间一阵剧痛。鲜血直冲脑门，无法控制的怒火使她抬起了双臂。

她的手指掐进仰面倒下的阿金的脖子，婆婆满是老人斑的脸颊变成了紫色，百合江的手指无法离开婆婆的脖子，唾液从她的嘴角流出，眼前目睹的一切与一秒一秒越来越清晰的意识之间的鸿沟已难以填平。

之后，她的腹部受到打击，从未有过的剧痛紧接着到来，掐紧阿金脖子的双手松开了，腹部再一次碰到了什么，百合江滚倒在地上。

"你在对妈妈干什么？"

腹部碰到的应该是春一的右腿，百合江从胸部到腹部，全身开始麻痹，双腿之间，微温的液体淌下，是出血了吧。百合江蹲在地上，用双手护住肚子。

春一拽着右腿走到阿金身边，抱起母亲。被摇晃的阿金喉咙里呼哧呼哧发出声响，嚷了起来。

"这个女流氓，终于跑来想杀我，杀人犯，杀人喽，这贱女人！"

春一冲着玄关叫道："哪一位帮忙叫叫救护车，请叫救护车来！"

玄关以外，"救护车"就像接力比赛一样传向远方。几分钟后到达的救护车上的急救队员，轮流打量着阿金和百合江说：

"先生，应该急送医院的是这位年轻的夫人吧？"

百合江倒地的前方，有绫子特别喜欢的赛璐珞人偶，她拼命向人偶伸出手去。

"夫人，听得见吗？能说自己的名字吗？"

百合江请那位急救队员把那个洋娃娃一起带走后，就昏迷过去。

醒来时她已经躺在产院的病床上，外面是漆黑的一片。这次究竟睡了多久，遭到春一猛踢的腹部厚厚地缠上了白布，按下枕边的呼叫铃，护士抱着理惠来到病房。

"一个小地方，只消半天工夫，就传出很多添油加醋的传闻。去机关叫来你家先生的也是邻居们。你呀，难听的话我就不说了，请你找个母女俩能生活下去的地方走吧。听说你妹妹住在钏路，是否能去那儿住上一段时间避避麻烦？"

据说，急救队员听说春一是政府机关的职员，所以就没有报警。百合江笑了。护士说再次缝合的腹部需要再住院一周才能恢复，她闭上了眼睛。周身的疼痛已经麻痹，一想到绫子正在某处哭泣，没有受伤的胸部便痛楚起来。

"听说这孩子叫理惠吧。除了要喝牛奶和换尿片，其他时间不哭不闹，我想她一定是个会忍耐的孩子，她知道妈妈的辛劳，很少有这样乖的孩子。大伙儿都说她长大是个好闺女，你放心吧。"

然后，她一边帮百合江拉好衣领一边说："哭吧，硬忍着不哭，腹部会增加不必要的压力，要早日养好伤，你就放声哭泣吧。这孩子这么争气，她也会希望你哭的。"

护士用手上的纱布帮她擦掉流向耳边的泪水，一闻到牛奶的气味，百合江顿时泪如雨下。

百合江决定再回迁到里实为自己准备的钏路的公寓居住，在临近年关的十二月二十七日中午，借助于红帽搬运工，大部分的行李都运往了钏路。衣服还是一个大包袱，绫子的衣服有几件，还有请抢救的救护队员带上的赛璐珞人偶。

还有缝纫机也运出了。她请里实找那些不做夜班的邻居住的公寓，以便白天可做缝纫。

"挺好的缝纫机嘛。"

她回答搬运工说，那是用"精神慰问金买的"。实际上是两年前的订婚彩礼，到这儿生活不过就是两年。

绫子的去向依然不明，无人可拜托打听。去警察署报案时，百合江用了"诱拐"一词，紧张起来的警察只过了半天就开始说服她还是提交搜索的请求。

"为什么呀，我作为母亲，他们不打招呼，就把孩子带走，这不是诱拐吗？"

"高树家你婆婆的说法可不同。她担心你们夫妻俩，所以只是把孩子寄放到远处的朋友家，说是等媳妇精神正常后立即把孩子带回来。"

"放在哪儿?不告诉我孩子的住处,她到底在哪儿?"

"所以我说,你婆婆是知道的。要是你怎么也想知道,我们可以受理,所以叫你写搜索请求。你要是这样在外叫嚷诱拐,那是要不回孩子的。"

一开始亲切耐心的警察,最后的口吻明显变得厌烦起来。他已经知道邻居们都对婆婆说"你家媳妇生了孩子后精神有点不正常"。头发蓬乱的百合江越是大声吵嚷,警察的脸相就越是难看。

"你要是这样闹下去,就难怪婆婆不把孙女交还你。"

即便当场让坐在政府机关户籍窗口的丈夫在离婚证书上盖章,春一也绝不肯说出绫子所在的地方。

"因为你做了那种事!"

"你们母子俩被捕也只是个时间问题。"

机关职员和长凳上的来客一齐扭头看着他们。迁居用的居民证及新的户籍抄本上,写着百合江、绫子和理惠的名字,百合江觉得,看来这也是自己被人认为"媳妇产后精神状态异常"的理由。

她难以忍受,跑到阿金家门前,只见两三个邻居来到狭窄的路上,来铲除门前不大的积雪。看到邻居家的媳妇,百合江向她点头致意,她好像是在探视百合江在干些什么。

百合江又去丸八旅馆，做搬家前的告别。那时正是招待员们开始在房间里集中的时候，她怀抱理惠挺直身子，努力维持受挫的心情。

"你真的要去钏路吗？"

"我提交了搜索请求，账房的各位，你们要是发现了那孩子，务请与我联系。"

她在对方递来的记事纸条上写下清水理发店的电话号码和自己的新地址，大伙儿都只是"好的好的"地点头，他们的动作使百合江很容易想象他们听到了什么样的传闻。来到旅馆的大厅，她看到了石黑，虽然只有短短的数秒时间。厨师长直视着百合江的眼睛说：

"快快稳定心绪，你会好的。这样绫子马上就会还给你的。"

再怎么说自己精神没有失常也没用，百合江失望地低下头去。

到达钏路车站，里实带了一个女徒弟在等候。百合江低头抱歉说，到了年关的繁忙季节还劳你这样吃力，真对不起。里实回应说行了行了，随后扬手招了辆出租车。

里实为她准备的是八铺席一间房并带有厨房的公寓，位于与站前大街平行马路的里侧住宅区的一角，里实说，这儿距中心街区近，旁边就有个小学，治安不错。听不到河水声是最值得称道的，要是听得到水声，她就会想起令人厌恶的婆婆和春一。

搬完棉被和其他行李后，初中毕业才一年的剪着娃娃头的女徒弟回理发店了，里实说，大弟子会打点好当天工作的，她就留在公寓了。

"我觉得能独自用水很不错。房间小，主要是靠近中心街区的缘故。同样的房租，到郊外能租到更宽敞的住房，不过，那样我们来往就不方便了。"

离清水家近是很幸运的，从直线距离看，比前一次住过的公寓要近一半多，到浴室步行也只消五分钟。里实准备好的各种餐具和用水器皿都排放在厨房里，她告诉百合江，已把高树家的所作所为告诉了大师傅和她的婆婆。

"我婆婆说，既然已到这个地步，对方一定会固执己见到底的。我们有亲戚之间的情感，也不便插嘴说什么。还说阿百她精神是不是真有点儿问题呀？开什么玩笑！"

百合江紧紧抱住理惠，从下腹到侧腹、背脊的皮肤都冷冰冰的，仿佛不是自己的身子。

"阿里，你也那么认为？"

"不会吧。要是阿百不正常了，那我就一定会更不正常。半夜里给婴儿喂牛奶的时候，我会胡思乱想，把这孩子放到铁道路轨边去，她怎样才能从这儿消失？我还是不能做小夜子的母亲啊。"

其实里实苦痛的日子，这还是刚刚开始呢。

自打腹部的伤口再次缝合的那天起，百合江的眼中再也没落下一滴眼泪。那一夜，自己一定是流尽了一生的泪水，哪怕同城住着石黑，都不及里实的存在更能激励自己。每次想到石黑时，变成空腹的肚子就会疼痛。然而，比起要把自己肉体发生的一切变故对他倾诉，百合江还是更加自然地期待绫子回到身边的那一天。

"只要有里实，我就觉得心里有底。"

里实又哭了起来。

"下次来请把小夜子带来，休息时随时可来。开年后，我想再去家具店打打招呼，接点儿缝纫活来干干。"

"这事交给我吧，我们店的顾客中有不少期待阿百回来的人。现在的成衣，到处都在销售，不过，还是有不少人觉得自己订做的衣裳好。我会广为宣传的！"

即使是谎言也取向前看的姿态，那时就会变成笑脸，两个人的不幸挨在一起时就会形成另一种力量。百合江由衷地感到里实是可以依靠的。

次日，百合江到钏路警察署后被带到生活课，坐在窗口的一位肥胖的女办事员听了百合江的一通讲述之后说，"若是亲权之争，我劝你去法院"，还说我觉得您能够胜诉，然而，她却完全没有理解百合江的主张。无奈之中，她只能告诉对方说，在弟子屈警署时被对方要求应该提出搜索请求的情况。于是，那办事员说声"请稍候",便起身离座。

过了十五分钟她返回原处,脸上带着亲和的笑容。

"情况了解了,我们也可以办理弟子屈警署同样的业务,受理搜索请求。联系地址有变时请与我们联络。"

因充满绝望而步履蹒跚地走出钏路警察署,柏油马路的浅坑处结了冰,上面有薄薄的一层积雪。百合江注意不让脚下打滑,朝公寓急急赶去,心里惦念着公寓房内的理惠。

在等待信号灯的时候,百合江发现眼前飞飞扬扬飘舞着什么,凝眸细望,那是空中结了冰的水分,在阳光的沐浴之下,那些小钻石稳稳地随风飘去。下腹部又疼痛起来,她想起里实对自己发出的"不要外出"的告诫。

"等天气暖和些再外出,每天我会让徒弟来,有什么要买和办的事,请对他们说。我会与家具店联系的。"

百合江并不感到寒冷,她在内心期望,理惠不要替代绫子,自己是绫子唯一的母亲。远远地看着清水理发店前旋转的标志柱灯,她迈开了脚步。

石黑的来访是刚过了年的一月五日。

百合江在晾晒理惠的尿片,门边传来低调的敲门声。木结构的旧公房没有安装电铃,只有女人和婴儿居住的房间也没有挂出名牌。来访的客人不外乎是推销员、大户人家或送来传阅板通知的邻居。

百合江冲着门外问是谁。

"日出观光的石黑，这儿是杉山家吗？"

不吭声的话，对方就得回去。现在还缺乏说"请你回去吧"的底气，她回头看着在薄薄的棉坐垫上手舞足蹈的理惠，呼出一口气。

房门打开了，用力猛开，门锁链发出即刻会脱落似的金属音，缝隙里可以看到石黑。

"我在丸八旅馆的账房打听到这儿的地址。"

"对不起，屋里很冷，请简短告知你的事。"

百合江的视线从石黑的身上挪开。石黑呼出一口白气，马上关上房门。他的话音通过房门传进莫名其妙地站在门内的百合江的耳中。

"你还记得那个贷款的男人吗？那家伙可能知道绫子的下落。"

百合江赶紧解下门锁链，进入玄关的石黑完全不顾她眷恋的神情，紧接着说。

"那个北见松木商会的贷款者名叫北岛，口碑可不怎么样。他因斡旋女招待们的事情在各个旅馆露面，往土木工程现场和饭店输送工作人员，尽干那些与金钱有关的事儿。"

石黑见到的那个男子的相貌百合江已经有数，他一定就是那个两年前跑到高树家，拿出写有旅馆名单的纸条给自己看的那个男人。

石黑是松木商会到丸八旅馆来介绍新招待员时偶然遇见他的，因石黑了解百合江到丸八旅馆来工作的经过，所以便若无其事地接近他，与他一边喝茶一边闲聊市面的商情。这个北岛从一开始就对态度友好的旅行社陪同十分警惕，之后，两人之间的距离开始缩小，还说："陪同是个辛苦而收入少的、劳心劳神令人讨厌的工作。"他用大拇指和食指搭起个圆，露出阴险狡猾的笑脸。

"老哥呀，你若想找个更好一点的工作，就请跟我商量。我若是介绍了像你这样的人，也能挣大钱。让我们设法双赢吧。"

石黑装出饶有兴趣的样子问道，其他工作有什么好的线索？对方压低声音说："有时会做点危险的工作。"还露出洋洋得意的笑容。为了让他透露百合江和绫子的信息，石黑邀请当天住在丸八旅馆的他去镇子边缘处的烧烤店饮酒。隔了一天之后，北岛才吐露出那个"危险工作"的端倪。

"有人说需要小工，把要孩子说成小工，向他们提供孩子。缺钱的家长们真是不可思议，你只要对他说把孩子送去的人家比你自己养育会幸福得多，他们就会轻易地相信。我的工作就是让那些家长们尽量不产生罪恶感。"

"卖小孩的话，收入很可观吧。"

"那当然，不过也因人而异。父母不直接露面的赚得多。"

"那又是为什么呢？"

"老哥，你这么傻啊。孩子的家长哪儿雇得起律师呀。说到中介费，雇律师肯定贵得多。把孩子搞得来历不明，对双方来说不是都安全么。"

"是不是有的家长完全蒙在鼓里，那又该怎么办？"

"那就要看我的本事了！"

北岛诡异地笑笑，再就死活不开口了。

"高树什么也没对你说吗？阿绫是在你住院后消失的吧。"

百合江十分感谢石黑冒着危险从松木商会的北岛处探得的信息，然而，接下来她又该怎么办？一想到这一点，百合江就头疼欲裂。

百合江抓住门柱，问石黑。

"石黑先生认为我的神经不正常吗？"

石黑用力摇着头。

"要是那样认为，我就不会来告诉你这些情况了。"

那个贷款者的话语在她心中显得那么沉重。

孩子可能会比与自己待在一起生活得更幸福。虽然话是那么说，可是那男人的话的魔力还是让百合江颇感动摇，甚至觉得自己是否真像大家所说的那样脑子出了问题。

"我想再去见北岛一次，要是中间有律师介入，就继续追查。"

"你等等，"百合江不等石黑讲完就问，"能带我去北见一趟吗？"

石黑粗大的眉毛皱起，百合江冲着他再说："拜托了。"石黑用力点了点头："现在马上就能走吗？"

百合江为换了尿片的理惠裹上一条毛毯，自己穿上了毛衣、上衣，还准备好热水瓶的开水以便途中给理惠喂牛奶。牛奶、尿片等孩子用的东西把后排的一个座椅占满了。

百合江准备行装时，石黑在车上等待。百合江有事相求，却没请自己进屋。

进入山区之前，石黑加了一次油，给防滑轮胎装上防滑链。行驶中，石黑几乎不讲话，百合江也沉默地抱着理惠随车摇晃。

除了安装防滑链，石黑一直在开车。即便如此，开到北见也已是下午四点过后。北见的积雪比想象的深厚，在站前的警察派出所，石黑问了松木商会的所在地。外出联系的事都由石黑做，百合江怀抱熟睡的理惠，擦擦布满水汽的车窗，看着积雪越来越厚的沿线的景色。

松木商会位于闹市中心的边缘处，门面很小，在快餐店、烧烤店、当铺林立的招牌中，一不留神就会看漏。窗户上贴有出租房的介绍纸张，整个铺面给人的印象与其说是贷款，还莫如说像个不动产的中介所。

在一个面积不足六七平方米大小的事务所里，不协调地摆放着一个很大的保险箱，一个在保险箱前抽烟的老太站起身来，说了声"欢迎"，她身材瘦小，要比百合江矮一个头。她眯起眼睛开始估摸来客。

"您是要借房，还是借钱？"

"今天，北岛先生不在这儿吗？"

"北岛？"

老太毫不客气的眼神从下面望着石黑，又点燃一支烟。

"他已经辞职了，是被辞退了。听说他在背地里干着危险的生意。"

"什么时候辞职的？"

百合江靠近老太一步，她毫不介意。

"年底被解雇。他到处在找新的生意，但找不到好的，正为难呢。"

"您知道他到哪儿去了吗？"

"这个嘛……"她吐出一口烟，歪着脑袋思考。老太的手指上戴着一个亮灿灿的红宝石戒指，与她身穿的带风帽的厚夹克衫与农村劳动裤很不般配。"啊，对了。"她抬头看着百合江的眼睛，眼白部分都是浑浊的黄色，满身散发着香烟的尼古丁味儿。

"他好像说要离开北海道，不知是真是假，可能到内地会有好去处吧。反正那是个不成器的家伙，狡猾得很，一不小心就会被他算计，只是一开始工作时老实了一段。你们是否受骗上当啦？嗨，管他呢，关我什么事。"

老太挥动红宝石戒指闪闪发光的手，似乎在说，你们请回吧。

两人走出松木商会，大片的白雪悠悠忽忽地降落，映照着街区。石黑说，今晚会积雪。百合江感到缝合的伤口处一阵阵的疼痛。

"今夜住在这儿，等到明天早晨再走吧。"

"山顶还是有危险吧？"

"不，也许会多花一点时间。只要雪不大，天色黑反而利于驾驶。路上压雪开车没事，结了冰就麻烦了。"

百合江说，最好今晚就赶回去。与寻思慰劳石黑的心情相反，又很想摆脱与他在北见同住一晚的事实。她想尽快离开这儿，以忘却绫子音讯全无造成的烦乱心情。

"明白了，那我们这就赶路。"

为了给理惠喂牛奶，他们去北见站前的食堂落脚。石黑看着电视中播放的山岭气象预报说，坡度陡峭、S弯道接连不断的藻琴岭很难走，而野上岭比较平缓，问题不大。

"哟，可爱的小宝宝，很像她爸爸。人们说，女孩子像爸爸会幸福，很好哇！"

端来咖喱面条的身穿烹调服的店员，似乎认定对面而坐的两人是婴儿的父母。百合江在微笑,石黑则一脸的严肃。一想到孩子出生时的情形立刻就能明白,不管石黑怎么想,事实是无法篡改的。

回想自己在弟子屈的生活,百合江只能觉得高树家母子两人都是不幸的,他们无法接受这个媳妇。百合江的自我拯救在于忍受了逼债者的讥讽。

在距离钏路只剩十公里处,百合江总算道出了感谢的话。"那不是问题。"石黑撂下这么一句。

"我也想过,自己一想到绫子,精神是否就会变得不正常的问题,其实那时我相当悲哀,神志却十分清醒。我可以想象到高树母亲在那个城镇怎么散布言论。不过,我心里还是无法排除那孩子或许会被比我更能给她带去幸福的人领走。我不认为自己是不幸的,但是如果有人问我,你的孩子是否幸福,我是无法回答的。"

"你是说,孩子除了与自己亲生母亲共同生活之外,还有什么幸福可言吗?"

掠过百合江脑海的是,祈愿绫子成为富裕家庭的孩子的万般无奈的无力感、曾被自己父母兄弟抛弃的自卑感以及不能脚踏实地生活的飘浮感。十六岁时闯入巡回演出团的成员都是舍弃了某种东西的人,被剥夺了所有血脉、因缘和恩情的记忆在折磨百合江,若是被人呵责说绫子被夺走是对你的惩罚,那么,自己该怎么做才能重新开始自己的人生?

"只要活着就行。"她想。这已经不是愿景,而是一种祈祷。她非常想听到鹤子的声音,随着年岁的增长,心中存下许多无法实现的梦。百合江觉得不能让眼前这个男人不明所以地跟着回家,于是,她平静地道出心里话。

"石黑先生的心情,我很感谢。不过,今后留给我们的净是苦痛。你会感到痛苦,我也会。对不起,让我们就这样默默地忍受吧。"

不论是男是女,再也没有比心灵相通的时刻更感到甜蜜,而且,在心地软弱的瞬间最容易包容那种错觉。百合江紧紧拥抱住除了换尿片和喂牛奶时不会哭泣的理惠。

石黑一声不吭,他知道自己越想表达对于百合江的心情,对方就越容易了解自己言语背后的真意。两人只能以缄默相处。

回到住处,已过了夜间十一点。石黑帮忙卸下行李后,留下一句"今晚请好好休息"之后就回去了。百合江在祈愿:用一两个夜晚,他在内心能达成对自己的谅解。

房间里冻得像冰窖,反射式火炉烧得通红,室温也不见上升。厨房里放着用铝箔纸包着的三个饭团和纸条。"阿百,上哪儿去了?很担心。明天早晨再过去。里实。"

百合江把饭团放在火炉上加热,一口气吃了两个。在上野开出的列车上,她把什锦饭团递给宗太郎时震颤的心灵复苏了,面对销声匿迹的父亲祈祷他女儿的平安多少有点奇怪,可不知为什么,可以守护绫子的,百合江能想到的只有宗太郎,比起上帝和神佛来,她还是深信宗太郎的血缘。

"阿宗,因为是你的孩子,她会好好地活着。她是无论什么狂风都无法折断的柳条枝一般的孩子,她会实实在在地生活在某个地方的。"

理惠发出婴儿有节制的哭声,告知母亲尿片已经濡湿。为了这个不会为难母亲的懂事的孩子,自己应该吃饭,必须好好生存下去。

第二天早晨,里实来了。

"你上哪儿去啦?我担心得睡不着。"

她怒火中烧,紧握的拳头上下摆动使背上的小夜子的脑袋不停地晃动。道歉后百合江将昨天的事做了说明。在放下小夜子,让两个婴儿睡在一起之前,里实始终眉头紧锁。小夜子远比理惠长得壮实、健康,里实说,小夜子已经会爬来爬去,眼睛不能离开她。

"那个叫石黑的,也不是个好东西。与我老公大不相同,他为什么不从长计议呢?"

"这可不是从那儿到这儿那么简单的事。眼下,在我身体和心情都不佳的情况下,好像能够依靠他,到我能够工作了,那么，各自的想法又会互相成为妨碍的。"

"是吗？"

"是的，我嘛，本性就是不安分的。"

里实以难以接受的表情抱歉，绫子的事，她觉得自己也有责任。

"要说放到远方的亲戚家，这就是件麻烦事，倘若是陌生人，可以来个彻底揭露，把他们交给警察。清水的父母也低头打招呼，请千万不要报警。这一点我觉得很对不起阿百，请你原谅。"

这件事要推进到大伙儿都能接受的地步是不可能的，需要止步，总得被迫接受"妥协"，无论是哭还是笑，百合江首先得与自己妥协，如若不然，她知道，所有的"后遗症"都会落到理惠身上。

"我觉得可以拿出缝纫机来干活了，请帮我多接点活吧。"

"明白。家具店老板听说阿百回来，高兴极了。还是艺能养身啊。我也一样，之所以能在清水家忍受下去，还不是因为有不输任何人的技艺。"

"说得对。"

将撕心裂肺般的情感深深地埋入心底，靠着明天、一个月，乃至一年之后的某一天，绫子一定会回到自己怀里的信心，明天就能生存。只要能够牢牢拽住自己需要的小小的生命，百合江就有了千方百计生存下去的理由。

这一年，往年积雪很少的道东街区，难得积满了齐腰深的厚雪，直到翌年春季。

*　　*　　*

在开往弟子屈的汽车上，坐在副驾驶座上的理惠在储物盒里挑选 CD 唱片，还笑着说都是些"朴实情趣"的歌曲。这里随意存放着这些年收集的拉丁吉他曲、快节奏的古典改编曲以及小提琴的人气名曲唱盘，的确，比起理惠喜爱的邦乔维乐曲来，哪一盘都是质朴的。

"有了，这一盘可以听听。"

找到了椎名林檎的老歌集，理惠很高兴。驶入山顶，一侧的景色由湿地变为深谷。虽然气候依然留有夏季的慵懒，但是一进九月，就让人觉得绿色变淡了。好久没听的乐曲滑入耳中，小夜子想到从早先起，自己就与理惠的音乐兴趣不同。

近似金属声音的硬质歌声在歌唱人世间及男男女女们随波逐流时的心境。这首歌曲流行之时，小夜子开始了与鹤田的交往。

忽然间，小夜子想起了百合江健康时的模样。

十年之前，与鹤田交往不久，小夜子马上怀上了他的孩子。

年末，小夜子把装有里实制作的新年菜肴的套盒送到百合江屋里时，她已经定好了开年就去做堕胎手术的日程。这个大年夜过得很不爽，居然是在妊娠状态下过的年。

"百合江大姨妈，今年挺安静的。"

"还是理惠好哇，她说，有比在母亲身边更快乐的地方，我想那是她的幸福。"

很难想象，理惠会以幸福为理由不回娘家。

"清水家的人都还好吗？"

小夜子只能以"托您的福"来回答。百合江和里实这对姐妹是在各自生意经营不佳的时候疏远的，百合江是不会跑到里实家去抱怨的女人，而里实呢，只是保留着每年向姐姐送新年菜肴套盒的习惯，前去相送的人必定是小夜子。

百合江收到菜肴套盒立马会给里实打个电话，里实总是态度冷淡地说一声"新年快乐"便挂断电话。放好听筒后，百合江一脸苦笑，小夜子不难想象母亲的表情。

"您是一个人过年吗？"

"是啊。"

百合江接着说，那倒没有什么可可怜的。小夜子由于在娘家过年时受拘束的窘状和自己唐突的怀孕，也完全丧失了过年的心情。

鹤田是有妻室的人，所以她根本没有生还是不生的余地。

"小夜子，你不在清水家过年么？"

"嗯，基本上。不过，这就不谈了。我那些没有结婚的朋友过年时都去海外旅行了。"

按照里实的吩咐,小夜子祭拜了外祖父母的佛坛。里实说过应该亲自来,但是由于百合江投机失败的原因,加上接受低保生活保护的过程,里实难以前来也是事实。

佛坛上除了外祖父母的,还增加了一块去年不曾看到的牌位。

"杉山绫子",一个第一次听到的名字。

"大姨妈,这块牌位是……"

百合江寂清地笑笑,回答说:"那是我第一个孩子。"

"理惠有个姐姐吗?"

"嗯,由于种种原因,我没能自己抚养。我坚信她活着,然而,尽管不情愿,我也开始觉得,她或许已经不在人世了。"

她的脸看上去相当神清气爽。小夜子从未听说理惠有个姐姐,提起这一点,百合江的眼神掠过一丝阴郁。

"我从没说过。提起这件事,彼此间的心情会变得复杂,我本来话就少,那孩子也不愿听……"

接受低保生活保护者的公寓里没有浴室,理惠看到母亲唯一的娱乐就靠巴掌大的一个收音机,实在无法忍受,她悄悄买了一台带收音机功能的电子显像管电视机,放在房间的角落里。百合江笑着说,每当民生委员来访时,她就要把电视机藏到壁橱里去。

小时候,每当自己受到里实冷落时,小夜子总会去百合江姨妈的住处,造访的理由不用说也知道,或许百合江能够看穿她的内心。

"小夜子啊,有什么担忧的事呀?"

小夜子很难道出自己怀上了有妇之夫孩子的事。百合江对低头不语的小夜子说:"我们一起吃过年菜吧。"还为她沏了茶。

电视正在播放大奖赛名次发表的场面,报到一位女歌手的名字时,百合江停下了手。

"这就是今年的演歌啊,这么说,这首歌很畅销呀。"

小夜子小声嘀咕,百合江回答说:"一首好歌哪。"

小夜子很难得地慢慢讲起到札幌一去不归的理惠以及从小时候起就与里实不断发生的争执,百合江频频点头的笑脸看上去极其仁慈。她终于顺口说道:"大姨妈,我怀孕了。"

"小夜子打算如何,想生下孩子来吗?"

她摇摇头。百合江说了声"是么",将视线转回电视银屏。

荣获大奖的歌手演唱完毕,没落一滴眼泪的授奖仪式爽快地结束了,令试图催人泪下的主持人颇为尴尬。看到这一场面,百合江少见地大声笑了起来。

"我认为,小夜子的人生就是小夜子的,如果你想生就可以生,这是由女人决定的。既有生下孩子后重启的人生,也有不生后重启的人生。一切都由自己选择,不必去憎恨任何人。"

小夜子终于提出长久以来抱有的疑问。

"百合江大姨妈独自抚养理惠,您觉得幸福吗?"

"肯定幸福。"

她的回答简单明快，小夜子也跟着一起笑起来。

"我不知道理惠是怎么想的，无论是家长还是孩子，人嘛，都是只图自己方便行事的。小夜子你也一样，若是为了自己的幸福，就只要顾自己的方便生活就行。"

也许那一天在百合江屋内哭得太爽，开年后的流产手术时，小夜子未掉一滴眼泪。鹤田在同意书上签字的手在颤抖，那是对她唯一的安慰。

"里实姨妈是那么柔弱的人吗？"

理惠的手指合着椎名林檎的曲子边打拍子边问。

"她们不是都上了年纪嘛。"

直到今天在医院听里实说起，理惠才知道自己的父亲原来是清水家的远亲。清水的祖父母去世之后，两家人就断了联系。小夜子想起了在市民医院的食堂里听到的里实和理惠的会话。

"他名叫高树，和姐姐分手后从未联系。不过，在他妈死的时候，曾来过一个电话，这我是从春一那儿听说的。"

"他就是我的父亲吧。"

里实点点头。

"我按高树的讲法告诉姐姐，绫子已经死了。她是在寄放人家窗边的沙发上玩蹦跳游戏时，一下子飞出窗外，脑袋受到撞击,所以无法回还。不知道姐姐是否相信。"

待在医院里的里实并不想见见小夜子。"可是,"里实继续说,"即使绫子还活着,我觉得亲生母亲的记忆也不知飞到哪儿去了。经年累月地在贫困中生活的母亲,如今去见了女儿又会怎样呢?死亡登记尚未进行,绫子的户籍如今还拽在姐姐手里,她不相信也情有可原。打那以后,她再也没说起过绫子。"

"不过,"里实以当时特有的口吻向理惠强调,"难道过了十年就不认那是自己的孩子了吗?"

小夜子明白这是一个谁听了都不会平静的问题,她有一种冲动,想问问里实,她说的话是否由衷。

里实对理惠说,希望你去见见高树。

"小夜子怎么认为?"

"怎么认为,指什么?"

"里实姨妈的话。"

"半信半疑。她说,所谓记忆,都是方便拿上台面的事。哪怕理惠的姐姐真活着,也不能百分之百地相信那个人的话。"

"那个人的话啊。"理惠说完就沉默不语了。

路面越来越窄。得知理惠在写小说后,小夜子几乎不再谈论自己的事,她不读理惠写的小说也是因为不愿在小说里看到可能是自己提供的文字。她不愿让自己的事情被作家通过凝练而任意解释，总之，用写小说这一充分的理由来分析自己是令人不快的。

里实还是首次看到理惠的假哭，那一时刻，里实心中对于外甥女的种种过去的记忆得以净化，对于直性子的里实而言，眼泪是绝佳的缓和剂。

到达弟子屈时，太阳正好落山，硫磺味涌进车内。虽然去摩周湖和鄂霍次克海时会通过这儿，但小夜子还没有开车以这儿为目的地来过，在这个以往只是路过的城镇，小夜子首次在这儿停下车来。

"特别养护老人公寓紫罗兰园"

这是一栋比想象的大得多的建筑，占地很大，是钢筋水泥建造的二层楼房，直立在落山太阳棱线围住的城镇的一端。

"哎，请等等。"

理惠把一份东西递到正要熄火的小夜子的胸前，她接过来打开车内灯，见是一封信。

"致羽目叶子"

好像是一封寄到出版社的信。她问，是慕名者的来信吗？理惠摇摇头。

"你读一下吧。"

"免了吧，我不擅长阅读。"

"求你读一下吧。"

理惠用寸步不让的眼神瞪着小夜子。小夜子无奈，在灯下展开信纸，上面是男人用圆珠笔写下的神经兮兮的文字。

羽目叶子小姐：

　　祝贺您荣获文学新人奖。刚才，在报纸上得知您的真名。我想，万一是呢，所以才首次买了文艺杂志。您的获奖作品写了母女俩的争执、记忆的片段以及现在的关系，真是动人心弦。

　　如果我没记错的话，您的母亲是杉山百合江吧。上了年纪的人的记忆常现怪异，我觉得，您应该就是杉山的女儿吧。

　　作为一个读者，依我卑贱的根性，我认为获奖作品描绘的一切都是真实的，哪怕这个故事只有一半是真实的，或者多少从现实生活中得到了启示。那已经是遥远的往事，作为一个与您母亲有关的人，在走向坟茔的时候，还有许多重要的话想说。

　　倘若我的猜测是错误的，那就恳请您原谅。您可以一笑了之：人一成名就会冒出攀亲戚的傻帽来！

　　由衷祝愿您今后大显身手。若您对八旬老人的话语感兴趣，我打算把一切都告诉您。

　　祈愿您的健笔精于创作！

不一

寄信人是住在弟子屈的"高树春一"。

日期是获奖作在文艺杂志上刊出的时候。

不像报纸采访时那么任性，在文艺杂志上，刊出了她脸部三厘米见方的照片，只是没登真名。小夜子想起理惠说过，只要报纸上不刊出照片和自己的出生地，百合江和里实就不会暴露，只要不写明出生地，当地就不会闹事。小夜子问，你为什么要把那些都隐藏起来呢？

"不为什么，只是怕麻烦吧。从未谋面的父亲名字一旦刊出，不成体统，像这样的信也会寄来。"

要是出生地、真名和照片都被公开，母亲百合江或许就会悄悄隐居，但是，里实会比谁都闹得凶，即使平时可以疏远理惠，但她还是不肯善罢甘休的。

"你给他回信了吗？"

"不，没有。怕引起关系到母亲的麻烦事，这是我不愿意的。"

"那么，为什么……"

这一回，小夜子咽下了你为啥向里实提出种种问题，又为啥要来弟子屈的疑问。她把信纸放入信封，还给理惠。外面天色完全黑了，小夜子关闭了车内灯。

山区的温泉城镇，下车后硫磺味更加浓郁，流经镇子的河流发出的水声不停地传来，水声中夹杂着这个城市的土壤、空气和建筑物持有的所有的气息。

理惠说："就是这儿吗？"然后松了一口气。小夜子点点头，从包里拿出里实给的便条。

"好，走吧。"

理惠率先起步，在老人公寓的玄关通报了姓名和来访事由。当班的管理人很客气地走来，把两人带进去。正好在晚饭开饭前，里面熙熙攘攘的，远处传来铝饭盒的撞击声。两人第一次听说，高树春一是弟子屈镇公所的职员。

"谢谢您打来的电话。高树先生今天的身体状况看上去挺不错，好像一早起就知道你们俩会来造访。他那么大的岁数，悟性感觉还这么好，总让我觉得不可思议。"

当班的管理人与两人的年龄相仿，是个慈善的女人。进餐的时间，房门要全部打开像是规定，系着围裙的职员在走廊上走动，朝每个房间里打招呼。从打开的房门看去，室内的一切一目了然。房间的大小相同，床底下排放着存衣箱，毫无病房那种配备医疗设施的感觉，不过，倒也没有老人公寓式的印象。以入门大厅为中心，走廊向左右延伸，两人被领进能够自由行动的老人居住处，每一间房内在手够得着的地方都放着液晶电视机，电视机近旁还摆放着录像带和 DVD 碟片。

高树春一的房间也一样，管理员先走了进去。

"高树先生,您久等的客人来了,一大早起就心神不宁,是因为有这种直觉吧。"

"也许是吧。喔,谢谢!"

声音比想象的听上去还要明亮,他身穿棉布衬衣和宽松的长裤,从坐着的床边站起身来,拖着右脚走了过来。床上已经整理完毕,除了脚步有点不便之外,看上去很健康,难以想象他是住在特别养老院里的人。

高树春一的高鼻梁与理惠十分相像,他立刻就能判明哪一个是自己的女儿,向两位报以均等的笑容,并深深地鞠了一躬。

"欢迎你们,谢谢!我一直在等待这一天,在我还在人世的时候能见到你们,真是太好了。"

"没能给您回信,对不起。"

"不,我知道我的信里只顾自己的心愿,实感惭愧。您可能会觉得我是个怪人,一登报纸,就冒出攀亲戚的傻帽来的信。给您添麻烦了。"

不过,还是有等待的价值。说着,高树布满皱纹的眼角泛起了泪水。与高树老人的期待不同,他俩完全不像生离死别的父女间的重逢,听着他们普通客人一般的平淡的对话,让人觉得电视里常见的会面节目里那种煽情的感人场面有多么奇妙。

管理人捧了两张圆椅子进屋。

"请到这边坐。高树先生,见面用的交谈室更好,我这就去准备。"

高树看着两位说，想就在这儿聊，不必去交谈室。理惠点头，小夜子在理惠稍后的圆椅上坐下，不知是不习惯长距离的驾驶，还是早晨起得太早，肩胛和腰部感到疲乏，无意识间把手放在自己的肚子上。

"唉，齐藤啊，晚饭就帮我留在食堂吧。"

管理人客气地应答后关上房门，屋里一下子远离了喧嚣。高树老人坐在床边，露出温和的微笑。

"羽木叶子果然是百合江的女儿啊，还好没有猜错。我常常会感到不安，觉得自己有了不着边际的妄想，人一旦昏聩糊涂，自己也不会察觉，那才是可怕的事。"

高树老人绝口不提自己是理惠的父亲，小夜子认为，那是他为自己定下的戒律。

"在很长的时间里，我一次又一次地重复回想这件事，这一时刻一旦来临，真是不争气，脚都会颤抖起来。"

"您慢慢讲。您想起的往事，按顺序说什么都行。我做好了思想准备，听到任何情况都不会惊讶。"

他说："忘了问最重要的事。百合江的身体还好吗？"提问时他的眉头紧锁着。

理惠回答："身体的机能整体上下降了，现在躺在医院里，医生的说法是老衰。"

高树老人一时无语，门外，远处传来餐具掉在地上的声响，有人高声叫着入住者的名字。

老人的目光渐渐延伸到远处，时间在他的心中后退。

高树春一的眼中闪现出与刚才不同的光芒。

4

昭和五十年（1975年）年七月。

皇太子夫妇在冲绳被人扔了火焰燃烧瓶的事件成了报纸和电视的头条新闻。没隔多久，里实处传来卯一在拖拉机翻车事故中死去的消息。据说，大儿子阿治驾驶拖拉机在起伏很大的草原就要侧翻时，将油门当刹车错踩，那是事故的原因。

"直到守夜的日子才来通知，真不知他们是怎么想的。问他们为什么，回答说是忘记了，你相信吗？阿百，你搭我老公开的车去吧。毕竟他也是你的父亲，还是该去吊唁一下吧。"

百合江扳着手指计算究竟几年没回家了。自从里实婚礼举办后，姐妹俩一次也没回过标茶。虽然和娘家有着无法割断的缘分，但是只要想到一回娘家就会引起各种无聊的事端，就一直装作视而不见的样子。谈起娘家的事，里实总会显得极其厌恶。

已经开始第一批牧草收割的农田里排放着几个牧草滚卷，牧草田园经过修剪打点的草地将丘陵和晚间的天空连在一起。清水时夫一边开车一边赞叹："好景色呀。"人人都身穿黑色的吊丧服，却不见参加守夜时的阴沉的脸色。刚过八岁的理惠，甚至不知道自己为什么要穿上黑色的连衣裙。而里实呢,不管丈夫时夫说什么,她都不做应答。从妹妹的动作和态度就可以明白,这对夫妻的关系已彻底冷却,里实在百合江面前,毫不客气地表现出对丈夫的无视,这时的姐姐只能尽量装作没看见妹夫局促不安的笑容。

离开公寓时,理惠的一句问话还留在耳边。

"外公是谁呀?"

即使对她说,那是妈妈的爸爸,她也搞不明白的,百合江无法向女儿说明以理惠为中心的血缘关系。

理惠不会对别人家有父母和兄弟姐妹感到特别的羡慕,与表姐小夜子相比,也不觉得自卑。有时百合江觉得或许这是她们之间感情淡薄的缘故。

然而,百合江并不觉得理惠的感情难以理解,她自己接到父亲去世的消息,只是想,是嘛。也不感到多么悲哀和难受,心中只是茫然地产生一种预感,自己想象不到的事情不知何时也会随风而逝的。

"里实姨妈家的小夜子不去吗?"

"嗯,放在奶奶家了,要请她照看绢子。小夜子不在,理惠很寂寞吧?"

理惠不好意思地点点头,她一坐到汽车的后坐席上,就对小夜子没来感到不安。就像双胞胎一样养育的这对表姐妹,幼儿园和小学都在一起上，虽然有时也会吵架，但只要三天不在一起就会感到寂寞，两人会主动和好。

里实产下一个比小夜子小三岁的女儿，百合江为其取名叫绢子。里实的爱很快倾注到绢子身上，谁见了小夜子都觉得她可怜。妹夫时夫或许出于礼貌，对里实什么也没说。不过，眼神忧郁的小夜子的最要好的朋友就是理惠。小夜子当然也觉察到妈妈对自己和妹妹的态度是迥然而异的，有时她会跑到百合江家来，透露出她想知道其原因的想法。百合江不知道一个八岁的孩子能理解什么，从而度过了一段令人心焦的时光。

"阿百，明天的登台演出怎么办呀？"

"今晚守夜，明天夜晚可以回到钏路。法事一做完就往回赶，肯定来得及。"

这一带无论是第七天还是第四十九天，到周忌的法事通常是在火化取得骨灰那一天进行，要说合理的话也有其道理，不过，对于在开拓的名义下抛弃故乡的人而言，这倒是一个既合适又方便的习惯。

"考虑到万一，是不是给经理打个招呼比较好。"

"你一打招呼，反而会令他担心。银目店是不会给打工歌手发唁电的吧。"

"那倒是。唁电、花圈加上加入店名的甜点，不是正好给乡下提供了一种奇妙的话题吗？"

百合江利用周末到末广的酒馆登台演唱已经有七年了，把她介绍给"银目"酒馆的正是石黑。两人这种不即不离的关系保持了十年，他比亲属还要值得信赖，令人放心。男女两性的关系自打理惠出生就走到尽头，百合江觉得近几年他们之间有了一种新的纽带。石黑转干内勤工作以后，每月都会使用"银目"几次，作为北海道道东最高级的酒馆，它是钏路之夜的标牌商品。

每次一进酒馆，石黑就要为百合江点上一曲，既有演歌，也有布鲁斯舞曲。两人却没有到店外去约会过。

白天，百合江做缝纫活儿的时候，一定开着收音机，流行歌都是在收音机里听会的，和伴奏乐队的成员试一下音，很快就能在听众前演唱。有时还未来得及想原来这首曲子石黑也喜欢哪，就已经被点唱了。

二人的关系局限在石黑从工作场所打来确认工作的电话，或者通过里实请百合江修改西服，而且频度不高，一年两次，最多三次，还转告她说，他周边没有能够缝补西装的女人。

旅行代理店打进酒馆的费用相当可观，百合江也受到酒馆的重视。周末，港口城市的酒馆里，挤满了渔民、矿工和众多活跃在山区的人员。

经济不景气来临之前，每年都会有人与百合江商量一两次，雇一个会弹钢琴的人，自己开一个酒吧。虽然不是什么不好的事情，可百合江犹豫不定的是，把理惠单独放在公寓里到半夜回家实在放心不下，周五和周六两个晚上，可以把理惠放在妹妹家对付，不过，要是自己开店，与理惠相处的时间就会大幅减少。

窗帘的加工，最近由于现成品的增加，几乎没有订货，取而代之的是酒馆工作的女招待们的服装制作和改制的预订多了起来，其样本总是那件自己穿着登台的礼服。

转眼就到了季节的转换期，活儿多得一个人都来不及做，不仅仅是"银目"的女招待，还有来自听到传闻的其他店家的女人们的订货。她觉得，白天的工作能顺利开展比什么都值得庆幸。

"噢，镇民会馆就在那儿吧？"

汽车降速，挡风玻璃前，出现一栋木结构的灰浆建筑。百合江的心跳剧烈起来，十六岁时与三津桥道夫和一条鹤子一起演出的建筑物接近了。

道夫和鹤子演唱的舞台上放下了幕布，备有一个小小的祭坛，上面的棺木还稍稍长出一点。据说，卯一是前天去世的。

十六岁的百合江来这儿时曾经人声鼎沸的镇民会馆，如今相当冷清。守夜从六点半开始，随着时间的临近，来人会渐渐增多。地板上铺着塑料席，分开左右。面向棺木，右侧是亲属席，左侧是吊唁来客席。亲属席上坐着丧主阿萩，长子阿治和他长相幼小的妻子。弟弟已经娶妻也是与今天父亲的讣闻一起被告知的。

百合江和里实首先献完香，放得很大的父亲的遗照使姐妹俩回想起的父亲的长相变得更加遥远和模糊。怎么看，摆放的菊花的数量都不足，祭坛上少量的花朵放得间距很大，这也如实地反映了杉山家的贫困。

百合江的眼中没落下一滴眼泪，自从绫子不见后，她一次也没哭过。感情和流泪，从那一天起就完全分离了。里实也只是出于礼仪朝弟弟点了点头，始终绷着她那张不变的脸。据说清水父母称无法坐长途车而缺席葬礼，献上父母香奠并烧好香的时夫的表情比里实悲痛得多。百合江朝弟媳点点头，里实则佯装不知。

"初次见面，在这种场合打招呼，真对不起。"

"我叫美弥，请多关照。"

长相年幼的弟媳摆幅很大地摇着头，看来她是想向百合江致礼。里实看到不知所措的百合江强忍住笑。百合江坐到母亲跟前，阿萩好像没有丧服，她上身穿黑色的T恤衫，下身穿一条净是小线球的黑色牛仔裤，茫然地看着卯一的遗像。娘家的人没有一个是穿着丧礼服的。

里实身穿的连衣裙是出客用的礼装，那是有一次百合江与自己的服装一起缝制的，为了夏季也可使用，特地做成内里可做调节的款式，布料选择了店里最好的。百合江挂在脖子上的珍珠是里实为感谢姐姐而给她买的。百合江觉得她们今天的着装相当不合时宜。

阿萩看百合江的眼神似乎并不觉得那是自己的女儿，抚摩母亲的圆肩，阿萩的身子变得很小很小。要说悲哀，母亲的模样是最为悲哀的，浑身上下飘浮着一种莫名其妙的阴郁感。回头望去，阿治就站在百合江身后，瞪着远比在丸八旅馆责骂自己时还要颓唐的眼睛，想到这个弟弟在开拓小屋的成长经历，虽是盛夏，百合江依然不寒而栗。

"这老娘，喝酒喝坏了脑子，不管你说什么她都不回应。每次她躲起来偷偷喝酒时，就是揍她也不管用，每天只会吃饭，老爸也真是，留下她先死了！"

理惠紧紧依偎在百合江的胸前。只是在此一刻，里实表情严肃地看着弟弟，时夫则一副狼狈相，派不上任何用场。

"阿正、阿和在哪儿？"

"他们不来，"阿治撂下一句，"开着卡车去内地了。一拿到驾驶执照，就逃跑似的离开这儿，就和你们俩一样。"

美弥嘿嘿地傻笑着，抬头望着出言不逊的阿治，百合江觉得自己看到了不该看到的一幕，拥抱住理惠的肩头。

会馆门口出现了一张熟悉的面庞，那是统领开拓移民的地区班长，已是一位满头白发弓腰驼背的老翁了，他是当年唯一能够规劝卯一行为的人。烧完香后，他走近亲属席，看到百合江顿时睁大了眼睛。

"是阿百吧，哟，好久不见了，现在哪儿过呀？"

"在钏路，离里实家很近。"

"是么。这一次事出突然，我也吓了一跳。"

阿治从一旁立马抢走了百合江接受的奠仪包，塞进自己的怀里，谁也没发一声。到点后前来的吊唁客，包括里实修业的理发店大师傅夫妇在内不足十人。人人都闭着嘴，缄默不语。这个守夜简直比祭坛上的花朵还要寂清。送走了吊唁客后，百合江告诉弟弟，今晚自己要回钏路一次，明天早晨再来。阿治的态度一成不变。

"后面就剩下火化了，只要留下奠仪钱，你就不必一次次来了。"

走出会馆时，百合江又一次看了看祭坛，只见阿萩的脑袋埋进了掀开了盖子的棺材里。

次日，百合江拥抱似的把怀抱骨灰罐的阿萩带出会馆，今天她把理惠寄放在清水家，汽车后排还有一个空座位。

"我要把妈妈带回公寓。"

"阿百，你真要这么做？"

里实直截了当地表示反对，她的见解是娘家的事应该由娘家人自己设法解决。这一次，百合江无法认同。时夫在远处看着姐妹俩争执。

"再给阿治增加负担，他会杀掉妈妈的！"

听到这句话，里实沉默了，她感受到了姐姐百合江的主张绝非自寻烦恼和小视困难。十年前那么肥壮的阿萩，如今身上的肉只剩下一半，黑黑的皮肤松弛下坠，稻草似的头发脏兮兮地扎成一把，看上去至少有几个月没有好好洗过澡了。将来的事将来再说，就这样决定了。里实嘀咕着，一如百合江的思绪。

"你又在想船到桥头自会直吧，我可不管。你叫苦连天，这回我也帮不了你！请阿百自己负责照料。"

话虽说得粗鲁，里实把阿萩扶上车的时候说："怎么会搞成这样？"里实的左手臂夹住骨灰壶，用手帕擦去母亲眼角滞留的泪水。

背朝着里实的百合江也轻声说道："请你饶恕。"

昨晚临回钏路之前，地区班长在耳边轻声说明情况时，百合江就拿定了主意。

"阿治或许会因业务致死罪被起诉。他本人竭力主张说是过失，不过，这次的事我也有许多闹不明白的地方。他大概不会被关进监狱，但在一段时间里会有些麻烦的。你们俩别掺和他的事。"

八铺席大小的一间房里要住下百合江、理惠外加阿萩有些难。促使百合江下决心的人无疑就是里实。

时夫的车将开进钏路时，里实告诉姐姐说，他们决定盖一栋大楼，一楼做清水理发店，上面有数间房可供出租，这是地价物价均在上涨时的楼房建设。据说他们把各处零散购进的土地全部出售，用于盖楼的准备金。"其实地基已经打完，地点就在现在理发店靠近车站五分钟的地方。建成后二楼由清水父母和我们家住，三至五楼建成两房一厅的出租屋。那个地点房子还可以当办事处出租，那儿也可以便宜点借给你。对了，来年春天一定能住得轻松愉快的。"

驾驶座上的时夫亲和地笑着说："我只管盖戳子，基本上都是她拿主意。"百合江赶紧道谢，里实毫不客气地回答："房租我要收的。"

到达公寓后，百合江马上在厨房的洗面盆里蓄上热水，帮母亲擦脸、头、脖子和手脚。她的毛巾无论怎么洗都是脏兮兮的。她想在理惠回来前尽量把母亲弄得干净些，但现在才终于明白不把妈妈带去澡堂彻彻底底地洗一下是弄不干净的。阿萩周身上下都是青红紫斑，一想到妈妈不知怀着怎样的心情忍受着来自自己亲生儿子的暴力，百合江拿着毛巾的手就颤抖起来。

"妈妈，明天澡堂一开门我就带你去洗澡。"

阿萩目光呆滞，卯一的骨灰壶放在缝纫机旁的橱柜上。也许没有必要把父亲的骨灰壶带回家来，只是百合江想到弟弟或许将来会更加贫穷困苦，一种近乎恐惧的感受再度造访。

换了好几盆水，总算完成了母亲的擦身。一看时钟，去"银目"后台准备的时间临近了。她给妈妈穿上用浴衣布料缝制的夏季睡衣，这时，理惠回家了。

"从今天起，外婆和我们一起住。明年春天起，我们能搬到大房间去,这段时间请克服一下。"

理惠把里实姨妈给自己的大福饼中的一个递给比昨天看上去洁净一些的外婆,阿萩稀罕地凝视着外孙女的脸。

"里实姨妈连妈妈的份也给了我。她还说,从明年春天起我可以和小夜子住在一起了,所以我要尽早告诉妈妈。"

"我也是今天第一次听说的,我要努力工作,赚钱付上房租。"

理惠问妈妈,自己是再回小夜子家,还是在公寓里陪外婆,你在"银目"工作时自己该怎么办?虽然在这儿已经再也不会有人去殴打和踢飞母亲,然而,母亲的孤独感无论自己如何努力也是无法理解的。让她一人独处,莫如让理惠待在她身边合适。

百合江有点踌躇,忽然,她扭头看到身后。

阿萩正淌着大滴的眼泪在吃大福饼,丝毫没有注意到女儿和外孙女正盯着自己看。她残缺不全的牙齿拼命咀嚼着大福饼,那模样令外孙女一声不吭地看呆了,那是一派多么令人痛苦难受的光景!全部吞咽完毕后,阿萩用好不容易才能听清的声音嘀咕道:"太好吃了,谢谢!"

理惠放声大哭起来。百合江轻轻搂住女儿的肩头,觉得要是能够流泪的话自己也想尽情地哭上一场。

当年年底的一个周末,街上已有了比往年下得早的积雪。

石黑接到的点歌曲目是泽田研二的《任由时光流逝》，这首歌自从八月发行以来，收音机里每天都在播放。她和乐队只配试过一次，还未登台演唱过。可能是大年夜的关系，虽然经济不景气，但剧场里上座的观众还是有八成，其中的一成是石黑的客人。几个雅座包厢排列着，那里坐着的是大款贵宾。

百合江总会感到犹豫，这种在收音机和电视里经常播放的歌曲究竟该纯正演唱还是要改编发挥，不过，一定要唱得比原曲还要好的意识从巡回演出时代起就没有变过。音乐伴奏劝她改成爵士风格，可是当经理对她耳语说点歌者是石黑时，百合江立即决定照原样演唱。

"银目"的演出剧场，舞台在一楼，从二楼也可以朝下看舞台。通风的空间呈圆形突出的二层楼面是一家叫做"香港"的姐妹店，里面接客的女招待们身穿中式服装。那家店只有周末才有百合江这样的专属歌手来演唱，可是每年都有几次东京大阪的歌手到全国巡回演唱时会来助兴表演。每当出唱片的歌手出现时，顾客层就会变化。百合江既充当过伴唱演员，也会应听众点歌之需演唱二重唱歌曲。精巧的演唱技巧渐渐变得炉火纯青，当有人充满同情地提问，为何不靠演唱来生活时，她肯定会笑着应道："人家告诉我，你的声音是无法多次灌入唱片的。"

按照百合江的要求，伴奏只靠一把吉他。充满哀愁的旋律，低沉沧桑的歌声，使店内笼罩在一片惬意舒心的静谧之中。

百合江觉得，如同演唱的歌词一样，自己的生活在与时俱逝地漂泊，尽管以往的一切都变成传说故事还为时尚早。观众席的近处，她看到了石黑的身影，他总是坐在最后面给客人斟酒或接受别人斟酒，可是今天，他坐在离主宾席很近的位置上。

倘若两人相爱，窗外的景致也发生变化——

对于窗外不断流逝的景色是否可以钟爱留恋，热爱石黑是否就会赢得幸福，歌词可以做各种各样的解读。按想见的看，照想听的闻。"按自己的想法去唱！"这是一条鹤子的教诲。

她并不认为共同漂泊的十年是一场恋爱，演唱的同时只感到自己坚守着恋爱之外的某种更为珍贵的东西。

百合江经常唱的是十首歌谣、民间流行歌曲和布鲁斯风格的舞曲，由石黑点歌开始的演出，赢得了再来一遍的掌声。百合江又唱了一遍《任由时光流逝》，在全场雷动的掌声中回到了后台。

低音贝斯强劲的爵士曲开始了，店内的客人们再次热闹起来。这时，一位身穿黑色制服的楼层服务员来到后台。

"百合江女士，有客人要赏小费并请您入座，行吗？"

虽然没有签过女招待的合约，但经理吩咐时她也会去观众席，一开始只是按客人要求为他们斟酒，可实在推脱不了时也会干杯。自从发生因喝酒被送往医院的事件之后，客人们就不大硬对她劝酒了。不知不觉之中，百合江已变成不适合饮酒的体质。

"是哪一位客人？"

"日出观光的石黑先生。"

"你去告诉他,我这就去。"

黑色制服服务员谦恭地行礼后关上了后台的房门。百合江重新拧紧了刚想卸下的耳环螺栓。自打在"银目"演唱以来,这还是首次被叫去他的坐席。

她身穿红色的丝绒长礼服,坐到石黑的身边。

"喔,总算把你叫来了。"

石黑隔壁的座位上,一个男子猛然探出头来,他多少已有了几分醉意。

"晚上好。总要感谢您的支持。"

"不,今夜是特别聚会,也是石黑的送别会。所以才不顾一切地把您请来。这家伙总是不答应请您,使我们无法近距离见到您。"

"是开送别会吗?"

面对百合江的提问,石黑总算开了口。

"一月起,我被调往东京的总社。"

"祝贺您的荣迁。"

她再也讲不出更多的话。石黑也淡定地告诉她,行李已差不多整理完毕,进入公司后这还是第一次到外地去工作。两人一起陷入沉默后,便全然不知周边的同僚们在作何猜测。石黑的牵挂让百合江感到心痛,她点点头,耳垂上挂着的演出用仿制品耳环在摇晃。

把百合江叫到送别会的坐席上来，看上去是石黑同僚和部下们策划的，他们企图看看两人之间会有什么戏上演。

"请你到如此喧嚣的席位上来，真是对不起。"

百合江摇摇头。若是他不叫自己，那么很容易想象，只要发一封打招呼的告别信就完事了，倒过来或许自己也会那么做。百合江为石黑的酒杯里倒入威士忌，加上冰块，正要再加水时，石黑制止了她。

他连同冰块一起将杯中的酒一饮而尽，长出一口气。由于没能见到所期待的热烈场面，周边的同事们开始兴味索然，在座席上又喊喊喳喳地交头接耳起来。身后的乐队成员们不停演奏着优秀的爵士乐经典曲目。

石黑默默地喝酒，百合江不停地为他注入威士忌。要说的话太多，却找不到恰当的话语，她无法老看着他的侧脸，陷入了沉默。

就座后过了二十分钟，聚会即将结束。百合江回头看看舞台，正好与首席鼓手的目光交集。她点了点头，招手叫来楼层服务员，对他耳语了几句。黑色制服服务员记下百合江的吩咐，去告诉乐队的首席鼓手。

"石黑先生，请注意健康。希望您到东京后继续活跃。"

在这样的时刻，没有泪水似乎并不令人感动，要回顾与石黑共度的时光还为时过早。百合江起身，伸出右手。石黑抬起头，晃眼似的眯着眼，轻轻握住百合江伸出的手。《田纳西圆舞曲》的前奏响起，百合江松开石黑的手，走上台去。

楼层的客人和女招待们结成几组，和着舞曲扭动身躯，演唱这首歌曲时总是这样。百合江凝视着石黑的背影，开始演唱。

I was dancin——with my darlin——

一想起那个两人仅有一次的肌肤相亲的雪夜，她就不寒而栗，她的颈项还记得石黑那灼热的气息。

用眼神示意鼓手把间奏继续下去，百合江凝视着楼面的一角开始讲述。

"感谢各位光临本店。今晚我有必须演唱这首歌曲的理由，就是刚才，我听说一位一直十分照顾我的先生要调去远处工作，原本我应向他奉献一首更加引人注目的歌曲，不过，我觉得还是这首歌曲更合适。"

钢琴伴奏的间奏正好完成。石黑手持酒杯，背朝着舞台。

打开便门，站在那儿的不就是石黑嘛。

走出酒馆，百合江便嘲笑自己刚才的想象。在工作人员通道的便门口，有的只是三只覆盖着大雪的天蓝色垃圾桶和铁锹，还有小石子上的积雪。抬头仰望大楼之间的狭长的天空，细雪宛如装饰酒馆大楼的丝绸不停地降落。

百合江急急地赶回家。流动的出租汽车靠近她时，会打开门邀她上车，在到达末广之前，百合江一直摆手拒绝乘车。

第二年三月，百合江、理惠和阿萩三人搬到清水大楼三楼的出租公寓中。这是一幢周边房屋中最高的大楼。三人一起到清水家向双亲致谢，清水父母夸赞说，这一切全靠里实的商业才华。包括时夫在内的这一家人强压儿媳、外孙女的现实，最终导致了谁也无法对抗里实的结局。

随着时间的推移，阿萩渐渐恢复了语言能力。与外孙女交谈时，有时还会笑出声来，但是，对自己在标茶的生活她还是绝口不提，百合江也不打听。理惠并不疏远不识字的外婆，两人相处时，理惠会教她认字。百合江明白了解妈妈是文盲后的里实的沮丧，所以对于理惠的行为亦感到惊讶。

百合江决定每天让妈妈喝一杯酒，基本上是在准备晚饭的时候小口小口地喝，直到喝完，阿萩并没有对此抱怨。

因为距离车站与市中心只有五分钟路程，所以，虽然在经济不景气的情况下，但听说承租者很快就落实了下来。商业区的出租公寓，在竣工时就全被租完。"清水理发店"也更名为"清水理发美容"。近年来，里实夫妇不再招收徒弟，随着最后一名弟子回到故乡带广去开店后，夫妻俩开始掌管店里的一切。时夫面有难色地说，至少留下一人打打杂嘛。"那些杂事可以自己做嘛。"

最后还是按照里实的意见实施。

理发美容店也告别了正月和盂兰盆节排长队的时代,过去专门做头发和为人穿和服的美容店如今变成只是用理发剪为人剪发的地方。理发店和美容店分栖而存的状态难以为继,理发店的客流量与夫妇俩正相匹配。

大师傅眼睛老花得十分严重,除了有预约的老顾客,基本不在店里工作。店里的生意和大楼的管理全由里实一人运作,用她的话来说:"这家人家没有一个是靠得住的。"

店内以白色为基调,摆放了按里实要求的立体声播放装置,经常会有顾客带着自己喜欢的唱片来到店里。

看似一切顺利的新生活里,百合江对演唱的热情却在渐渐消失,她隐隐知晓个中原委:当石黑离去之后,自己在"银目"的演唱便失去了愉悦感。

进入春假,理惠和小夜子一起去地区儿童馆玩,一大早就去,中午回来吃过饭再去,两人整天在那儿打乒乓球和读书。小夜子觉得,能和这个比自己小三岁的犹如双胞胎的理惠妹妹在一起真是太好了。里实所生的绢子,得到母亲的钟爱被养得相当任性。里实还会积极地参加小学的各项活动。

绢子出生之前,在幼儿园的小夜子的郊游、活动及健身游戏会的准备基本都由百合江承担,与幼儿园的联系也是她干的,里实的关注点全都集中在绢子身上，她也曾自然地做过忠告，却不见有何变化。

"有谁知道我的心情？阿百最了解我吧。盒饭钱、材料费我不是都付了吗？"

"这不是钱的问题，我知道阿里很辛苦。可是，要是小夜子变成学会看大人脸色行事的孩子，那可要不得。"

"爷爷会悄悄地给小夜子零花钱，那些人还会带她上百货店吃布丁。这不是很好吗？他们有他们的想法。你应该想到我没有弄死她就够意思了。说句老实话，有阿百和理惠在身边，我省事了。我在那个家里面对的净是敌人！"

里实最近才知道小夜子的户籍报进了公婆夫妇的名下，据说她答应把小夜子当作自己的孩子来抚养，但是，对于户籍却没有让步。

"你难道没有考虑过，小夜子长大后，知道只有自己的户籍进了爷爷奶奶家，她会怎么想呢？"

"可是，我只认自己生的孩子，要把她和我亲生的同等抚养，打一开始就是勉为其难的。等她长到一定的年岁向我提问时，我打算如实回答。这就是我对小夜子的诚意。"

里实有她自己的道理，哪怕是不合情理的，别人也很难插嘴。

百合江在家准备女招待们委托的女士礼服的改制及夏季衣物

的制作，阿萩整天在看电视。春季的太阳满满地从朝南的窗户里射入，钢筋水泥建成的屋子里，关闭火炉后仍然相当温暖。

今年春天，百合江家里总算装上了电话，常来电话的基本上是里实。有关工作的委托，也通过家里的座机少量打进，但是大部分工作还是靠里实斡旋。

"我说，你能过来喝茶吗？"

迄今为止，不是让徒弟就是让小夜子一溜小跑来通知的事情，如今一个电话就能解决。百合江决定去陪陪无法打发周日下午时光的里实。

"阿百呀，你是否有开一家自己店铺的意愿？"

"店铺？"

里实给姐姐沏茶，难得一见的是她那含蓄的眼神。端来的南部煎饼，据说是婆婆家乡送来的点心。

"这种煎饼里夹有饴糖，我不行，假牙齿会被粘下来。"

对公公婆婆丈夫的一切都看不顺眼的里实总有怨言。百合江歪着头思考妹妹的提问。

"我不是让你去开酒吧和快餐店，而是开个服装修改或制衣店，我觉得这儿的布局条件完全适合开这样的店铺。"

里实说底楼预订开花店的承租人突然有变，空了出来，十平方米大小的店面对营业种类有所限制，她当然不会借给开饮食店的人。

"我讨厌做吃的生意,会把房子搞得很脏。阿百的工作室搬到一楼,好好宣传一下,我觉得一定能行。若开不下去就另想办法。"

"开不下去?就像在说外人的事一样。"

"阿百总是这么说。"

里实嚼着南部煎饼,发出清脆响亮的声音。百合江一边啜饮着茶水,一边思考里实的提案,或许这是里实首次说出的乐观的话语。

"你不能老在'银目'唱歌,请好好考虑一下你的将来。"

"将来,是什么呢?"

里实斩钉截铁地断言:"是老后。"说到"老后"这个词,她从未想过不是针对母亲而是针对自己而言。"对了。"里实的食指指向百合江的鼻尖。

"你总是像做梦一般地想着要和理惠、妈妈三人一起生活。这种想法是不可能实现的!对你那么好的石黑跑到东京去了,要想跟他去也不可能,今后若是独自生活下去,就得认真想想自己老后的生活。"

"阿里也在考虑吗?"

"当然。要是清水父母过世,我就与老公平分财产,招婿入赘,让女儿夫妇去经营美容店,我独自一人自由自在地生活。"

"一切能如此顺利吗?"

"不是顺利不顺利的问题，我就是为了这个目标而努力的，"里实连珠炮似的说道，"所以阿百也得靠自己的本领积累财产。我们在如此相近的地方生活，彼此的生活存在落差实在是种不幸，所以希望你振作起来。我讨厌阿百用贫穷的生活对我快乐的老后生活泼冷水。"

话说得很难听，但是着实传递了里实的心情。不可思议的是，百合江并未对里实的提案感到不安，她意识到自己的内心深处，对于演唱的热情几乎已经荡然无存了。

"缝纫 & 翻新杉山"的开店营业放在五月初，里实说，开始三个月的房租免除，那是因为花店多少付了点违约金的缘故。

在河边新开的年轻客人频繁出入的迪斯科舞厅的影响下，"银目"酒馆也迎来了变革时期。如今，已不再是营造心绪的歌谣与贴面舞盛行的时代了。

四月底，百合江提出辞职申请时，酒馆并未强力挽留。百合江独立转行，因为行业不同，酒馆允许她向女招待们分发了宣传单。

她开的是一家小小的裁缝店，里面放着一台用惯的缝纫机，一具人体模型，还有一张榻榻米大小的工作台。

靠着在"银目"酒馆分发的自己印制的宣传单和口头传播，一到六月，所接的活儿太多，缝纫机从早到晚地转动，依然忙不过来。

提出请百合江收下她旧礼服的是已经决定歇业、百合江熟悉的老资格女招待满寿美，她那永不令人厌弃的说话方式和年轻甜美的声音，包括百合江，所有人都为她离去感到可惜。长年来，满寿美在"银目"酒馆一直是头牌。百合江问，你的离开，酒馆一定会深受打击吧。

"是到时机了。这活儿干了二十年，是的，晚礼服的设计也到了无可更改的地步。最近流行穿着普通服装接客，不过，那样的话，客人和我们都会感到扫兴的。"

常年在不见阳光处生活的满寿美决定去做开业医生的续弦。她要把礼服全部处理掉的决定，说明了她告别夜生活的意志。

她有三十套礼服，没有一套出现污斑和损坏。大多数礼服百合江都似曾相识，有几套还是她亲手缝制的。

其中一套红色的金银丝线的礼服特别令人记忆深刻，那是圣诞节时店里希望百合江穿得靓丽些，于是满寿美借给当时不知所措的百合江的。那是她在"银目"演唱的第一年的年末，穿着这套礼服，还在上面披了块细柔羽毛的披肩，演唱了圣诞歌曲。

"我想把这些礼服都扔了，但还是有穷人根性。你能当作边角料用用，我就很高兴了。"

"满寿美啊，这些都送给我吗？"

"你能收下，我得感谢你。"

百合江多次听到有生活负担的女招待们感叹：每当要做新工作服的时候，几天的收入就烟消云散了。像满寿美那样成为头牌，有富人资助的人另当别论，大多数的女人的收入都花在吃饭和置衣上，于是，她想到了做工作服的出租生意。

"我能够便宜地出租给那些买不起礼服的女招待们吗？"

满寿美对百合江的提议感到十分高兴，她说，向夜间工作的女同事们赠送或讨要礼服，若不是个人关系很铁，就会受到自尊心的妨碍。

"我过去觉得，只有礼服和男人不可外借。"

低着头露出的妖艳笑容中有一种喜气，满寿美说，哪怕只付一分钱，只要是借来的东西，心情就会好受。百合江说，自己不能平白无故地接受赠物。满寿美摇了摇头。

"你得放我一马，送你旧衣服还收钱，'银目'的满寿美会哭泣的。要说这些旧东西算什么，就当是我对你开店的一个祝贺吧。"

百合江情不自禁地朝她合掌致谢。

"老娘还活着呢。"

满寿美笑了。无法说出合适的道谢话时，百合江想起自己花不少时间缝制的花笼式围裙，那是用夏季连衣裙的边角料，买来的零头布制作的，已完成了十多个。她把叠放在大点心盒里的围裙摊在工作台上。

"挑几个喜欢的带回去吧。要是没有中意的,请告诉我喜欢什么样的,我会再做的。"

满寿美拿了一个樱花花样的粉红色薄围裙,百合江让她至少再拿一个,她有点为难,又挑了黑底小花纹的围裙。满寿美说,我并不会做菜。

"从今天开始,你和我都要努力。"

不出半个月,清水理发美容店有礼服出租的消息就在街上传开了,也和洗衣店签订了代理合同,还可以在礼服租金上加上清洗费。租借者只要加上一点清洗费用,借一个礼拜,也能穿上新款式的礼服。

里实提议说,应该打出一块招牌,哪怕是小小的一块。

"要借衣服的不一定局限于夜间工作的人。参加婚礼等只用一次的场合一定很多,生活中没几个能穿上内行裁缝制作的酒会礼服的女人。一定会有需求的,好好宣传一下!"

在店内贴出"欢迎购买"的广告,礼服的销售量成倍增加。与礼服一样,成套西装制作的预订也很多,为百合江带来了新的惊异。穿着讲究的人不会穿一套衣服过两季,大伙儿都说,夜间的大街上,满寿美那样的有自尊心的女人多得是。

租赁礼服的信息靠口口相传传遍了整个城市。如里实所说,有不少人来租借婚礼酒宴上穿的风趣的礼服。百合江的生意在开店营业三个月后就有了盈利,每天忙得团团转,直到夜间才回自己房间的天数多了,却没了强制让理惠和母亲厉行节约的工夫,这使家人皆大欢喜。

父亲卯一的三年忌法事完成后,百合江觉得肩上的重担有所减轻。她是先用明信片通知了老家标茶的弟弟和弟媳,但被邮局以无此住址为由退了回来。里实说了句:"只要以后别留下事端就行。"妹妹夫妇、阿萩、百合江母女俩一起做完了小小的法事。

虽然忙碌,但每天仍在安稳的生活中迎来了小学放暑假后的八月上旬。

百合江让理惠和阿萩吃完早饭,做好午饭的饭团,用铝箔纸包上两个放进自己的饭盒。虽说在同一幢建筑物里,她却很难悠闲地回家吃午饭。今天的午休时段有位在大街上银行工作的年轻人要预约秋季结婚典礼时穿的礼服。

"我去一下。"

百合江走出大门,理惠追了上来,她确认铁门已经关上,以一脸奇妙的表情看着妈妈。两人的视线高度只差不到五厘米,她的身高不出一年就会超过母亲。像大人那样的长脸面相,高高的鼻梁,近年来越来越像她的父亲。如同她的相貌,她用大人的口气强调说:"我有事对你说。"

"什么事,要说很久吗?"

"嗯,是有关外婆的事。"

"外婆她怎么啦？"

理惠一副难以启口的样子，告诉妈妈说，现在外婆从早上就开始喝酒了。

"跟她说好每天晚上喝一杯的，她总是满满地倒到杯口边，很快就会喝光。要是妈妈晚回，她就会喝第二杯。"

阿萩最初对理惠说："要对阿百保密。"在百合江顾及不到的时候，她的酒量二杯三杯地增加了。

"我对外婆说，你只能喝两杯，她回答说，知道知道。可是她悄悄地还在倒酒。有时她还会买来杯装酒，藏在自己的柜子里。"

"你说从早上就开始喝是怎么回事儿？"

"刚才她那样看着电视，见妈妈去店里工作后，马上就喝起来。"

理惠的晚饭交给妈妈准备，百合江可以安心工作。最近，她回家时理惠和阿萩已经睡了，房间里弥漫着酒精和干菜味。百合江本以为，或许是妈妈酒喝得晚，不曾想到她酒量竟然增加了两三倍，而且从一大早就开始喝起来。

理惠拉住了想要立刻回家的百合江。

"别回去，外婆会知道是我告的密。她喝酒之后，会说起许多标茶的事。她不跟妈妈讲，却会对我讲。外婆也真是可怜，所以，我只是希望她别喝坏了身体。"

百合江小心翼翼地问，外婆对你说了些什么？

"说在秋田与外公相识的事，在夕张煤矿时代的往事，里实姨妈的事，还有妈妈当歌手时的事。再有，她还说了在秋田时有个孩子生下来就死了。外婆在认识外公前，一直是孤独一人，她说，没有人要听她倾诉。我说，我会听的，她就哭了。打那以后，她就喝了很多的酒。"

理惠把自己的怜悯与阿萩的酒量联系起来，看上去心痛不已。她问道，是我不好吧？百合江用力摇摇头。

"不，理惠、妈妈和外婆都是人，都有软弱之处，当别人对你好的时候就会撒娇作态。但是，一旦撒娇，就会变得自我嫌弃。我想，外婆是无法忍受她的过去，所以才喝酒的。并不是理惠的错，没事儿。"

理惠还说，小夜子来邀她去儿童馆，她也回绝了。理由是不能让外婆一人待在家里。

"今天你和小夜子一起去儿童馆玩吧。外婆没问题，妈妈今天会早回家。"

百合江打起精神，打开了百叶窗。

坐在缝纫机前，一段时间内，百合江心情阴郁。也许要阿萩停止饮酒是不现实的。然而，也不能放任她爱喝多少就喝多少。每天一杯的约定，是百合江在家里工作时开始坚持的，结果，自己的工作转移到底楼店铺时，约定就失效了。百合江赢得工作场所的喜悦导致了阿萩酒量的增加。

烦恼花去的时间是一种浪费，再怎么犹豫和自责，事情也不会得以解决。百合江压制着黄昏前心中不断放大的不安，这一天，等到下午六点店铺打烊后，她回到三楼的家中。

厨房里，喝到一半的杯酒敞开着，阿萩正在炒豆芽，理惠用木饭勺在盛饭。女儿的眼神有点不安。百合江翘起嘴角朝她点了点头，露出洁白的牙齿。

阿萩一边炒菜，一边小口小口地品尝着杯中剩余的酒。三人久违的晚餐，佐餐菜是炒豆芽和家常菜炸肉饼，咸乌贼鱼罐头是阿萩的嗜好。百合江想象着白天母亲去站前市场购买肉饼的情景，她有一个愿意倾听自己讲述滞留心中往事的外孙女，能喝上自己喜爱的酒，吃饱饭，这样的生活对母亲而言，难道不是一种最大的幸福吗？里实的话语又在百合江的耳畔响起。

"我不认为阿百、理惠和妈妈三人能理想地永远和和睦睦地生活下去。"

妹妹的话或许是正确的，不幸也罢、幸福也罢都不会长久持续，这一点百合江很早以前就明白了。

当天晚上，在澡堂里她帮妈妈冲洗脊背，母亲的肌肤光滑而白皙。当时无法洗澡一身污垢的她捧着父亲卯一的骨灰罐从标茶来到这儿的景象似乎不是现实，每天让母亲穿着整洁利落的衣裳，虽然谈不上优裕，但还能吃饱的生活使百合江感到安心。看来应受责备的还是自己。

"妈妈,你今年多大岁数啦?"

百合江边冲洗肥皂泡边轻声问,阿萩回答说:"忘了。"

"你生我是二十岁,那么该有六十二岁了。"

"是吗。"

"最近我比较忙,没能好好跟你聊,真对不起。白天你若愿意,来帮我干活吧。"

"有我能干的事么?"

"有的有的,有很多事呢!每天干到做晚饭时就行。"

首先要为理惠卸下重负。阿萩和百合江在一起,问题就解决了。她目送母亲走出澡堂,说:"有妈妈帮忙,我就轻松了。"阿萩耸了耸赤裸的肩膀。

第二天,百合江带着阿萩下楼来到店里,把零头布剪裁成合适的大小,做成缀布拼图用的布束,帮忙熨烫,她能干的活儿比想象的多。效果奇佳,令人不觉得那是为排遣痛苦而想出的招数。

下午三点,母亲像平时一样去市场购买晚饭的食材,迄今为止,这一成不变,大都买些肉饼和天麸罗之类的家常菜。三个女人的生活,吃饭是最轻松的时候,完全不用摆谱儿。

仅仅过了一周,理惠的表情就变得明朗起来,只有里实拉长了脸:"怎么家里老没有人。"话是这么说,碰到下雨天,她会想到购物不便，送来亲手制作的家常菜。

里实的话成为现实是十一月的一个星期六。

"阿百，不好啦！听说妈妈被派出所保护起来了。"

一到冬天，气温天天都在下降，天气倒不错。下午，阿萩说自己去百货店的地下商场买家常菜，她离开后已过去三个小时。午后前来租赁年末使用的礼服的预约者不断，百合江完全没有看时钟的余裕。听到冲进店来的里实的嚷嚷声，她无法把妈妈和派出所联系起来。

"阿百，在荣町派出所，快去吧！"

和里实两人一起朝派出所跑去。半道上，百合江脱下店里穿着的拖鞋，差点儿摔了一跤。

"阿百，你在搞什么呀？老是那德行，为什么那么痴呆啊？"

气喘吁吁地赶到派出所，百合江看到阿萩坐在椅子上正做着划船的动作。据说北大道人声鼎沸的周末的傍晚，阿萩醉酒后躺在公交站的长凳上睡着了。气温在不断地下降，点心店老板看不下去，于是报告了派出所。

"妈妈！"

被摇醒后，阿萩眨着眼睛，看上去还不明白自己身处何处。她身上散发出日本清酒的味道，搞不清她是在哪儿喝了多少酒。在百合江姐妹俩身后，警察问道："是你们的母亲吗？"两人同时点头，警察继续说：

"她在百货店的地下商场买了一升装的大瓶酒，在一楼入口等候处的长凳上喝。店员说因放心不下看了她好几次。后来发现长凳下并没有她喝完的空酒瓶，看见她正步履蹒跚地朝公交汽车站走去。那样躺着睡非冻死不可，跟我们联系的是理发店的顾客，我们这才打电话到府上。"

报告者是自己店里的客人，这触怒了里实。让阿萩乘上出租车领回家中，连百合江也被她数落得只能一声不吭。

"说起来这就是阿百你太娇宠她！这种人，当初你就该明白的，一天一杯，能守得住吗？从一杯到两杯，两杯到三杯，肯定会越增越多的。与生俱来的邋遢，一辈子也改不了！不检点的人到死也一样。下次再发生这种事，阿百和理惠，带上妈妈一起离开这儿！你们应该知道我平生最讨厌这种事。"

百合江默默地低下头，她的态度使里实气不打一处来。

"你低着头也没用，你老是这副态度。我为自己有这样的父母感到后悔，你懂吗？父亲死后，我真想不管她。你无法想象我每一天都如此厌恶他们吧。你成为巡回演出的艺人离开标茶后，我是什么心情？我带着什么样的记忆才活到今天？最终，没有一个人知道。阿百是个只顾自己方便的善人，把母亲带到这里，试图尽孝。反正，你是不会希望他们一起快快死掉才好吧。"

里实怒吼着，也不想擦去不断涌出的眼泪。唯一的好处是阿萩依然沉沉地熟睡着。

开年后，当派出所再次打来电话时，百合江趁理惠不在家，朝阿萩低头恳求。她决定告诉母亲，希望妈妈能坚决痛改前非，如若不行，只能请她离开。

"妈妈，下次再发生这种事，我们都得离开这儿。我和理惠是不能走的。阿里将无颜面对清水家，她求你别再有第二次。拜托你，戒酒吧！"

翌日，阿萩趁理惠和小夜子去溜冰场玩耍时拾掇好行李走了，理惠回家后看到了外婆留在桌上的纸条，赶紧跑到底楼的店里。

"理惠儿，谢谢你教我写字。外婆"

女儿痛哭不止，百合江想不出一句劝慰她的话语。

昭和六十年（1985年）三月，理惠和小夜子高中毕业了。

两人分别进了不同的高中学习后，仍然不时找时间会面。而母女俩的对话，从理惠初中毕业后就变得很少，女儿的话语少了，成天读书，渐渐的，母女俩不再经常搅和在一起。

里实与小夜子的关系也大同小异，女儿们自顾自地在不同于母亲们的地方开始了自主的生活。

生意已过了高峰期，只要一看销售业绩就能明白。不过，理惠得到了当地饭店营业的工作，母女俩生活当无问题。如今，夜晚穿上晚礼服的工作场所消失了，电视销售和现成服装可以很便宜地买到，礼服的租赁业务，由于没有新款的补充，原来的东西明显出现损坏，于是，百合江在两年前终止了这项业务。

"清水理发美容"店已由小夜子的妹妹绢子继承了，据说绢子初中毕业后就决定去上当地的美容学校。在希望报考普通高中时，里实就对小夜子当美容师的前景死了心。

"小夜子不合适，那孩子没有勇气，你看着她那模样也焦急。她的脑子可能比绢子多少好一些，可是你让她帮个忙，就显得呆傻，不知道她在想些什么东西。问她们愿不愿意当理发师，是妹妹先举手的，妹妹完全像她父亲，是个小精怪。"

"如今初中毕业就进理发店当学徒的人不多吧，高中毕业的都嫌学历不够，何况只读了三年中学。"

"不对，干手艺活，三年的初中生学得最快。高中毕业进来当学徒的，大家都抱怨说，他们自恃清高，无法调教。我知道他们在心里嘲笑我们没有知识，连理发剪怎么拿都不懂，却提问每个月工资给多少。想笑他们的应该是我呀。"

清水家拥有的土地年年上涨，里实除了"清水大楼"外，在郊外还有两处出租公寓，她说，理发店的收入虽然有所下跌，却无伤大雅。上好的景气并没有惠及百合江，不过，每月的开销尚未出现赤字，多少是因为街道的经济已有所好转的缘故。

毕业典礼结束后，理惠很快地换了衣服赶去毕业宴会会场，她说宴会结束后，会与小夜子汇合，回家会晚些。

"别纵情过分。"

每次理惠都不做回应。百合江听说，哪家的闺女都一样，原来如此！她总是带着这样的想法度日的。

北大道的人流也发生了变化。自从郊外建成大型超市后，人行道上的行人少了一半多，只有在周六周日才能见到一些步行者，站前大街的魅力渐渐消失也是显而易见的。

"景气虽然不差，但闭门停业的店家在增加，也许这是商家的第二、第三代缺少维系生意的智慧，难以平衡地价昂贵和收入利益的结果。你也是五十的人了，应该看准方向采取行动了！"

百合江的头发已白了一成，太阳穴的鬓角处白发最多。里实总是把头发染成紫红色，据她本人说，她的头发也白了半把。

"我用脑太多，与你不同。"

不知从什么时候起，里实已习惯用"你"来称呼姐姐。自从妈妈阿萩离家出走后，百合江总觉得自己的存在感在凋零，既不想逞强，也不会动摇，现在被告知"你也是五十的人"时，一种觉得言之有理的平静心情油然而生。

女儿们的毕业典礼结束后的下午，百合江在里实家喝茶。里实在等待着一周后举行的绢子的毕业典礼，说是不能气馁，不吃甜食。她说，年过四十后，自己的体重一直在增加。

"顾客说，是不是你活得太快乐，我回答说，真是多管闲事！"

时夫每个月有一半时间不回家住，除了妻子之外，他在外总有其他的女人。对此谁也不感到惊讶，也不生气。里实担忧的是，女儿们正式就业后，这个家庭是否会就此崩溃。

成为夫妇之后早早失去了修复关系的契机，结果是使里实的才智充分地得以发挥。运作清水家的如今只有里实一人。大师傅公公患糖尿病经常出入医院，婆婆则忙于丈夫的看护和食疗。

百合江在心里怜悯里实，觉得她作为一个女人几乎没有经历过灿烂辉煌的时代，倘若她有更多贴近亲人的时间，或许会成为更加温柔的女人。然而，当她回首始终随波逐流的自己，这种想法马上烟消云散，转而认定里实的生存方法也是一种明智的选择。

"还有——"里实一开口，百合江吓了一跳，看着她的脸。"别老是这样发呆，"里实赌气地继续说，"现在有一种商品出现了，只要有土地，光靠房租就能过上好日子。这种事过去就有，那就是建筑大企业，我觉得可以听听他们的情况介绍，你觉得如何？"

桌上摊开的资料上写着："为了宽裕的老后生活，盘活你手上的土地吧！"文字很小，看不大清楚，老花眼镜放在家里没带来，百合江忽远忽近地瞅着资料，看到这样的姐姐，里实笑道："老花得很严重啊。"

"整天踩缝纫机,眼力越来越差了。"

"所以嘛,我让你考虑做这个。"

自鸣得意的里实把脸凑了过来,用手指着一幢二层上下各三间的租赁公寓房。一层是面向老人的没有高低的平房,上面写着:投资者本人也可入住。

"你不认为靠房租随心所欲地生活很棒吗?"

"不过,这得花上一大笔钱吧?"

"所以嘛,土地和定金,不再为孩子花钱是今后的关键。"

百合江长长地出了一口气。里实总是把三年后、五年后这些词挂在嘴上,而自己却从未把生活想得那么遥远,而是只想今天和明天,顶多是一周以后。这一点到了五十岁依然不变,自己与奢侈的生活无缘,也从未想过要去积极地存钱。里实却不敢苟同地说,正因为你老是过着这种不稳定的生活,所以理应好好存钱。

"阿里说的事,就像外国话那样,我听不明白。"

里实像平时一样用食指指着百合江的鼻尖。

"你这么说,以后一定会后悔的。你得认真考虑一下你的将来!对理惠,今后你要让她上缴伙食费,因为她已经是社会成人了,你要告诉她,你独居生活,靠饭店营业的收入连一套西服都买不起。要是有点积蓄的话情况就不同了。我家的小夜子我也让她交饭费,真没想到,她居然进了市政府工作。"

这一年的六月，夹在报纸里送来的传单上写着有人情剧将到阿寒温泉来上演的消息。"阿寒湖温泉全馆热烈欢迎长达一个月的公演"，被称为仿效天才女旦坂东玉三郎的"小鬼玉"的儿童女旦全国比比皆是，称为"祖师爷"的堪亭流文字，与只会虚张声势的巡回艺人的做法极其相似。

最近，百合江常常梦见宗太郎，在梦中，宗太郎抱着吉他对百合江说：

"阿百，你随便唱吧，我会调准音，重点处会重复演奏。"

虽然他说得很亲切，可是百合江在梦中什么声音都发不出。宗太郎微笑着给吉他调音，等待百合江的演唱。做过梦的次日早晨，她总会怀着既怀恋又恐惧的心情伸手去摸自己的喉咙。

孩子们的眼睛，天真无邪，极其水灵，或许他们本人并不明白观众为何会骚动。百合江想起宗太郎扮演的女旦形象。"他是个大孩子。"这是道夫第一次见到他时就说过的话。

"这孩子，是个女旦角啊。他的眼睛那么清纯，心无旁骛，完全不同于那些会胡思乱想的孩子。我师傅说过，要超越这样的旦角，没门……"

道夫说，不该幻想自己变美，如果老是左思右想，就有"做作"之嫌。如今，她对旅行中闲得无聊时听到的各种言论总算可以理解了。

"我和阿百或许难以同道啊。"

演唱中鹤子的喊叫声也令人怀念,百合江回想起很多道夫与鹤子的往事。她看着人情剧广告单的眼睛,定格在剧团演出者名单的最后一行。

"泷本宗之介"

不至于吧……

从头至尾地反复看了几遍,名字依然存在。难道有和宗太郎使用同样艺名巡回演出的戏子?百合江屏住呼吸,拼命思考那是别人的可能性。

也有可能是"第二代的艺名继承"。"那算是镀金吧。"鹤子笑着说,"一条"的姓氏是师父给的。可是,这完全相同的名字,即便另有其人,也不大可能是宗太郎不认识的。

公演定在七月最后一周周末至八月的那一周,正好一直演到钏路地区夏季庙会结束之时。

之后的一个月间,百合江一直提心吊胆,生怕里实哪一天会发现那张人情剧的广告单。公演正式开始后,广告单又大量上市,报纸上还刊出了演员的侧脸肖像,头牌演员还是"小鬼玉",看不到泷本宗之介的报道。百合江怀着寂寞与无牵无挂的心情,又心神不定地过了一个月。

要是知道宗太郎已来到坐一小时巴士就能到达的温泉城镇,里实一定会跑去当众怒斥他的,这种时刻她绝对是六亲不认的。靠着这种顽强的意志和长久生活的经历,连百合江也能想象什么事会触怒里实。

星期六早晨,连着下了两天的雨停了,近来周六和周日变成了双休日,即使开店营业,也没有什么顾客上门。

百合江在捏饭团,正在上班前化妆的理惠抬起抹着雪白的粉底霜的脸说:"今天不用带饭团,前辈同事邀我,偶尔去尝尝好吃的。不过,咖啡给我带上吧。"

"那么,这饭团我带吧。"

"带饭团去何处郊游?今天不开店上班吗?"

对于女儿的随意提问,她忽然回答说:"我想到阿寒去一趟。"

"阿寒?和里实姨妈一起去吗?"

理惠拿着镜粉盒匀粉的手停下,认真问道。

"不,偶尔独自一人去温泉也不错吧,不是有句话说,要对自己好一些嘛。"

理惠应着点点头,对于母亲外宿,她不想说什么。这时,她包里的寻呼机铃声响起,理惠慌忙伸出手去。妈妈看着女儿心想,她或许有了心仪的男朋友。

"理惠,别忘了带钥匙。"

她叮嘱了两遍。其实,忘带钥匙可以去里实家取,可那样的话,百合江去阿寒的事就会败露。被里实知道后,事情又会变得复杂。去阿寒需要预约旅馆住宿和免费巴士接送。理惠走后,百合江给站前的旅行代理店打了电话。

"我想去阿寒看人情剧。"

"就您一人吗?"

"是的。一个人住宿不行吗?"

"不,倒不是不可以办理,只是住宿会显得贵些。"

"没关系,只要能看到戏,住单间也行。"

接受预约者为难地表示,温泉旅馆里没有单间房。百合江讥笑自己的无知,回答说,那就订个最便宜的房间吧。

当天下午,百合江坐上巴士,摇摇晃晃地朝山间驶去,满眼的绿色越来越浓郁,在沿海公路上开了三十分钟后进入内陆,雨后的热气扑鼻而来,柏油马路上升腾起赤日的雾霭。

免费接送巴士上坐满了人,既有第二次去观剧的粉丝,也有分吃点心的五六人的小团体,还有夫妇俩共同出行的。单独前往的只有百合江一人,她坐在最后一排座位的窗边祈祷。

最好不是宗太郎——

最好就是宗太郎——

结果,在到达阿寒之前,她自己也闹不明白究竟在期望什么。在旅馆冲淋的时候,在化淡妆的时候,想到万一是他,心情依旧。夕阳沉入山脊,吃完了自助餐。七点开始的人情剧剧场设在大旅馆的大会场里,距百合江住的旅馆有一百米,办理入住手续时拿到了一张简易地图。

"您只要穿上本旅馆的浴衣,马上就能入场。"

百合江在浴衣外又穿上一件无袖的外褂,朝剧场走去。记忆在不停地回溯,标茶夏季庙会时美江邀自己去镇民会馆时的情景又近在眼前。

不知从哪儿传来的吆喝声和硫磺的气味,从自己身边超越的近处和远处的人们,各式各样的面影在这傍晚的温泉城镇被唤醒,看上去再不幸的人,此刻也都是竭尽全力的。幸福和不幸,只要过去了,或许就像回想起来的远处的景色一样。

"这个社会,只要活着就有收获。"

百合江觉得,这么说的鹤子认定这就是社会的常态,她是带着甚至要自戕的痛苦而生活的人。她混迹于在土产店前一边询价一边前行的人流之中。

在百铺席大小的演出会场,正中有一只空座儿。只有一只坐垫上还没有人入座。百合江在采取行动之前,养成了设想"要是里实在会怎样"的习惯。如果她在,一定会走到空座位处说声"对不起",然后硬把姐姐招呼过去,她会让腼腆的姐姐坐定,"对不起呀"再对周边观众鞠躬致意,里实的强硬多少有点烦人,但是,自己最终正是有赖于她的品性才能生活至今的。

剧场的灯光暗了下来,灯柱在舞台上画出了圆圈。灯柱圆圈中站立的像是剧团团长。开场白结束后,舞台两侧的大喇叭中响起了演歌的前奏曲。聚光灯从舞台边引出了"小鬼玉",场内爆发出热烈的掌声。

打扮成妓女模样的"小鬼玉"翻动着舞扇,并没有梳沉重的岛田髻,看上去只有十二三岁。他那妖媚的舞姿是跟谁学的?扇子的摆弄也相当出色,背影亦完美无缺,不见欲壑难填的邪气。"啊——"百合江不禁失声,这舞蹈动作与鹤子教授给宗太郎的一模一样。

整场演出基本上是演歌、舞蹈与人情剧交替进行,观众多的周末,剧目会有些变化的吧。"小鬼玉"的《梦剧》是今晚的高潮,之后由团长与花魁演出的相声《绝情》大大缓解了观众席上的紧张感。

相声的内容是,一位决定与熟客相好分手的半老徐娘妓女,没等她提出,反倒先遭到相好的嫌弃。"真坏!""是你真坏。""真叫人寂寞。""是我才寂寞。"

双方都在嫌弃对方,说不清道不白的地方是笑点。观众们边吃边喝,不时发出笑声。身处人声嘈杂的观众席,百合江的眼睛一刻也不曾离开舞台。

那个演半老徐娘妓女的正是宗太郎。

出演渐渐焦躁不安的相好熟客的团长最后跪下说:"求你了,咱们分手吧!"观众这才总算明白了妓女和男方的真意。男人离去的舞台上,妓女在喃喃自语:"不管咋说,最终还是要诱人分手啊。"

话语中多少带有一点沙哑声，抑扬顿挫的声调和甩袖的哭艺，也是非宗太郎莫属的。追光装置熄灭后，最后再由"小鬼玉"上场，观众们的视线一齐返回舞台。百合江的脸上潸然泪下，这是失去绫子后不论碰到什么事都不曾淌过的眼泪。

演出结束后，观众们纷纷回到各自的旅馆，大部分人退出剧场后，百合江仍然无法站起身来。女招待走到她身旁问道，您是不舒服吗？

"对不起，我有点……"

她想起身，却使不上力气，她在回想，自己这究竟是待在何处，与宗太郎分手后究竟过了多久？过了一阵，女招待发现印在她浴衣上的旅馆名字，说，是否请旅馆派人来接您回去。

"没事儿，稍微坐一下就好，对不起。"

身穿号衣的剧场工作人员开始回收坐垫，百合江爬也似的挪向剧场的角落。此刻，宗太郎在后台正摘下假发，头上缠着纯白纺绸布稍事休息。她的心中充溢着一股暖流。

"嗨，等等！我不是跟你说过，等卸妆以后再去玩吗。"

"小鬼玉"光着上身溜出大幕，扎着纯白纺绸布和身穿长衬衣的团员追了出来。百合江放声笑了起来。与剧场工作人员一起拿着坐垫的"小鬼玉"看到了倚在墙上的百合江，紧接着，随后赶来的团员也看到了百合江。

"宗太郎。"

很久没有从自己的喉咙里发出如此有张力的声音了，倚在墙上的身体难以置信地变得轻飘飘的。正如自己想象的那样，头上缠着白纺绸布的宗太郎正注视着自己。她再一次叫了女旦的名字。

"宗太郎。"

每一声都充满了力量。

"阿百呀。"

"小鬼玉"对宗太郎的兴趣转向别处感到失望，跑回后台去了。大部分坐垫都堆在一起，百合江依然坐着不动，宗太郎茫然地站立在剧场的榻榻米上，绽放出一脸的微笑。要给爱哭鼻子的宗太郎打气的机会就在此刻。走路时步履蹒跚的他的身体，跌倒在两张榻榻米上。百合江坐正身子，以姐弟关系的表情说：

"那孩子是阿宗抚养的吗？舞跳得太棒了。"

"对了，三岁时由我抚养，他是团长的儿子，有电影导演想招募他，一个彻头彻尾的淘气包。"

"很健康，太好了！演了一场好戏。"

宗太郎羞涩地笑着，眼角边落下泪来。到底还是个爱哭鼻子的人。他用衣袖抹泪，化妆油彩的剥落把脸弄得一塌糊涂。他不停地擦去的眼泪又大滴大滴地滚落，恰似上野动物园里的熊猫。

"别哭了，哭得太厉害会影响明天的上台演出。"

"阿百！"

"只要健康就行,能见到你真是太好了。好好培养那个孩子!"

伴随着刚才流淌的眼泪,漫长的旅途走到了尽头。百合江内心由衷祈祷自己的眼中不要再流淌泪水,同时像演员一样霍地站起身来。充满演技意味的重逢,直至最终还是以一场戏来结局。团长和"小鬼玉"远远地注视着自己,百合江朝他俩深鞠一躬,走出剧场。

在阿寒与宗太郎见面后,百合江不再梦见他了。厚厚的沉渣得以过滤,内心充溢着可以一眼看透的清澈的净水。

令人放心不下的是理惠,然而,那也有受当今年轻潮流影响的无奈。自己十六岁时抛弃一切踏上旅途流浪的血统,也在女儿身上体现。禁止女儿做自己干过的事,作为一个人、一个女人,都属于不上路的。

秋风初起的九月,理惠回家的时间晚了,吃百合江做的晚饭的天数也少了。经常到天明才回来,好像在外过夜一样。

"今天回家吗?"

"说什么呀,有你这么问话的吗?真叫人生气!"

"我要做饭呀。要是一个人吃,就可以随便对付。"

"准备两个人的,不也很合适么?"

理惠的病症比迟到的反叛期还要严重,她在和怎样的男子交往，百合江可以作大致的想象。要是开口询问，母女间的鸿沟会变得更深。妈妈轻轻叹息一声，女儿会发出更响的叹息声回敬。什么事导致她有如此大的不满？每一天都无法与她接近。

当天中午，标茶的町立医院打来电话，百合江正好回家吃午饭。

"请允许我向您报告杉山萩的情况。"打电话自报家门的是住院病房的主任。

阿萩曾来过联络说："我在标茶的食堂做饭，请大家放心。"那以后一晃已近八年，当时要是告诉理惠，她一定会要求妈妈把外婆带回家来，而百合江也知道里实决不允许她那么干，于是，已经逝去的八年间，自己从未提出让妈妈回来的要求。主任的话很简洁，阿萩一周前因吐血送进医院，她对院方说，希望在自己临终之时，不要与任何人联系。

"临终是什么意思？"

"我想是指今明两天走到生命尽头的时刻吧。得到本人的理解，总算要到了她女儿的联络方式，但只有杉山百合江一个人的。"

百合江立即跑到"清水理发美容"店，先是想打电话，可拿着听筒的手在颤抖，不能拨号，还是跑去的快。

"阿百，怎么啦？"

看到面无血色的百合江闯进店里，里实从等候坐席站起。只要时夫在家,她就待在店里读书、看电视,她说,徒弟和大师傅不在的理发店等候室是最佳的打发时间的地方。

"阿里,妈妈危笃了。"

"说什么呀,在食堂做饭,又不是什么危险的工作。"

"刚才,标茶的町立医院打来电话,说今明两天就是……"

"是什么?"

"妈妈,快死了。"

里实的脸上顿现紧张的表情。

"阿百,拿上该拿的东西,赶紧下到停车场去!"

里实脱下白大褂,拔掉理发店旋转灯柱的电源,在门口挂上"正在准备"的牌子。百合江按妹妹的吩咐,披上外套,拿好包和钱包,下到店铺后侧的停车场。正在午睡的时夫被叫醒,左脸颊上还留着坐垫套的痕迹,坐上了驾驶座。里实挥手招呼姐姐,让她快坐到车后座上。直到车开出市中心,她才发现自己是穿着拖鞋离家的。

时夫开车时,不停地与里实搭话,看到被老婆叫醒后出车,连一句抱怨也没有的他,令百合江意外地觉得妹妹和妹夫夫妻俩的关系处得不错。坐在汽车的后座上,她已经观察了几年,不论表现形式如何,他们两人还是一对夫妇。

又瘦又小的阿萩横躺在病床上,嘴上罩着氧气罩。护士说,她已经无法说话了。今天最显慌张的还是时夫。里实睁大眼睛看着阿萩。

"妈妈,我来了。阿里也在,能看到吗?"

氧气罩里,阿萩的嘴唇在蠕动。百合江轻轻拿起罩杯。

"茶,理,茶。"

母亲身上有一股腑脏味儿,仿佛早就失去了生命。百合江把耳朵贴近她嘴边,试图听清妈妈努力想说的话。

阿萩在叫理惠的名字,里实总算也明白了母亲的意思。

"因为酗酒,连想见的外孙女也见不到,真是太傻了。"

在里实说话时,阿萩脸颊的肌肤稍稍向上隆起。百合江首次看到母亲这等无忧无虑的笑容,她想,啊,妈妈要不行了。阿萩的右手向上稍有抬起,她是在希望跟人握手。百合江想,是卯一来接她了。

接着,一切都恢复了宁静。

第三天中午,将阿萩骨灰运往钏路时,理惠提出到中茶安别的开拓小屋去看看。三个舅舅中哪一个都联系不上,收下阿萩骨灰的,是里实夫妇、百合江和理惠四人。

"其实外婆是想回到自己的家,那个与外公一起开创的家。她曾经说过,要带理惠去的。去弯一趟吧。"

时夫开始抽吸鼻子,里实扭头始终望着窗外。秋季,牧区的草原地带晴空万里,可车内却不可思议的潮湿。时夫驾驶的汽车离开了市区，驶进中茶安别的开拓区域。削去山壁建成的狭窄的开拓用马车道，至今未铺设柏油路面，路边覆盖着杂草。沿着马车道前行一公里，左侧的那片凹形地就是牧场。这片类似研钵底部的圆形土地，用木栅栏隔成两个区域，一边是牛舍，一边是住房。在下坡道跟前，时夫停了车。

牧场完全荒芜了，茂盛的杂草几乎将住房覆盖，在丘陵半坡上若隐若现的机械，看上去像是一台拖拉机。侧翻着已经锈蚀，或许卯一事故发生后就没有再挪动过。时夫看着妻子的侧脸问，是否要把车开到小屋跟前，里实扬了扬头说："还是开下去吧。"

车往下开，直到拨开杂草所见的小屋跟前停下。阿萩的骨灰由理惠抱着走进玄关。小屋的每个角落充斥着真棉一般的蜘蛛网。百合江站在地板上，俯视着生锈变成红锈色的火炉，接着，她又看到了脱鞋处阿萩工作时坐下休息用的一斗装木桶。叫人不可思议的是，在一个这么小的屋子里，一家七口曾是怎么生活的？脱鞋处还有几个东倒西歪的一升装空酒瓶。

里实脚上的女便鞋一下踢飞了火炉旁满是积灰的卯一的酒碗，那酒碗在地板上翻滚，扬起的灰尘朝酒碗追去。

理惠是最后一个走出小屋的，她一度仰天而望，然后回到汽车的后座上。大伙儿都默默地回到各自的座位。时夫缓缓开动汽车，从钵底向上爬坡时，百合江看到的是一条天路——坡度极陡的马车道。

阿萩的行李只有一只包袱，里面有卯一的骨灰盒，起毛球的替换衣物和百合江买给她的紫色钱包，里面的钱只有两张千圆纸币和二百三十圆零钱。钱包底部，还有一枚细小的黄铜戒指，那是一只可以根据手指粗细任意改变大小，在庙会夜店里出售的哄骗孩子的便宜货，它已经变了颜色，使人无法想象那是与铜管乐器一样的材质。拿在手上，发现戒指的后背部分有蛇形花纹。

"那是外公送给她的结婚戒指，外婆给我看过一次。她说，拿到这枚戒指后，她决定离开秋田。外公有太太，可外婆还是说喜爱他。她喝了酒后，毫不羞涩地对我说这些。妈妈周六晚不在家可能不知道，外婆特喜欢看德里夫流浪者乐团的爆笑节目①，看着看着，她会大笑起来，令人惊讶。"

理惠似乎认为，是自己不在家时，母亲赶走了外婆。面对母亲的骨灰，百合江犹豫不定，无法进行辩解，她一言不发地把女儿的话埋在心里，打开了卯一和阿萩的骨灰盒，在粗实的卯一的骨灰上倒上成灰状的阿萩骨灰。骨灰突然扬起，那枚黄铜戒指也被悄悄放入了骨灰盒的角落。

"我觉得你那么做，外婆一点儿也不会高兴的，"百合江沉默，理惠又说，"我最讨厌妈妈那么做。"

---

① 日本流浪者轻音乐团通称"德里夫"，上世纪70—80年代，日本TBS和富士电视曾播出过"德里夫大爆笑"节目。

也许是她并不顺畅的恋爱以及工作上的不满异变成抛向母亲的辛辣语言，一只雏鸟若隐若现地展露出稚嫩的羽毛。若自己站在高处，指出凝神看透的女儿的问题，那只会加深母女间的矛盾。阿萩的经历和自己不也相同么？几代人在重复着同样的脱胎换骨，宛如向上攀爬螺旋梯那样地生活着。

高出百合江半个头的理惠逼问她，你有什么话可说，百合江只能继续沉默。就像把双亲的骨灰合到一处那样，她自己也想就此蜷缩进一个蚕茧之中，那样，就再也听不见理惠责难的话语，她的心中弥漫着一种不可思议的色调，既非安宁、满足，亦非后悔。

翌年春天，理惠辞掉干了一年的饭店工作，去札幌求职了。

百合江认真思考自己老后的生活，去郊外购买土地是平成元年（1989年）的事。当她知道与自己交易的公司是个子虚乌有的空壳时，已经身无分文了。

就在这时候，调到东京去工作后杳无音讯的石黑打来了电话。

"很久不联系了。"

他的声音完全没变，说是现在担任日出观光的广告宣传部部长。百合江问他好吗？回答说，当然。百合江一时不知再说什么才好，只是紧紧握着电话听筒。沉默几秒钟后，石黑开口说起打电话的目的。

"那以后，我按自己的方式调查了绫子的事。"

百合江对石黑在这么长的时间里始终关注自己感到惊异，她强烈地责备自己，为何不紧紧追随他。

"谢谢！"

百合江挡住了石黑的话头。

"石黑，听说绫子已经死了。"

"死了？"

"杉山绫子已经死了。"

"百合江，不对呀。绫子她……"

"石黑，你不要再多说了。有各种各样的情况，我认为自己是世界上最幸福的人。"

长时间的缄默。百合江将开始准备搬家的屋子环视了一遍，她依然住在空落落的房间里，几乎没有一件像样的家具。一想到自己总在旅途中颠簸，又将开始浮萍一般的生活，就自然地想笑。

"你不觉得快乐吗？无论是旅馆时代，还是'银目'时代。"

听百合江这么一说，石黑以干巴巴的声调也跟着笑了。

"我觉得自己会如此幸福，大概是在遇到你之后，谢谢！"

他说，那就这样。百合江没有挽留，在挂断电话前的沉默的瞬间，她听到电话里传来熟悉的街头广播，那是钏路站前常常听到的金市馆的主题歌。

办理自我破产手续的律师对百合江说："这种事多的是，现在有许多因恶劣生意经损失全部财产的人，最近每天都有。算啦，也不是因赌博或浪费造成的局面，还可以免责，再从头努力吧！"

听到"再从头努力"这句话，百合江内心首次涌起一无所有的实感，充满了一种难言是心安、后悔还是满足的思绪，活像在玩双六游戏，掷下骰子，点数上升后，再掷却又回到原点重新开始。

闭上眼睛，眼底浮现出在仙台寺庙前看到的宗太郎和自己的长长的身影，宗太郎哭着问，鹤子的骨灰该怎么处理？两人的身影越来越长，一直延伸到马路对面。朝着这个方向一直走下去，一定会看到太阳升起。能够证明毫无依据想法的，总是宗太郎的那张哭脸。

"律师也很够呛吧。"

百合江的话使他的视线离开文件，抬起头来笑着说："也真就是。"

终　章

小夜子静静地望着对峙中的父亲和女儿。理惠的颈项与肩胛曲线与百合江年轻时一模一样。理惠的视线直直地射向高树老人的眼睛。

他得知了被诊断为"老衰"后再也没苏醒过来的百合江的状况，看上去下定了决心。

"那我就从头开始说起吧。"

高树老人的声音滑落到白色的地板上。

遇到百合江是在妹妹里实的婚礼上，听说她曾在东京当过歌手，我就很感兴趣，不自觉地用眼睛追寻，发现她是个很细心的女人，独自一人抚养着一个孩子，一开始她对结婚并不感兴趣。不过，我觉得，只要男方坚持还是有戏的。我当时年龄已经不小，因晚婚多少有点焦急。

我早年丧父，与母亲两人生活，用现在的话来说就是有浓厚的恋母情结，再加上虚荣心异常，喜欢新的东西，以在镇机关工作为傲,借了许多债。那是个老板会终生雇佣员工的时代,与百合江见面时,钱包里空空如也。可是,这情况要是让百合江知道,我想,她是不会愿意与我结婚的。

百合江最终决定嫁给我是在初次见面过了半年之后,我高兴得说不出话来,发誓今后不再虚荣和奢侈,要与她幸福地生活。然而,要幸福生活的办法能够想到的全都与钱有关,我不懂得让女人幸福的方法。我意识到的时候,借款已经多得摔倒后就再也站不起来的地步。又买车又买电视机的,不光无颜面对百合江,就连自己的老娘也对不住,真是坐卧不宁,担心没钱花而精神不正常起来。

刚刚结婚,讨债的人就上门。我只能鞠躬点头,却无法还款。百合江知道了一切,我的前景一片黑暗,只能低头认错。我欠的债务已经膨胀到需要百合江到旅馆去白干一年才能还清的地步。

让刚刚出嫁的百合江蒙受这种遭遇的内疚,与对母亲的歉意,以及面对怎么也无法与自己亲近的绫子,总之,我每一天都在拼命地堵塞漏洞和掩盖破绽,除此之外的事什么也不考虑。每次想到里实婚礼上绫子唱的伊藤姐妹的《激情之花》,就想成为她的父亲,然而,这一心情也备遭打击,我知道,绫子的才能与我并不存在血缘关系,我的想法只是一种自作聪明的任性而已。

百合江去旅馆工作时,借款的金额并没有改变,人一旦染上的恶习,很难摈弃。我认识到一切都是我意志懦弱造成的,却无法减少我债务的金额。

百合江还债合同结束后,我的实际借款数额还在扩大。她怀孕后情况也一样,我已经没脸再见她,这只能说那是人的弱点,被斥责为不是人也无法改变。然而,当时我开始憎恨起毫无怨言、默默干活的百合江来,这种内心,现在想起来,其恐惧和羞耻感仍然令我无地自容。

随着日子的推移,她的肚子一天天膨胀起来,看上去恰似我的借款。一想到又要饱尝无尽的痛苦,我感到万分恐惧。我东躲西藏,逃避着她和我的债务。

那个男人就是那时找上门来的。

当时,我从酒馆直接回到母亲家,已是深更半夜,家里依然亮着灯。逼债的男人待在屋里等待我回家。

"喂,你回来啦。夫人分娩了,我在丸八旅馆听到这消息,吓了一跳,就跑来了。夫人赚了不少钱吧,有艺在身就是管用,你是靠着她的丈夫啊!"

他是名叫北岛的北见贷款者,我在银行借不到的钱,可以问他借到。但利息很高,还款一旦滞纳,很快就像滚雪球那样增加,最终,母亲也知道了事情的一切。

碰到这种场合,我只想千方百计地逃离,这只能说是我天生的恶习使然。房间的一角,让绫子躺在铺了两张坐垫的地上。母亲告诉说百合江分娩时做了手术，我这才知道。

"这样下去，你只能卖掉刚出生的孩子吧，怎么样？"

虽然北岛死乞白赖地追讨，母亲却一声不吭。两年前他提出要百合江去帮忙时，母亲也没吱声。最初我觉得那男人是个恶魔，可是不对，我和母亲才是恶魔。那男人用下颏冲着睡着的绫子撅了撅，说，这孩子我在旅馆见过，他的眼神十分慈善，却有点可怖。

"真叫人吃惊，她会唱妈妈演唱的歌曲，唱得极佳。一般孩子的歌声不过尔尔，只是嗓门大而已，可这孩子不同。她以难以想象的美喉演唱，不知道女招待和账房间的人怎么想，我绝对不会看错。虽然现在的我是这样的一个人，可小时候家境可是富裕得能弹上钢琴哦。于是我试着教她唱'哆来咪'的歌，拍着巴掌试探她。"

那男人为了确认绫子的乐感，东拍一下西拍一下，询问她听到的声音。

"她回答说，地板是'索'，掌声是'哆'，令我吃惊的是，河的流水声她全都可以听出'哆来咪'来！还只是一个抱着洋娃娃的小妞，竟然会说流水声是美妙的乐曲。这么一来，我可动了情，这孩子的这般才能，虽然听说过，却从未亲眼见过。"

男子温和地提示了债务的金额。百合江在丸八旅馆的打工时是三十万，那时的金额已是五十万，他说，你再不还，很快就会变成一百万。我完全闹不清这是怎么回事，当时的一百万圆是个天文数字，我实在不清楚借款为什么会变得如此庞大。既没有买过什么大件，也没参与过赌博，只是每天的日常生活开销，真是叫人恐怖万分。

用男子的话来说，绫子的才华是"本真"。母亲仍然一声不吭，光是看着自己的膝盖。男子压低声音说："我说，实际上，有一个相当好的消息传来，不论对你们，还是对这孩子来说都一样。"

他说，有一对拥有大豪宅的富豪夫妇想收养绫子，自己虽然没见过他们，不过听说他们是内地著名的令人瞠目的有钱人。据说这对夫妇几年前失去了孩子，始终无法释怀。虽说我们是父女关系，但是没有得到百合江的同意，就把绫子送给他们当养女，怎么想也不合适，所以我表示拒绝。我好不容易才清醒过来，打算从为母亲租下的房子里搬出，下决心靠自己的能力还清借款。

就在那时，母亲当着北岛的面开腔了。

"春一，你就照他说的办吧。用绫子把欠债一笔勾销，挺划得来的。你们债台高筑，怎么养得起两个孩子？明天剖腹取出的孩子，又不是你的种。旅馆的女招待，并不是只端端盘子，你又受骗啦！"

母亲的脸色极其难看，我从未见过。说句老实话，我不知道自己当时在想些什么，吓得说不出话来，完全蒙了。

母亲说我不能生育孩子,三岁时我患了严重的流行性腮腺炎感冒,当时的医生说:"发如此高热,即便救活,你也一准抱不上孙子。"数十年来,母亲对此言始终深信不疑。

我们接受了北岛的提案,直到黎明时分,通宵在商议如何把绫子息事宁人地送到养父母身边。那时,我整个儿处于恐惧麻痹状态,不知道该做些什么。

拂晓时分,北岛抱着熟睡的绫子和装有她替换衣物的提包离开母亲家。我一方面觉得自己干下了不可饶恕的坏事,同时,也松了口气,感到如释重负。

从一开始起,北岛就打算利用我的"镇政府户籍管理"者的身份,如今都使用计算机进行管理,可当时全靠窗口的管理人员手写登记,还要帮方言腔调严重的人和文盲代笔,从桦太撤回的人也相当多。有人直到孩子要上学才慌慌忙忙地跑来办理户口,称呼小名与户籍大名不一致的情况比比皆是。

回溯五年之前,我在帮一对夫妇办理迁居到本镇的户籍里,把绫子的名字改成了实子,从而染指了伪造户籍的大罪,当然,我们家的户籍中绫子的名字是存在的。她就变成了双重户籍者了。

前来办手续的人自称是律师,是那对夫妇的代理人。贷款的男子在我对于自己罪行害怕时一次也没出现过,他总是打电话到我的办公处,等一切都办成后,他说了一句"请多关照"后,就再也没有现身。

我整整一天处在紧张之中，实在没有精力去关注百合江的剖腹产手术和产出的婴儿，只是一个劲地祈祷，自己的行为不要败露。百合江要是知道绫子失踪，非杀了我不可。我在拼命地寻思该怎么做才能躲过这一劫。她住院的医院给镇公所打来电话，就是那个时候。

电话里说，医生剖腹取出理惠的时候，发现百合江的子宫有严重的炎症和肌瘤，紧急手术的同意书上需要有亲属代替其本人签字。我带着母亲赶往医院，我背着母亲在积雪的路上奔跑，她因为睡眠不足而睡得正香。我没有单独一人去医院的勇气。

同意书上印有"万不得已时切除子宫"的语句，母亲从我的手上拿过同意书，慢慢地用相当工整的文字签上了我的名字。我第一次认为母亲是个"鬼"，虽然我觉得母亲还不至于会向这个夺走自己儿子的女人报复，但是却无法肯定母亲的内心深处完全没有这种念头。每当我回想起以后迎来的那段母子平安的生活，就知道她对我这个独生儿子是多么的溺爱。蛇蝎也罢、恶鬼也罢，对我而言，她是唯一的母亲。

一想到苏醒后的百合江，我就浑身禁不住颤抖，人的怨恨，即使是亲生母亲，在身旁看到也毛骨悚然。我想逃离母亲，捉摸有什么母亲和百合江找不到的地方。随后，更令人可怖的是，我意识到这样的地方只有天堂或者地狱。干了那种事，我连去死的勇气也丧失了。

被剥夺了一切的百合江，已经不想正常生活下去。我每一天都惊恐万分，当时想到要与她分手，那只是为自己逃亡考虑，其他的什么都不想。我觉得应该马上把她转到钏路的大医院去，那样至少可以避免她的子宫被摘除。

出院的百合江到母亲的住处索要绫子，邻居跑来镇公所通知我，母亲和百合江正闹得不可开交，于是我急忙赶回家。

一进家门，首先映入眼帘的是骑在母亲身上卡住她脖子的百合江的背影，估计是母亲为了欺骗绫子的事儿，对她说了那些过分的话。

看到母亲的脖子被勒住，我就……

我照着刚做过手术的她的腹部一脚踢去。

我这么说，理惠你一定无法理解，真的，当时只能说我是疯了，看到脸色发黑的母亲，急忙叫来救护车，可是，被抬走的却是百合江。

医院与我联系，说剖腹处开裂需要再缝合，可是我没去医院。可以说我丝毫没有脸面去见她，只是拼命试图掩盖自己犯下的恶行。

母亲服下药后很快就恢复了，我精神恍惚地待在家里的时候，她逢人就讲，媳妇分娩得了严重的精神疾病，胡说绫子已寄放在亲戚家，不能放在儿媳身边。她还把脖子上的伤痕给邻居们看，三四家一跑，没过几天，消息很快传遍了整个镇子。我制止了母亲，但发现她的说法已巧妙地欺骗了所有的人。

出院后的百合江到镇公所来办理离婚手续，我继续佯装不知。母亲的说法也得到了警察的认可，虽然有人同情百合江，却没有相信她并出手帮忙的人。在一个小地方生活，母亲更加熟谙其道，把百合江说成神经病最为简单，即使警察介入，结果也不可能改变。

记得母亲提起百合江是在她去世前几天的事。

母亲认为，让我到处借债的人是百合江。使儿媳命运失常的母亲在临终之时，慑于对死亡的恐惧，终于变成了一个极为普通的老太。

母亲以相当平静的语调说："你真的没有后代啊。"最终我除了百合江之外再无婚姻，当然也无法让母亲抱上孙子。看来她在咽气之前总算明白了被百合江掐脖子的原因。

"那次剖腹产生下的孩子，真不是你的后代吗？"

我不论长到多大，也是一个懦弱的男人，即使母亲到了苟延残喘的时刻，对她依然依赖。那一天，我终于向她自白了心中的秘密。年轻时的我，有一次真心想成家立业，因母亲反对而作罢。那时的女友怀上了我的孩子，我对母亲隐瞒了这件事，选择让女友放弃孩子，支付了精神抚慰金后与她分了手。我说，自己不能生育，是母亲的误解。在她明白自己将不久于人世之时，我明确告诉了她。

"原来是这样呀。"

母亲说完，再没有提起一句有关百合江的事就走了。也许，这是我在美化她的死。

有一次，与丸八旅馆有关系的旅行社的职员造访镇公所，我装出工作很忙的样子，早早地中断了交谈。他打听绫子的下落，我吓得提心吊胆。他好像知道贷款男人的情况，求我告诉他绫子的地址。我怎么会告诉他呢？我断然拒绝道，这事不用你掺和。打那以后，他就再没有来过。我愚蠢地告诉自己，百合江生下的孩子一定是他的。

真对不起……

高树老人弓着背，低下头，抽吸着鼻子。理惠的后颈部有银锁在闪光，耳垂上有耳环的卡子。小夜子连理惠的耳环颜色都想不起来，她和过去一样缺少观察力，而这方面理惠则要敏锐得多。

小夜子不知道理惠听了高树老人的话后作何感想，只是觉得与这些往事有关的他们，在旁人眼中一定就是极其平常的父女和姐妹。

高树老人起身，拖曳着右脚走到电视跟前。电视机旁放着一根拐杖，也许那就是平时老人使用的东西。电视机放在外凸窗户的旁边，那儿有一台录像机，凸窗下有一个柜子，里面排列着录像带。高树从里面取出一盘带子，拿起两只遥控器，打开了电视和录像机。

"我有东西请你们看。"

他装好录像带，按下遥控器，用快进形式放过旧广告片，录下的是"今日这一位"的节目，每天四十分钟，现在还在播放之中，这个节目长年来一直是电视台的当家节目。

熟悉的开场是一位主持人介绍特邀客人。隔开桌子的角落，特邀客人面对观众的摄影角度不变。陈旧的录像画面中不时出现细细的横线。

高树老人默默地看着画面，理惠挪动圆椅子靠近电视，小夜子也同样地往前靠。

主持人的桌上，放着写满文字的"币帛"。把节目搞得如此失礼是因为主持人的性格已为观众所熟知的缘故。

特邀客人是歌手"椿绫子"，她身穿的银色的受访衣上，红色的山茶花分外显眼。

"您今天又穿了一件漂亮的衣装，我也试着学您搭配，怎么样？"

"很美，很配您。"

椿绫子不得不奉承主持人身穿的友禅绸和服，和服的粉红底子上画有红色线球的七五三吉祥花纹。朝边上一看，理惠正紧盯着电视画面,而高树老人则时而低头,时而看电视,绝不把视线投向这边。

"各位观众,今天我们请来了去年唱片大赛大奖的获得者、演歌歌手椿绫子。演歌歌手获奖,近几年很少见。我平时只听古典名曲,说到演歌,绝对是个门外汉。不过,听了几次,已经了解了演歌界近年来最盛行的歌曲。"

"谢谢。"

"我还是首次遇见音乐大学声乐科出身的演歌歌手,这样的歌手还有别人吗?仅此一点,就会引出许多话题。"

"或许的确少见。可是,我是声乐科的落榜生。演唱时抑扬顿挫的唱法略显特性,经常被人诟病。"

"下一步您是否打算成为歌剧演员或音乐片歌手呢?"

"我觉得,老实说只要能让我演唱,什么都行。在卡拉OK歌厅,摇滚、民谣,我什么都唱。"

"啊哟,真想和您在一起,那样就可以免费听到椿绫子的歌。观众们一定很高兴吧。天才演歌歌手唱摇滚,真是太好了!"

主持人的失礼令人惊讶,对此椿绫子只是微笑。

"听说您有前世的记忆,这是真的吗?要说精神世界,我可是不大相信的。"

"在其他节目中稍有提起过……没想到大家都知道了,真不好意思。"

"可以的话,请您唱一首让我们欣赏。"

椿绫子的大特写镜头,白皙的脸上浮现出羞涩,她偶然显现的笑脸,不知何故令人想起了百合江。

"在我无所事事发呆的时候常常听到的是流淌的河水声,它的旋律优美,我会随意吟唱。去年得奖的《光川》,就是作曲家根据我说的情况创作的。

"我的记忆老是停留在四五岁的时候,在一个听得到流淌河水声的小镇,边唱着昭和时代的歌曲边玩耍。我演唱的伊藤姐妹的歌曲《激情之花》赢得了热烈的掌声,总之,记忆中都是演唱,所以,我并不是什么名人的转世再生。听到河水美妙的旋律,感受到被人背着时的温暖,我记得我一直听着那个人的歌曲,现在已经记不清曲调,可特别令人怀念。"

"那您为什么会觉得那就是前世?"

"因为没有可以证明我在那儿待过的证据,我出生于母亲在北海道的娘家,然后马上就回了东京。"

"您父母是被誉为古典音乐界的宝贝、小提琴演奏家的秋山夫妇吧。您当上演歌歌手,父母们怎么说?"

"一开始他们很惊讶,却没有反对,父母对我的选择始终持宽容的态度,听到父母说,能够抚育我使他们感到幸福,我想,我必须对他们孝顺。"

看着若无其事诉说的椿绫子，主持人恰到好处地热泪盈眶。

"对了，听说您得了唱片大奖后，和父母一起去旅行了。去了维也纳是吧？"

"对。我们三人大学时代都在那儿留过学，也想去向照料过我们的老师问候一下。老师说，绫子要是在日本成为歌手，就得唱《野蔷薇》了。"

"椿绫子在维也纳唱《野蔷薇》？那简直太奢侈了。他并不知道我们的唱片大奖吧，一旦知晓，他也会为您高兴的。"

椿绫子直截了当地说"是的"。是否意识到提问者的不礼貌，从她的笑脸上看不出来，也看不出她有丝毫的困惑。

录像转到放映她演唱的新歌曲。理惠突然冒出一句："这就是前世的记忆吗？"

屋内响起椿绫子的歌声，除此之外，没有其他声音。高树老人在节目字幕和椿绫子的特写照片放完后关上了电视。在放有遥控器的地方，排放着椿绫子的 CD 唱片。

"这盘录像，是我唯一的心灵安慰。可以肯定，她就是绫子。我把她的名字篡改成实子，她户籍上的姓氏是秋山。我请你们看这段录像，并不是要你们原谅我的过错，无论是对百合江，当然也对理惠您。"

高树老人的视线浮在空中，语调像在朗读台词，没有任何起伏。

小夜子感到不可思议的是，理惠为什么不提百合江紧握牌位的事。经过长时间的缄默，她转身面朝高树问：

"你为什么要撒谎说绫子是从窗口跌落摔死的？那时你是否已经知道椿绫子就是绫子呢？"

老人有点儿结巴，好不容易才听见他轻声说："我不那么说，百合江一辈子都会寻找绫子的。太可怕了，失去母亲之后，我几次梦见周刊杂志和影视综合节目的记者找上门来，这是最最令我害怕的事。"

"椿绫子就是杉山绫子，除了高树先生外，还有谁知道？"

"不，我没告诉任何人。这儿的职员也认为，我之所以留下录像，是因为我是她的歌迷的缘故。"并排存放的录像带的贴纸上，'椿绫子'的下方标有节目名称和录像时间。理惠的声音毛骨悚然，冷冷地说：

"里实姨妈有所臆测，她觉得绫子可能还活着，所以告诉了我们你的住处，让我们来探听所有的情况。但我的母亲，或许完全不知道绫子是否幸福，她正在走向死亡。"

对不起……

高树老人的话到此终止。

最终，理惠也没有向他说上一句温情的话就离开了"特别养护老人公寓紫罗兰园"。小夜子对理惠的犟劲束手无策，坐上了驾驶座。直到最后，父女俩的对话都是干巴巴的，小夜子觉得自己的心被撕碎了。

理惠希望顺道到丸八旅馆去看看，旅馆新建了别馆，理惠一个劲地劝诱小夜子。

"我说，就住一晚吧。小夜子有今晚非回家不可的急事吗？"

"那倒没有。"

"那就这么定了。请他们到别馆去订房间，我来付钱。驾驶员好好泡泡温泉，慢慢解除疲劳。"

"没多少路程了，何须恢复疲劳。"

"好了，别那么说。"

在高树老人面前显得那么冷酷的理惠，一下变得如此快活，使小夜子怀疑，难道她忘记了躺在医院的百合江？理惠离开紫罗兰园后再也没提起过"椿绫子"。总之，小夜子搞不清楚理惠提出在弟子屈过夜的意图。

办完住宿手续，将理惠的行李装上行李车的女招待向她指明晚餐的餐厅。

"晚餐通过这边的游廊，请到本馆的餐厅用，早餐的用餐也在那儿。"

小夜子只带着一只上班用的手提包，她说，自己没打算在外过夜。"可以用我的呀，"理惠笑着说，"我的化妆品不是那种便宜货，内衣也有新的。"

"作家平时是否总爱干这种突如其来的离奇事？"

"错过今夜，就不知道今后何时再能与小夜子同住温泉。你就陪陪我吧。"

面对理惠和蔼可亲的态度，小夜子无法再绷着脸。在理惠悠然飘逸的话语中，小夜子被笼络了。她首次知道理惠还有这个能耐。在两人十几岁时的形影不离的年代，从未感觉到她俩的性格和想法有什么不同。她接过理惠从灰色小袋子里拿出的内衣。理惠把今晚要用的化妆品、内衣和旅馆的浴衣一一排放在榻榻米上，又取出手机的充电器、笔记本电脑、词典和衣物，小夜子注视着喜滋滋地从行李包里将东西拿进拿出的理惠。

"我去买点啤酒来。"

理惠拿着钱包走出去。小夜子确认了手机上没有来电和短信后，坐到窗边回潮的单人椅上，旧弹簧深深陷入，超出想象。

理发店生意兴隆的时候，里实和百合江是要好的姐妹，百合江对于表姐妹关系的理惠和小夜子一视同仁，在方方面面给予自己照顾。在因人而异的区别对待方面，自己母亲里实的表现要露骨得多。

在弥留之际等待死亡的病床上，当清水的祖母说起让小夜子进入自家户籍的时候，过去潜藏在内心深处的各种疑问和焦虑一下子消失了，她感觉到最大的理解。心中的阴影得以化解，觉得自己从此再无烦心之事。剩下唯一放心不下的就是理惠和自己完全没有血缘关系的事实。

"啊,原来是那件事呀。"

听到小夜子的回答,祖母哭了。

"如果你要恨我的话,就尽管恨吧。"

祖母说,自己可以下地狱。祖母想说的是,憎恨者或许会比被憎恨者坠入地狱的概率要来得高。小夜子在揣摩的是与此无关的奇妙事情。

"我倒没有这种感觉。啊,这么说来,就是这一点,使许多事都可以释然了。明明不是亲生母亲,却以母亲的身份拼命工作。所以,奶奶不必想得那么严重。"

难以想象祖母会怎样理解小夜子的话语,不过,流着眼泪的祖母接着就进入了昏睡状态。小夜子后悔在她临终之际没能对她多讲些温柔的话,让奶奶感到了孤苦。这时,她感受到人心比外表看上去更加朴实,更加可怜。自己这条正在漂泊的小命和现在正不知会飘向何处的祖母的生命或许不可能达成最终的谅解。

理惠捧着四个长罐啤酒回来了。

"离观赏红叶的季节尚有时日,馆内没多少游客,听说这种时候游客都入住档次高的本馆,几乎没几个要住别馆的客人。"

与看上去豪华的本馆相比,三层楼的别馆留有从前温泉旅馆的风格。旅行团队或那些集体包干旅行要求住宿费打折时才会住别馆。

"你在玩馆内探险吗?真像个孩子。"

"我去找啤酒的自动售货机,不跑到本馆就没有。别馆的领班告诉我,别馆的纸槅门和榻榻米换了很多,可其他部分基本没有修缮。到了冬季,有不少前来作温泉治疗的客人,他在这儿已经干了五十年,专门接待这样的游客。"

"你是在采访吗?"

"哪儿呀,只是想打听一点情况。"

"是有关百合江姨妈的吗?"

"不,是刚才高树老人说的那个旅行社的男人,领班也想不起他的名字。提到旅行社,数量也实在多得出奇,但是,细想起来,那人的岁数应该与妈妈差不多,七十五岁左右吧。这个年龄的人退休已有十五年了,很难回想。不过,真心想做的事是没有做不成的。"

小夜子心中又莫名其妙地不快郁结起来,她问,有那必要吗?理惠笑而不答,将啤酒放入冰箱。小夜子忽然想起,去百合江姨妈住处时在玄关出现的那位老人,他自称与百合江是同一个町内居委会的,那是真话吗?她只能想起老人满头的白发,真叫人着急。

"小夜子呀,你换上刚才的浴衣,咱们去澡堂吧。"

由于是淡季,别馆的浴室没有开放,洗澡必须到本馆的大浴场去。照明、地毯,所有光鲜的色彩全都集中在本馆,主动要求居住落伍于时代的别馆的稀客,已经成为馆内的话题。

"住别馆不会觉得不方便吗?"

本馆上了岁数的女招待边按下电梯的按钮边问,听到没关系的答复后,她抱歉地应道,若有不周之处,请多谅解。

身体浸入浴池,从昨晚到今天所收集的各种信息还未加整理,零散地落在心中。理惠在浴池里露出锁骨,为包租下浴池而高兴。小夜子毅然决然地说出对理惠一连串行动的不解。

"看你这架势,是否还打算提出要去见椿绫子的要求?"

"你说什么呀,小夜子想去见椿绫子吗?"

"那倒不是,你想与姨妈联系究竟是何用意?来到弟子屈见到首次见面的父亲为什么要讲那样的话,我都不明白。我并不是讨厌陪着你,只是对你不把事情说清楚有点……"

理惠用枕着脑袋的毛巾擦汗,"嗯"地简短应对。小夜子的额头也冒出汗来。

"从今天早晨开始,你看上去是在忙着做小说创作的采访。"

仰视大浴场昏暗的天花板的理惠又把视线转回到浴池。

"其实,我并不想对高树说那些话,我知道,人到了他那样的年纪,总想结清人生的尾账。里实姨妈也一样,不想将来后悔才告诉我这一切的。他们都是好人,无论是姨妈还是高树,我觉得他们都一样。所谓自白,其实只是一种确认,不知道他本人是否有所意识,我觉得他们是想确认自己会不会被人原谅。不过,怎么说他的行为也是犯罪,至少搅乱了许多人的人生。我不认为那些被搞乱的人生是对的,哪怕椿绫子把过去的记忆误认为是前世而感到幸福。使我感到生气的,与他的年龄和立场无关。"

隔了一会儿,理惠问道,你觉得我冷酷吗?小夜子无言以对。

"你这是采访么?"

理惠瞑目数秒,回答说:"是采访。"再问小夜子,你满意了吗?小夜子这才意识到,自己是想理解为什么会被表妹拽着到处转悠。

"要写的话,这一次或许该写理惠在搞乱什么人的人生。不是吗?"

"我感觉是得好好考虑,不过,无法压抑想写下来的愿望。我意识到母亲是位经历了各种生活的人,不过没能从正面好好思考过她的生存方式。但我想到,若要写下她的经历,就只有现在了。"

写小说成了嗜好,记不清是在电视剧还是电影中听到过这样的台词。这究竟是怎么回事?理惠的话听上去实在难以理解。

"难道你急着要联系百合江姨妈,是为了听她讲述那些过去的往事?"

"说对一半吧。母亲的事我始终放心不下,自己手上的事又很多，有时会过分乐观地想，一旦有事，妈妈会与自己联系的。可是，在我构思新的故事时，总会觉得自己的母亲为什么总不爱说自己的往事。标茶的外婆去世时，我曾强烈地指责过她，她却没有为自己辩解半句。一想到她就是这么个对人生的评价无所谓的人时，我突然觉得母亲很厉害。"

"你真的想写她吗？"

"今年夏天，初次出版书籍后，其他出版社又来约稿。与那位编辑见面后，刚说了几句客套话，他就说你能否写写姐妹间的故事。我说，我是独生子女，没有姐妹呀。那要求提得真怪。"

"那编辑怎么说？"

"他说，我们想读。"

"就这些？"

"是的，就这些。不过，一听说姐妹，我的脑海中立即浮现出我妈妈和里实姨妈的事。之后，只用了一天时间，我就看清了故事的走向，看清之后就不能不写了。或许有点傲慢，我觉得能写她们姐妹俩的只有我一人。"

"好厉害哪，你的感觉。"

"嗯，所以我不大对他人讲她们的事。我想这肯定就是受小说的影响，也有人一到极端的场合就会完全披露的。小夜子的疑问理所当然，有时连我自己也会感到奇怪。"

在小夜子遥远的记忆深处，百合江的话冒了出来。

"我认为小夜子的人生是小夜子本人的,孩子想生的话就生,这是女人可以选择的事。产后重新开始的人生和不生重新开始的人生,只要自己选择了,就不会去憎恨任何人。"

那天获得唱片大奖的正是椿绫子。

如今,倘若还有意识,百合江又会对小夜子的妊娠说什么呢?她会说十年前同样的话吧。不生孩子而重新开始的十年,难道是正确的选择吗?从今往后的十年,是不是要生个孩子再重新开始?对于自己和孩子,鹤田的存在,有必要吗?

要请教百合江的问题太多了。

"理惠啊,很早以前,我问过百合江姨妈,你一个人抚养理惠,感到幸福吗?"

理惠擦拭着额头上的汗水,唉地拖长了语尾。

"她正面回答了你?我想不会有人谈这种事。"

"她回答说,幸福!父母也罢孩子也罢,人都是自由任性的,为了自己的幸福,可以自由任性地去生活。她是这么说的。"

为了自由任性地生活,她已经抛弃过自己的孩子。自己能够再抛弃这个孩子吗?小夜子闭上眼睛问理惠。

"杉山绫子的牌位是何时制作的,你知道吗?"

理惠摇摇头。小夜子的心中,静静地浮现出自己与百合江一起度过的岁末。

"那一年是椿绫子得到唱片大奖的年份。"

百合江屋里堆积的 CD 唱片套上的照片从眼前掠过。

经过几秒钟的沉默，理惠绽开了笑脸。

"我妈妈已经发现椿绫子其实就是自己的女儿。"

小夜子喃喃自语，那块灵牌兴许就是她对女儿获取唱片大奖的期许。

"期许啊。我觉得她就是这么一个不对人明说而那么想的人。她朝不保夕时在想：不是善人也无妨；正因为分离才有期许。"

当天夜晚，理惠喝完了冰箱里所有的啤酒，醉醺醺地躺下后，一遍又一遍重复说道。

"我妈妈真是个有趣的人。"

夜明灯透过窗楣露出光亮，她的眼睛扫视着天花板上的光影，再往前就是看不到头的黑暗。

虽然门窗紧闭，可是河水的流淌声却不知从何处传来。用音阶记住流水声的椿绫子，瞪着那双清纯的眼睛，认为那是"前世"。

听到流水声，小夜子想起小时候与理惠一起参加"孩子夏令营"时在帐篷里的心情，她注视着微明的窗楣说：

"到明白自己是谁的孩子的时候，事实上已经无力改变现实的一切了。"

理惠的整个儿身子都转了过来，突然发问，你怎么啦？

"听说生下我的并不是妈妈，而是爸爸的情人。"

"啊，原来是这样呀！"

理惠的反应与当时奶奶揭秘这件事时自己的表现一模一样，这让小夜子感到好笑。理惠再次仰面朝天重复嘀咕，"原来如此"。她的话语被流水声冲淡，进而流逝。

"不过，小夜子就是小夜子。"理惠说着，起身去上厕所。

小夜子由于早起累积的紧张和疲劳，很快陷入沉睡，不知道理惠是何时返回房间的。

次日早晨，窸窸窣窣的衣服摩擦声使小夜子醒来。

"小夜子，去澡堂吧。"理惠盖好敞开的浴衣衣襟。

从澡堂回来，在做行装准备时，绢子打来了电话，接妹妹的来电，小夜子总有点紧张。绢子并不知道她俩是同父异母的姐妹，里实说到姐姐能进入祖父母的户籍的理由时说，那是"本家和分家"的关系云云，对此，绢子是深信不疑的。

"姐姐，现在说话方便吗？"

"可以，不过，我在外面，说得简洁点。"

"是这样。"绢子开口了。早晨七点听到妹妹的声音，小夜子会一整天都感到沉重。绢子和里实的行为十分相似，碰到小夜子的事，她俩都会整夜睡不着觉，有话要说总会等到早晨才打电话，在家时则是吃早餐时再说。

双方都愿意通话尽量简短，夜晚讲起来就会没完没了。

小夜子赞同对方抱怨过后就能以平和的心境过上一天的想

法，这样，她自己也能一天太平。可是，往往对方一旦开口，事情就会混乱，她总是只能一言不发。

虽然默默地听取，态度却依然不改，使她们母女俩对小夜子深感不满。近年来，妹妹的来电很少有明朗的话题。

"求你了，要对妈妈好一点。"

"又要听你抱怨。你也很忙，有事再说吧。"

"我可不能像姐姐那样视而不见，妈妈每次见到姐姐后，总是焦虑不安，牢骚满腹。我不是老对你那么说吗？对妈妈说点亲热话，对她撒撒娇。拜托了，本来光百合江姨妈的事她就够烦了！"

知道了——

小夜子赶紧挂断电话，她只能这样回答。

在她挂电话之前，绢子已经说出了事情的缘由。

"妈妈说今天上医院之前，请你带她到百合江姨妈家去一下，她还要顺便把钥匙交给理惠姐。"

妹妹常常告诉她说，由于"姐姐的冷淡"，妈妈总是发脾气拿她撒气。绢子要求她评理，不过，听上去她想诉说的倒是对自己全盘接受里实主张的不满。小夜子身上完全没有妹妹一口咬定的要"对母亲撒娇"的劲头。

父亲这一次又切身感受到母亲的焦虑，却只能默默地看着电视机吧。小夜子把手机放进包里，在窗边描口红的理惠停下手问:"有什么事吗?"

"说我妈去医院之前想让我带她去百合江姨妈的住处。"

"是绢子打来的?"

"说我和母亲见面后,她因为应激反应要病倒了。很早以前母亲问过我,说她病倒后你会怎么办?我回答说,你病倒了就跟我联系。她听后大哭了一场。"

"小夜子和绢子,打小时候起就是两条平行线。"

理惠冷冷地笑了。

在回程的副驾驶座上,理惠终于开始聊起她的丈夫来。

"等这个故事写完后,我要去东京。"

小夜子问,靠你个人能生活下去吗?

"不知道,但是,我若不以这种心情去干,那么,一步也不可能前进。前方在哪儿?说老实话,我也不知道。"

理惠说,她丈夫对交稿前的原稿发表了意见。

"是叫你改稿吗?"

"用打印机打出,自己改一次之后,再由丈夫修改。"

"那不是很好吗?可以防止错误。"

理惠长叹一气,面对流动的窗外景色,骂街似的说。

"要是指出我的错误,当然可以。但是要是对我的表达和内容说三道四,我可不答应。他会顽固地说,要是我嘛,不会用这样的表达。我觉得奇怪，说了我的想法，最后总算明白他也是个想写小说的人。如果说有人具有编辑气质，有人具有作家气质，那么，他绝对是具有作家气质的人。到了这岁数他都没意识到，要是完全按自己的主张行事，或许早就自己出书了，还以为培养我的就是他呢！"

"你可以对他明说呀。"

"我说了。所以我拿了这么大的箱子来，里面装满了我做生意的道具。"

这回轮到小夜子叹息了，她终于理解了理惠为什么用西服包裹着笔记本电脑和岩波第七版词典的缘由。

"打印机怎么办，我可没有带。"

"那玩意儿太重，可以在这儿的量贩店买便易货。"

"想和姨妈联系，也是因为这事吗？"

"这就叫下意识嘛。"

"唉，怎么说都行啊。"

"总之，在母亲尚在人世的时候，我还在这儿。"

小夜子没有应答，握紧方向盘。在通过标茶市区的时候，理惠小声嘀咕。

"外婆的开拓小屋，现在不知怎样了。"

"我妈妈那德行，从未带我到标茶来过一次。"

"我也只是在外婆离世时来过一次。那时候，那儿已经是一片废墟了。"

即将到达札幌之前，小夜子想起理惠说过的话。

"我永远忘不了母亲对外婆做过的事。怎么能赶走她呢？妈妈对一个无处可去的老人，做出如此残忍的事，我不可原谅！"

"不过，我妈妈的说法可完全不同噢。"

"每个人都按对自己有利的角度去看和听，我和母亲都一样。不管她怎么说，不可原谅的就不能原谅！"

当时的理惠是要通过对母亲的谴责来获取心灵的平衡吧。

理惠提出要去札幌的时候，百合江并没有阻止。百合江对事情的处置与里实不同，她会听取对方的想法，却绝不谈及自己真实的想法。

理惠在汽车开出市区一公里后说："真想再去看看小屋。"

"那么掉头回去？经中茶安别回去可不行。"

她俩就此沿着391号国道走，穿过远矢地区，到开拓小屋绕一下，再沿着272号线往回走，到达钏路的距离应该相差不大。小夜子也想去看看里实曾经生活过的土地，去看看那间与自己完全无缘的、毫无关联的养育过姨妈和母亲的开拓小屋。错过今天，或许不会再有第二次机会。小夜子在通往牧草地的道路上调转方向，返回市区的十字路口向右拐去。

虽然按照理惠的记忆驱车前行，可是在最初的砂石路绕了一圈后，居然又回到了原先的路上。

"理惠的记忆,很成问题呀。"

"对不起。不过,从这地方右拐是没错的。再往前走走看。"

不想放弃。躺在医院病床上的百合江的身影从心头掠过,小夜子决定要开到小屋,去看看那个百合江和里实生活到十五岁的地方。

理惠找到一条窄小的支线道路,说"就是这条路吧",让小夜子刹车。发现不对后再征求她的同意:"是还要再宽一点吧?"

"我怎么会知道,第一次来啊。"

"倒也是。"

向右拐的砂石路有好几条。

"道路的左侧有一块像研钵底部那样的低洼地,右边是山,外婆的开拓小屋就在那研钵的底部。"

"还有别的记忆吗?"

"山坡上是牧草地,小屋对面是牛棚。"

"一进岔路就能看到?"

"不,我觉得要往上走一段才能看到。"

还好后面没有车,否则以时速四十公里行车怎么说都是一辆制造麻烦的车。

理惠用不管驾驶员能否承受的声音不顾一切地嚷嚷起来。

"就是那儿,那就是!是那条道。小夜子,下面不会错了,我想起来了。瞧,道路对面凹陷下去了,从这儿拐。"

按理惠所指的方向，向右拐进砂石路，道路两边密密麻麻地长着一人高的茅草，道路中央也长着低矮的绿草。这条山路看来已有数年没人打点了，被绿色覆盖的道路高低不平，行车时左侧的风景全被杂草阻挡，粗壮的草茎刮蹭着汽车的底盘。

车子拐弯后，理惠就一声不吭了。小夜子谨慎地把着方向盘，注意着这条不知通往何方的漫漫长路。后视镜里呈现出一个绿色的"研钵"。

"啊，就是这儿！"

随着理惠的叫声，车停了。通往钵底的道路比砂石路更加荒芜，要不是理惠记得，可能不会注意到那里还有道路。没人居住的牧场被杂草覆盖，牛舍外墙上像红色的图钉一样孤单单地现出色彩。只有这种时刻，理惠的声音才显出不安。

"这儿能开下去吗？"

"可以开下去，不知道是否能开上来，要是没有地方掉头，那就进退维谷了。"

"我记得对面有可通行的道路。从这边下，那边可以上的。"

汽车底盘贴着杂草，小夜子驾车驶下陡坡，排挡放在二挡，不时踩着刹车，车辆的自重和斜坡，一片片地压倒高至车体外壳的夏草。踩着油门的右脚上传来了车腹与杂草的摩擦感，这辆车要不是四轮驱动，看来是无法开下去的。

"要是发生故障，你得出修理费啊。"

杂草对面飞来不知为何物的东西,叫人难耐恐惧。

理惠也感到可怕,双手拽紧了安全带。

视线一下子开阔了。停下车回头望去,这条坡道大约有五十米长。在这个研钵的底部,小夜子一声叹息,围住牧场的舒缓的山脊棱线,被越来越湛蓝的秋天晴空压倒了。

理惠所说的"开拓小屋"完全毁了,不知道它是承受不了大雪的重量,还是朽烂的立柱丧失了支撑力,好不容易找到小屋的所在地,多亏了残留在那儿屋顶上使用的生铁板的残骸,铁板的一端也被风吹卷,与杂草一起向同一方向摇动。

"外婆说,这儿就是她最喜爱的家,她住过许多地方,只有来到这里,才找到了自己该去黄泉的地方。"

理惠从紫色的记事本里取出一张纸条,那是从广告传单上撕下来的巴掌大的纸片,上面写着些什么,活像幼儿园孩子写的文字。

"理惠儿,谢谢你教我写字。外婆"

理惠将纸条小心翼翼地放进记事本。

"小夜子,我嘛,想写外婆在这儿生活的往事,也想写明她不是死在这儿的。我想请人们了解,外婆是从哪儿来的,又在这儿留下了什么。"

虽然今天是唐突地想起要到开拓小屋来看看的,可是,小夜子又觉得,其实理惠打一开始起就打算顺便绕到这里来的,她是想重温外祖母以往的经历。

"怎么样,下去看看吧。不知道会发现什么。"

理惠没有答复,只是打开了副驾驶座一侧的车门,小夜子从驾驶座的另一侧下车,牧草地完全荒芜了,密密匝匝的鸭茅草穗长得齐腰高,很难离开车辆再往前走。

环视一圈研钵盆地的边缘,在与坡上相同的距离处看去,可以看见没有屋顶的贮藏室的围栏和牛舍的断垣残壁。

百合江和里实有三个弟弟,二弟和三弟当上了卡车司机,听说其中一个染上了肝病,另一个则在事故中殉命,大弟弟下落不明。小夜子和理惠连三人的名字都搞不清楚。

"我的母亲,在这儿只生活了五年时光。"

"里实姨妈不是在这儿出生的吗?这我还是第一次听说。"

"不知道那是为什么,据说她是在亲戚家寄养到十岁。妈老是说,外婆对她不亲。"

"唉。"理惠点头应道,视线转向倒塌的小屋。

"要说外婆,虽然不认字不会写,但记忆力超强。她说,他们是昭和十四年(1939年)八月二日到这儿的。外公原来是夕张煤矿的矿工,之前就是秋田龟田的农民,他有妻子和孩子,但和外婆互相爱慕,一起逃到北海道,类似私奔吧。八月初正值盛夏,理应相当炎热,可标茶已刮起了秋风。虽然这里酷寒,可是她一直没离开外公,这还真不容易。"

小夜子已经没有了与阿荻外婆作如此会话的记忆。

"这往事听上去还挺浪漫的嘛。"

理惠喃喃自语:"浪漫呀。"

"小夜子啊,细想起来,我家没有一人是生在这儿死在这儿的。"

的确,外祖父母,母亲姐妹及她们的三个弟弟,都只是在这儿生活又离开此地的人,因拖拉机事故去世的外公,其实也是来自秋田的流浪者。

"他们刚来的时候还没有通电。"

"那怎么生活呢?"

"听说靠柴火和油灯。"

还是浪漫啊,理惠说着高声笑了起来。

"你这家伙,怎么老是那么说!"小夜子笑着拔起一根鸭茅草,"我这么一把年纪,居然怀孕了。"

理惠说,"是嘛",然后咯咯咯地笑了起来。

"把孩子生下来!"

"我也这么想。"

"我妈大概也会那么说的。"

小夜子确认了秋草的顽强和坚韧,点了点头。

理惠大声嚷嚷着:"好主意!"

"我们一起抚养吧,我可以当个有总比没有好的姨妈。"

"你的小说不写啦?"

"有朝一日或许可以写养育孩子的小说,什么事都要靠经验。"

理惠身上流淌着开拓者的血液,而小夜子就没有。这种血液从外婆身上经百合江遗传下来,对于落叶归根的想法倒并不那么执着。同时,对于现在生存的地方持既不肯定也不否定的态度,对于自己面向何方漂泊,任随风向。理惠之所以能与外婆心灵相通,或许就是因为继承了开拓者的气质,可以断然明快地迈向下一个目标,爽快地与昨天诀别,绝不会惋惜已被抛弃了的昨天。

"咱外婆还是一位浪漫主义者啊。私奔也罢,开拓也罢,一无所有,毫不留存,然而一切都会告诉她的外孙女们的。"

"是啊。"

小夜子首次听说理惠的笔名"羽木叶子"的由来。

"他俩从秋田的龟田流落到此,因为太过艰难,产下了一个死婴。外婆哭着把她掩埋,觉得女儿虽然已经成形却没有名字,实在难以接受,于是,外公就给她起了个名字叫叶子。"

外祖父母的过去,小夜子通过理惠的说明和倒毁的房子可以想象,却无法感受百合江和里实姐妹俩的心境,她俩是带着怎样的心情斩断依恋离开这块土地的?一展开想象的翅膀,立刻会撞上黑暗的阻碍物。

"谢谢,可以释怀了。不管小夜子说什么,我都会写出这些故事的。其实,来这儿之前,我一直在犹豫,请原谅我的任性。"

小夜子不做应答,用手背赶走了飞到脖子上的小羽虱。

"回去吧。"

如理惠所说,沿着杂草的低洼地直走,可以通向砂石路的上坡道。猛踩油门,汽车压倒杂草,一口气冲上坡去,坡道直指蓝天,天路在向前延伸。

*

走进百合江的屋子,里实立刻打开所有的窗户。开启不便的窗子有一半打不开,里实每次都要咋舌,她扔掉姐姐不知何时供上的黄色变硬的米饭,发出呼的声响。

"你们俩不要光在那儿站着,过来帮帮忙啊。"

她俩在温泉旅馆里悠然自得地过了一夜才回来,使里实颇为焦虑。理惠整理好椿绫子的唱片,放入塑料袋里,这时,里实才提到高树春一的名字。

"你们见到他了吧?"

"是的。"

"他身体还好吗?"

"右脚好像不大方便,和这个袋子里相同的唱片他也有一套。"

"是嘛。"里实简短地应道,她的视线从 CD 袋上挪开,从壁橱里取出一只生锈的铁罐放到地上。仅此动作就可以清楚地表明，里实也意识到椿绫子是谁了。一想到明明心中有数却对谁也不肯谈起真相的过去的岁月，就会浑身泛起鸡皮疙瘩。

里实面前有一只边长三十厘米，原来是银色的有盖的铁罐，小夜子和理惠坐下，把里实夹在中间。

完全压瘪走形的铁罐盖子，怎么也打不开，就像百合江在竭力抗拒似的。按照里实的指令，小夜子按住了铁罐的下半部，里实和理惠用手指一点一点地扳开盖子，盖子打开后，看到里面最上面放的是陈旧的赛璐珞换衣人偶，里实将它们一个一个地从罐里取出。

人偶旁有一扎写给百合江的信件，大约有二十来封。里实扯断几乎融化了的橡皮筋，一封封确认寄信人的姓名。这些信都是里实寄出的。

淡紫色的钱包里有两张折成四折的伊藤博文头像的千圆钞票。

"这是去世的妈妈留下的。"

几张老照片最上面的那一张是在舞台上身着长袖和服正在演唱的百合江，那个会场很小，她身后垂下的幕布上留有"一条鹤子剧团"的字样。下面就是理惠和小夜子所拍的七五三纪念照，还有微笑的百合江站在"缝纫＆翻新杉山"招牌前的留影。里实颤抖的手把最后一张照片递给理惠。

"这就是在我婚礼上的绫子。"

舞台上，站在梯凳上的身穿天蓝色礼服的少女和身穿和服礼服的百合江一起握着麦克风，少女的面色白皙，眼睛大而可爱，毫无疑问，她就是椿绫子。与绫子相关的东西，只有赛璐珞人偶和这一张照片。

还有破破烂烂的一张名片和报刊里夹来的人情剧广告单。

"国王唱片菅野兼一"

"姐姐还是梦想在大舞台上演唱呀！"

里实沙哑的声音说道，她好像一夜老去了十岁。

CD、录像带以及与"椿绫子"有关的东西都放在铁罐外面，一辈子将收藏珍宝的铁罐子捧在手上的百合江是否会感到太过寂寞？小夜子偷偷打量理惠，她正以慈爱的目光审视着双手捧着的百合江和绫子正在演唱《激情之花》时的相片。只有里实一人在哭泣，也许她在为百合江的一生感到痛悔。里实盖上铁罐盖的时候，小夜子意识到百合江的一生经历其实并不需要自己这代人衡量。

离开百合江的房间，三人来到市民医院，那时正午刚过。小夜子在停车场停好车，再次检查了车体，只见车辆正面和轮胎罩壳上沾满飞虫的尸体和折断的野草，车身上是一层厚厚的鸭茅草穗。她朝医院里走去，决定洗车费一定得让理惠来出。

理惠在自动门前回望停车场。

"像塑料纸那样的颜色,这里和札幌最不同的或许就是天空的颜色。小夜子一直住这儿可能没感觉,钏路的晴天,蓝得让人不舒服。"

"怎么能用不舒服一词来形容呢?"

"也不是真不舒服。"

进入电梯,按下住院病房的按钮。自从打开了百合江的藏宝罐后,里实始终一言不发。

整整一天,获取了大量未经整理的信息,却并未产生百合江即将咽气的实感。电梯上升速度过快,里实感到有点晕眩,她按着颞颥处问理惠。

"今晚住哪儿?"

"小夜子家。"

理惠若无其事地走出电梯,今天是里实落在最后面。

送餐车载着盘碗不停往回推,病房里笼罩着甚为不安的气氛。在靠近走道一头的病房有着不需要送餐的患者。

一个逆光中的人影伫立在百合江病房的门口。理惠小声问:"那人是谁呀?"

小夜子摇摇头,理惠回头用眼神试问里实,她也摇头。

放慢脚步,到只有几米的近距离,才发现那是位老人,一头漂亮的白发。小夜子和理惠停下脚步,老人也发现她们是到"杉山百合江"病房来的。

老人身穿黑色的斜纹布长裤、棉衬衣和驼色夹克衫，面向她们深深地鞠躬。小夜子想起，他就是上次那位在百合江屋里见过的老人。

"前些天谢谢您。那一天匆忙之中没有好好感谢，失礼了。"

"哪里，是我们对不起您。"

他是个态度温和的人，年龄与百合江相仿，手持前来探视的鲜花是三株红色的玫瑰。不等小夜子开口，理惠先上前一步。

"您是来见妈妈的吧？"

老人睁大已长有老人斑的眼睛，深深地吸了一口气问："您是理惠吗？"理惠回答："是的。"他再次深鞠一躬。

"我年轻时就一直受到百合江的多方关照，听说她住在这家医院，突然冒昧前来打扰。"

从年轻时起？他是不是就是那位自称是同一町内居委会的老人呢？也可能是在"银目"演唱时代的朋友，那么是否就是那位旅行社的男子呢？回头一看，只见里实在小夜子背后紧盯着老人的脸。

"谢谢您，请进。"

理惠点头，把老人让进病房。他在病床的尾部站定，把玫瑰花举到胸前。他挺直身子，病房里的气氛一下子紧张起来。理惠请他在圆椅子上入座，他很客气地在椅子上坐下。

玫瑰花放在百合江的腰部，他探出身子凑向百合江的枕边。

"阿百，是我呀。听得见吗？"

里实站立不稳，手扶墙壁。小夜子慌忙扶住母亲的脊背。

阿百呀——

他握住拿着灵牌的百合江的手。

硕大的泪珠从他的眼中滚落。

阿百呀——

谁也无法靠近病床。横卧病床的百合江和握住她手哭泣的老人，还有活着的女儿的灵牌，放在毛毯上的红蔷薇，这些就像一幅完成的绘画。其他人都一动不动地注视着他俩的动静。

阿百呀——

他的嘴里流出轻轻的旋律，震颤了病房里的空气，那声音若不侧耳倾听就听不清楚。老人在百合江的耳边歌唱。

走廊的喧嚣声瞬间戛然而止，病房宛如被丝绸包裹起来似的静谧，和椿绫子一模一样的美声滑进耳帘。

明知相恋无望，

至今夜夜悲想。

天地誓盟还在，

追怀分外凄凉。

激情之花，爱恋花芳。

老人握住的百合江细细的手腕，白美光润，充满着当年穿着和服在舞台上演出时的年轻和活力。两人的手融化了，恰似玻璃制作的工艺摆件。在秋天斜阳的照射下，百合江的眼角处一滴小小的泪水在泛光。

阿百呀——

小夜子真真切切地听到他在百合江耳边的嗫嚅自语。

最爱你——

小夜子觉得自己变成了沧海之一粟，眺望着百合江的一生，映入她眼帘的是在枕边不停喃喃自语的老人和百合江眼角闪亮的泪珠。

睁开眼睛的里实看着他俩，贴着墙壁的身子滑落到地上。

百合江是决定不再打开她的藏宝盒离开人世的吧。不！小夜子摇头。

没有打开的必要了，这个人——

面向何方漂泊，任随风向。可以断然明快地走向下一个目标，爽快地与昨天诀别，绝不会惋惜已被抛弃的昨天。

里实精疲力竭地瘫坐在地上，一动不动。

理惠顾不上自己脸颊上的泪水，只是盯着百合江和老人。

每个人的心中都涌起大爱或无法成为爱的东西，它们混合在一起，在阳光中翩翩起舞。

阿百呀，最爱你——

觉得做了一个成双成对的梦。

穿越九月晴空的清澄的歌声，也变成了两个声音的重唱。

无声无言的情怀，带着强烈的艳羡涌进内心深处。

小夜子在询问体内的新生命。

如今，我们在祈愿、探寻的日后的生存道路，绝非可望而不可即的——

她的询问很快变成了祈祷。

理惠也好，自己也好，都要活下去，毅然决然地奔向下一个目标——

最爱你——

最爱你——

清澄的歌声始终在耳中回响。